dtv
Reihe Hanser

KARIN BRUDER

Asphaltsommer

ROMAN

Deutscher Taschenbuch Verlag

Danken möchte ich Ilija Trojanow, der sich unter einen Schreibtisch legte, um zu demonstrieren, wie viel Mensch unter Berücksichtigung von Perspektive und Entfernung sichtbar ist, sowie den Erstlesern Gisela Matthies, Sieglinde Offner, Liane Tittes, Ines und Jürgen, die mich wie immer mit wertvollen Tipps unterstützten.

Das gesamte lieferbare Programm der *Reihe Hanser*
und viele andere Informationen finden Sie unter
www.reihehanser.de

Originalausgabe
© 2012 Deutscher Taschenbuch Verlag GmbH & Co. KG,
München
Umschlag: Lisa Helm, München
Gesetzt aus der Galliard 11,5/14,25˙
Gesamtherstellung: Kösel, Krugzell
Gedruckt auf säurefreiem, chlorfrei gebleichtem Papier
Printed in Germany · ISBN 978-3-62521-0

Für Erwin Tittes, meinen Tata

Erstes Kapitel

I

Langhans starb im Herbst. Mit magerer Stimme setzte mich seine Tochter in Kenntnis.
»Fräulein Sand, ich möchte Sie von der Beerdigung meines Vaters in Kenntnis setzen.« Genau so sprach sie. »Am kommenden Freitag, fünfzehn Uhr, auf dem Hauptfriedhof. Werden Sie kommen? Bitte!«
Fräulein. Ihre altmodische Wortwahl erinnerte an Langhans. Bestimmt war sie im Alter meiner Mutter, doch sie wirkte älter. Ihr Deutsch war fehlerfrei, aber ein leichter Akzent lag wie ein Schatten darauf. Ich war mir nicht sicher, wo sie aufgewachsen war, in Frankreich oder doch Rumänien. Langhans hatte nicht über sie sprechen wollen.
»Wo? Ich meine ...?«
»Wie ein verletztes Tier. Er muss sich in die Gartenkolonie Rennichwiesen geschleppt haben. Das ist irgendwo im Osten von Durlach. Keine Ahnung, wie er das geschafft hat. Wir haben ihn drei Tage lang gesucht. Über Tote soll man nichts Schlechtes sagen.« Ihre Stimme war jetzt nicht mehr dünn, sondern widerbors-

tig, streng. »Ich habe kein Auge zugemacht während der Zeit. Hat er Sie angerufen, Fräulein Sand?«

»Nein.«

»Neben ihm fanden sie den alten Schlafsack aus dem Wohnmobil.« Sie betonte das Wort Wohnmobil, setzte ein Ausrufezeichen dahinter, »dazu mehrere angebrochene Kekspackungen, Brotreste und ein halb leeres Glas Kren. Tata hat sich in letzter Zeit nur von Weißbrot und Apfelkren ernährt. Und er hatte eine unglaublich große Menge an Bargeld dabei, über vierhunderttausend Mark. Er war verrückt.« Sie erzählte langsam, schien mich als Abflussrohr benutzen zu wollen. »Er konnte ja kaum noch laufen. Und mir hat er immer gesagt, er wäre pleite.«

»Ja«, sagte ich in eine kleine Pause hinein. Sie redete einfach weiter.

Mein Blick glitt zum Fenster. Noch während der Sommerferien hatten Sabine und ich alle Rahmen gestrichen. Seit Jahren unsere erste gemeinsame Mutter-Tochter-Tätigkeit. Die Fenster waren sehr schön geworden. Draußen präsentierte sich ein hellgrauer Nachmittag, und in meiner Hand zitterte der Telefonhörer. Ein starker Wind ließ vereinzelt Blätter über die Terrasse tanzen. Man kühlt rasch aus, wenn man so daliegt, die Erde unter einem feucht, die Luft bereits schneebereit. Ich war so lange und so intensiv mit Langhans zusammen gewesen, dass ich mich an viele Details seines Körpers erinnerte. Und ich fand, man sollte am Ende des Lebens nicht alleine sein. Ein Hüsteln schreckte mich auf.

»Werden Sie kommen?«

»Nein.«

Sie legte sofort auf. Das tat mir leid. Ich hätte mich gerne mit ihr über Henny unterhalten und auch ein bisschen über ihren Vater.

Am nächsten Tag fand ich im Briefkasten die offizielle Todesanzeige. Sie war an mich und Sabine adressiert. Eine weiße Lilie zierte die Vorderseite der Karte. Sabine stellte sie in der Küche neben dem Brotkorb auf und erklärte, dass sie hingehen würde. Mit einem fragenden Lächeln schaute sie zu mir herüber.

Wir trauern um

Hans Langhans
geboren am 2.8.1922 in Reps, Siebenbürgen
gestorben am 2.11.1996 in Karlsruhe

Die Beerdigung findet am Freitag, 6.11.1996, um 15 Uhr auf dem Hauptfriedhof Karlsruhe statt.

2

Wie alles anfing? In einem Altersheim, dessen Heimleiter darauf bestand, dass man das Wort *Altersheim* nicht aussprach. Dabei ist es ein schönes Wort. *Heim* klingt weicher als *Stift* und lange nicht so spitz.

Es nannte sich Gruppenspielzeit, und ich war als Zweitbetreuerin eingeteilt. Die meisten Teilnehmer konnten nicht mehr Ball spielen, dabei hatten sie erstaunlich große Hände, auch die Frauen. Arbeiter-

hände, lange, knorrige Finger, braun gesprenkelt wie Vogeleier, die man im hohen Gras verstecken konnte. Aber dieses feine Zittern machte alles kaputt. Zum Ballspielen erwiesen sich die Hände als ungeeignet. Natürlich behielt ich meine Meinung nicht für mich.
»Hat doch alles verdammt noch mal keinen Sinn.«
Aber Steffen lachte mich aus. Und behielt recht. Fangen und werfen konnte nämlich doch einer, Hans Langhans, der Außenseiter. Was der dort, also in diesem Heim, zu suchen hatte, verstand ich sowieso nicht.
»Ich bin der Langhans Hans, guten Tag, hübsches Fräulein.« So hatte er sich am ersten Tag vorgestellt. Dieser Mensch also schoss mich mit dem Ball ab. Dabei ging es nicht ums Abschießen. Hart traf mich dieser Abschussball, traf meine rechte Brust, als ich nur eine Sekunde abgelenkt war. Aus meinem Mund entwich ein Zischen, meiner Lunge fehlte Luft. Vielleicht hätte ich ruhig bleiben sollen, aber ich sprang auf.
»Scheiße, jetzt reicht's.«

Es war mein siebter Ferientag und gleichzeitig mein siebter Tag in Gefangenschaft. Der siebte Tag von angeordneten einundzwanzig Tagen Sozialstrafe. Und am Morgen dieser Brief. Ganz und gar überflüssig. Er hatte wie ein verlorenes Taschentuch auf der Fußmatte gelegen. Ein Brief von Constantin. Geklingelt hatte er nicht.
»Scheiße«, sagte ich, »jetzt reicht's.« Und meinte damit vor allem Constantin und meine dumme Verliebtheit. Aber kein Verständnis, von niemandem, nur große Augen. Deshalb floh ich. Humpelte, so rasch ich

konnte, aus dem Gruppenraum, durch diesen ewig langen Flur, der so aussah, als würde er direkt in den Abgrund führen. Gelb bemalte Bambusstangen in schwarzen Vasen sollten das weiße Nichts der Eingangshalle durchbrechen. Genau fünf Schritte trennten mich von der Tür und von der Freiheit. Dann hatte er mich eingeholt. Wie eine Ausreißerin zerrte Steffen mich vom Eingang weg.

»Abhauen ist nicht.«

»Lass! Ich will doch nur frische Luft schnappen.« In mir eine Wut, von der ich nicht wusste, woher sie genau kam und wohin ich sie packen sollte.

Steffen brachte mich zum Heimleiter, einem kleinen schmächtigen Mann, dessen breite Schultern mich sehr beeindruckten.

»War bestimmt keine Absicht«, versuchte der Heimleiter mich zu beruhigen. Er hieß Vogel. Und zart wie ein Vogelflügel blieb seine Hand auf meinem Unterarm liegen.

»Bestimmt«, brummte ich und trat einen Schritt zur Seite.

Seiner Aufforderung, zurück an die Arbeit zu gehen, konnte ich nicht folgen. Es ging nicht. Verdammt, immer wollten alle an mir herumerziehen.

»Muss für kleine Mädchen«, brummte ich, als Steffen und ich das Büro verließen. Ungehalten schüttelte ich ihn ab und rannte in den Keller. Warum behandeln mich alle wie ein kleines Kind, Constantin, Steffen, dieser Vogel? Ich schnappte mir meine Tasche, wollte gehen, da fiel mein Blick auf etwas Gelbes. Ich hatte das Skizzenbuch mitgebracht, aber nie benutzt. Es war unter die Bank gerutscht. Entschlossen, nicht mehr wiederzukommen, packte ich es in die Tasche und verließ das Altersheim durch den Haupteingang.

3

Es regnete. Auch das noch. War nicht alles schlimm genug, ein Sommer ohne Glück, ohne Sonne. Ich blieb stehen. Ein modisch verkrümmtes Glasdach bot mir seinen Schutz an. Und weil ich nicht wusste, wie mein nächster Schritt aussehen würde, schlug ich ein. Da stand ich und starrte auf den gegenüberliegenden Parkplatz. Bis zur nächsten Straßenbahnhaltestelle war es nicht weit. Und dennoch: Ein Auto wäre schön gewesen. Ein Auto und Constantin als Chauffeur.

Stattdessen prasselte dieser Sommerregen nieder. Der dunkle Saum meiner Hose zeigte erste Flecken. Sie war neu, keine zehn Stunden alt. Die ganze Nacht hatte ich daran genäht, deshalb war ich auch so schlecht gelaunt. Während der Arbeit an der Hose ahnte ich noch nicht, dass am Morgen niemand mehr da sein würde, der sie bewundern wollte. Constantin fand vieles an mir nicht gut, meinen Kleiderstil aber mochte er. Oft blätterte er im Skizzenbuch. Suchte nach neuen Porträts, verweilte aber auch bei den Kleiderentwürfen.

»Du hättest das Zeug zur Modedesignerin, weißt du das?«

»Viel zu schlecht. In der Schule, meine ich. Modedesign studiert man.«

»Nicht, wenn man sich selbstständig macht und seine eigene Kollektion herausbringt.«

Meine Güte, eigene Kollektion. Der Mensch träumte. Dafür brauchte man doch Geld und Mut und wirkliches Können.

Obwohl die Wand neben mir feucht schimmerte, lehnte ich mich an. Regengeruch überall. Mein Kopf wurde davon nicht klarer. Bestimmt ist Constantin längst unterwegs, grübelte ich, Frankreich ist ja nicht weit. Ein bisschen Richtung Rhein, eine Brücke suchen, drübersetzen, schon ist man im Elsass. Und das Leben ein anderes. Ich stellte mir Frankreich warm und weich vor. Ein flauschiges Geschenk. Ein Geschenk, das für mich bestimmt war. Seit ich Constantin kannte, seit über drei Monaten, schwärmte er von Frankreich.

»Vieb, das Camp in Saint-Lary wird dir gefallen, echt.«

Unser erster gemeinsamer Urlaub, meine erste längere Reise überhaupt, sollte einem Kinofilm gleichen, gedreht in satten Polycolorfarben. Einen Titel gab es schon: »Der Pyrenäensommer«. Sabine, ängstlich, neurotisch und trotzdem wenig mütterlich, hatte zugestimmt und mir so etwas Ähnliches wie Glück gewünscht.

Eine Liste hing über meinem Bett.

- Salbe für das Bein
- Kondome, falls …
- Tagebuch

- Rucksack, neu
- Sonnenbrille

Das alles war nun Schnee von gestern.

4

Ich schaute auf, betrachtete den Himmel. Eisiges Schlechtwettergrau. Eine Sekunde lang dachte ich darüber nach, wieder reinzugehen. Ich konnte immer noch so tun, als wäre ich auf dem Klo gewesen. Aber ich ging nicht wieder rein. Kaute stattdessen auf dem Kaugummiwort *Beziehung* herum. Bis sich Blasen bildeten, bis sie zerplatzten. Unsere Beziehung hätte klappen können. Peng. Wenn Constantin mich an jenem Tag nicht versetzt hätte, wenn Ron mich nicht zufällig vor dem Kino angequatscht hätte. Peng. Dann wäre ich nie mit dieser Clique an den Rhein gefahren. Und dann wäre auch das mit dem Auto nicht passiert, und die Polizei hätte uns nicht angehalten. Peng. Das alles war passiert, weil er keine Zeit gehabt und Ron eine Irrtumskette in Gang gesetzt hatte. Warum begriff Constantin das nicht?

Voller Hoffnung betrachtete ich die hohen Hainbuchen, die sich links vom Hauptgebäude um einen kleinen See gruppierten. Wie eine Familie standen sie beisammen, Vater, Mutter, Kinder. So wollte ich mit Constantin zusammen sein. So selbstverständlich, so ewig. Im satten Grün des Parks hatte ich meine Augen vor Anker gehen lassen können. Ein grünes Trostpflaster gegen den Schmerz, die Wut, jeden Morgen aufstehen und hierherfahren zu müssen. Vor zwei Tagen aber hatten sich die Bäume in farblose Silhouetten verwandelt, die mit dem grauen Himmel zu verschmelzen drohten.

Bestimmt wird Constantin mir verzeihen, wenn ich mich nur richtig anstrenge, machte ich mir Mut, wenn ich ehrlicher und kämpferischer werde. Morgen scheint doch auch wieder die Sonne.

In zehn Jahren, davon war ich überzeugt, wenn er und ich Kinder haben würden, ein blondes Mädchen, einen dunkelhaarigen kleinen Jungen, würden wir über unseren verpatzten ersten Urlaub lachen.

»Kruzitürken.«

Von hinten erfasste mich ein Wortschwall, kickte meine Gedanken weg. Die Eingangstür wurde aufgerissen. »Joi, kann ich nicht tun, was ich will? Seh ich wie ein Trottel aus?«

Ich erkannte Langhans an seiner Stimme, an seinem rollenden R, das einen aus dem Stand hochheben und in die Luft werfen konnte. Trottel. Was wollte der denn? War er nicht an allem schuld? Zwischen den Türhälften war er stehen geblieben, drehte mir den Rücken zu. Dennoch spürte ich die Angst als Luftblasen in meinem Bauch. Er wird mich verraten. Vogels Stimme drang nach draußen.

»Genau das ist ein Trugschluss. Sie sind an Verträge gebunden, Herr Langhans. Und wer soll Ihr Zimmer auflösen?« Die Stimme des Heimleiters war ungewohnt laut, kein Zwitschern, ein Warnruf.

Sieben verdammt lange Tage. Aber ich hatte Vogel nie erregt erlebt. Selbst mit mir sprach er ruhig, in väterlich nachsichtigem Ton. Schön, wenn ihn dieser Hans erregen konnte. Ich drückte mich enger an die Mauer, verschmolz mit ihr und plante gleichzeitig meine Flucht. Doch die Wolken regneten sich rücksichtslos aus. Wie in stummer Absprache schluckte der Himmel das letzte Licht des Julitages. Innerhalb weniger Sekunden würde ich klatschnass sein.

»Larifari. Rufen Sie meine Tochter an«, hörte ich Langhans schnarren.

»Ihre Tochter war die letzten sechs Monate kein einziges Mal zu Besuch.«

»No, Sie vergessen die Beerdigung.«

»In Ordnung. Herr Langhans, ich verstehe ja, dass Sie der Tod Ihrer Frau mitgenommen hat. Gerade deshalb, tun Sie ihr das nicht an.«

»Antun? No, was antun? Meine Frau drückt nur noch die Erde, habe die Ehre.«

Langhans trat einen Schritt zur Seite, ließ die Tür ins Schloss fallen. Und wie auf Kommando ging die Außenleuchte an, übergoss mich und ihn mit milchig gelbem Licht. Immer noch trug er die Sporthose und das Jeanshemd, das ich ihm gestern hatte bügeln müssen. Jede Falte eine liebevolle Verweigerung. Das Trinkgeld aber war gut gewesen. Neu war die Mütze, jeansblau, die seine weißen Locken seitlich herausdrückte, und der braune Koffer, ein Riesending, das Arm und Schulter nach unten zog. Und jetzt erst kapierte ich, worum es ging: Der wollte abhauen. So wie ich. Langhans stand da, guckte schief, guckte ungläubig in den Regen. Ein

Windstoß, Wasser peitschte ihm ins Gesicht, und ich wunderte mich, dass er mich immer noch nicht entdeckt hatte. Ohne Eile suchte ich in meiner Umhängetasche nach einem Taschentuch für ihn. Aber die Tasche war viel zu groß. Tausend Sachen fanden darin Platz. Meine Finger bahnten sich einen Weg durch das Labyrinth aus Tagebuch, Fettstift, Kugelschreiber, Deodorant und vielem mehr. Leider keine Papiertaschentücher. Dafür stolperte ich über Constantins Abschiedsbrief. Wie Marionetten begannen mein rechter Zeigefinger und der Daumen zu tänzeln, tasteten das schriftliche Nein ab und versuchten zu begreifen. Eine halbe Seite, mehr war ich ihm nicht wert gewesen. Austauschen statt reparieren. Hinter meinen Lidern begann es zu jucken. Nur jetzt nicht weinen. Wütend zog ich den Briefumschlag hervor, las die ersten Sätze und vergaß Langhans.

5

Liebe Viebke,
man muss etwas schon wollen, wirklich wollen.
Dann geht es auch. Aber Du lässt Dich immer
wieder herausfordern. Wir beide passen einfach
nicht zusammen. Ich will ehrlich sein …

Bei mir wird das auch schnell gehen, beschloss ich. Ich werde Constantin aus meinem Leben streichen. Es ist egal, wen man liebt. Man kann Hunde lieben, Hamster, Fische. Man kann sogar Wörter lieben. Mimosentum zum Beispiel. Dabei war ich nicht stolz darauf, dass ich mich wie eine Mimose benahm. Lieber wollte ich stark sein, um ihn kämpfen. Je länger ich dastand, desto mehr verstärkte sich dieser eine Gedanke. Wie ein Brandzeichen wurde er sichtbar. Als käme er nicht aus mir heraus, sondern würde mir von außen eingebrannt. Und das war mir gerade recht. Du darfst dir das nicht gefallen lassen, stand da, Constantin gehört dir. Irgendwo in meinem Kopf hagelte es Protest: Quatsch! Niemand gehört irgendjemandem. Okay, ich will ihn nicht besitzen, aber ich will bei ihm sein. Großer Unterschied. Es gab so wenige Menschen, bei denen ich sein wollte. Eigentlich …, mir fiel niemand ein. Nahaufnahmen von Köpfen liefen vor meinem inneren Auge ab, aber wichtig war mir keiner dieser Menschen.

Constantin war anders als die anderen. Mit ihm konnte ich ganz wunderbar schweigen. Nichtstun konnte er allerdings nicht so gut. Er war nicht perfekt. Niemand war das. Er liebt mich, das ist die Hauptsache. Wie eine Beschwörungsformel sagte ich den Satz auf. Vokabeltraining.

Der zerknitterte Brief lag in meiner Hand. Vielleicht war die Tinte verwischt, die Klarheit von Constantins Absage war es nicht. Er hatte Bettina angerufen und sie aufgefordert, ihn an meiner Stelle zu begleiten. Ausgerechnet Bettina.

Bereits während unserer ersten Begegnung in Mikes Wohnzimmer hatte ich gegen sie kämpfen müssen. Ablehnung kann man schmecken. Sie stößt einem säuerlich auf, wie schlecht Verdautes.

6

»Ach, Sie sind das.« Langhans trat zur Seite. »Das Dingsbums-Mädchen. Muss mich vielmals entschuldigen, wegen des Balls.«
»Mein Name ist Viebke, das wissen Sie doch.«
»Dann können Sie eventuell auf den Koffer aufpassen, nicht wahr.«
»Ne, muss weg.«
»Bravo, ich auch.«
»Karlsruhe?« Meine Stimme wurde einschmeichelnd.
»No, sind wir hier nicht in Karlsruhe?«
»Ich meine Innenstadt.«
»Und ich meine Toulouse.«
Er stellte den Koffer neben mir ab, schlurfte in die Eingangshalle und kam mit einer Tasche zurück. Ebenfalls braun, ebenfalls groß. Wann hatte er gepackt, wann hatte er beschlossen abzuhauen? Ich konnte es nicht fassen. In die Hocke gehend, ergriff er sein Gepäck, zögerte nur eine Sekunde, dann eilte er durch den Regen, den Hals verkürzt, den Rücken leicht gebeugt. Ein Porteur in eigener Sache. Ich sah ihm nach, mit hungrigem Blick. Auf dem Parkplatz stand sein Wohnmobil, das wusste ich. Das Ding war grau, kastenförmig, mit zahlreichen Aufklebern verunziert. Es war mir bereits am ersten Tag aufgefallen, und Steffen hatte meine Neugierde durch eine Geschichte befriedigt. Eine kurze, die niemals wahr sein konnte und dennoch faszinierte. Fünftausend Bücher sollte Langhans besitzen, viertausendfünfhundert lagerten im Wohnmobil.

»Deshalb hat er sich von dem alten Ding nicht trennen können«, behauptete er.

Langhans schloss auf, stellte den Koffer und die Tasche hinein und sprang über Pfützen zum Wohnstift zurück. Plötzlich konnte er springen.

Constantin war immer schnell. Schneller, am schnellsten. Konnte nicht normal gehen, musste immer rennen oder hüpfen und seine Kraft an die Luft verschenken. Vier Wochen getrennt sein. Eine verdammt lange Zeit. Und es werden für ihn keine normalen Wochen werden, sondern südliche, mit Sonne und Wasser angefüllte. Wochen mit reichlich unbedeckter Haut. Das Grübeln in meinem Kopf schlug Wurzeln. Schmerzhaft eroberten sie neues Terrain.

Seine Haut, sein Geruch. Ich kannte so etwas nicht, war keinem Menschen je so nahegekommen. Außer Erzsebet vielleicht, die ein paar Jahre lang meine Ersatzmutter gewesen war. Sabine wollte keine Nähe. Sabine, die immer an ihrem Küchentisch saß und aß. Zwei Küchentische für zwei Menschen. Sabine, die sich im Bad einschloss, stundenlang. Irgendwann, ich muss Keuchhusten gehabt haben, durfte ich zu ihr ins Bett. Ich wollte nie mehr gesund werden.

Werden sich Constantin und Bettina ein Bett teilen? Ein Schauer überlief mich, als hätte ich Schüttelfrost. Und bestürzt stellte ich fest, dass sich die Härchen auf meinen Unterarmen aufrichten. Gestern noch gingen die Erinnerungen an Constantins Körperduft mit der Vorfreude auf den gemeinsamen Urlaub einher. Gestern. An einem einzigen Tag hatte sich mein Leben verändert.

Meine Gedanken kehrten stolpernd zu dem Wort *Toulouse* zurück. Eine Stadt in Frankreich, mehr wusste ich nicht. Wenn ich Glück hatte, befand sie sich im Süden Frankreichs. Egal, ich wollte weg. Nein, ich musste weg. Auch wenn ich Sabine im Stich ließ. Und Geld?, fragte ich mich, ich habe weniger als nichts. Egal, entschied ich, Geld gibt es überall.

Als Langhans zurückkam, schaute ich demonstrativ zur Seite. Und als er im Foyer verschwand, humpelte ich los.

Zweites Kapitel

I

So leise wie möglich änderte ich meine Position. Was kaum möglich war. Ich saß fest. In einem Wohnmobil, zweimal fünf Meter groß. Ein Tisch, zwei Sitzplätze, eine Mininasszelle, die obligatorische Küchenzeile. Kein Fernseher. Ich fand, Wohnmobile sollten groß sein, am besten lang und breit wie Busse. Damit man sie von Weitem erkannte, damit sie partytauglich waren. Dabei war ich gar kein Partytyp, lud selten Freunde ein. Egal.
So leise wie möglich also zog ich das Bein an. Der Tisch war niedrig, ich musste den Kopf schräg auf der Schulter ablegen. Zum ersten Mal fand ich es gut, klein zu sein, dennoch, verdammt, warum hatte ich mich auf dieses Blinder-Passagier-Spiel eingelassen? Es gab tausend Möglichkeiten abzuhauen, ich hatte mich für die blödeste entschieden. Bereits jetzt schmerzte das rechte Bein. Zwischen Wade und Fessel wuselte eine Armee von Ameisen, die über einen großen Vorrat an Gift zu verfügen schienen. Ich sammelte Spucke in meinem Mund, bestrich meinen Fuß damit und dachte an Constantin.

Wenn er verschwitzt war, roch Constantin sehr intensiv. Doch ich mochte, nein, ich liebte diesen Geruch. Lieber als Deodorantgeruch, tausendmal lieber als Rasierwasserduft. So ein Körpergeruch ist etwas unglaublich Verlässliches. Unter einem Dutzend Männer glaubte ich Constantin herausriechen zu können. Selbst sein Geschmack lag mir auf der Zunge. Am Haaransatz, zwischen Stirn und Pony, da, wo keine Seife und kaum Wasser hinkamen, wo Salz und Schweiß eine Kruste bilden durften, befand sich eine meiner Lieblingsstellen.

2

Am späten Nachmittag war ich eingestiegen, jetzt klebte Dunkelheit an den Seitenscheiben, ich musste lange geschlafen haben. Was mich aber am meisten verblüffte: Eine gespenstische Stille umschloss das Wohnmobil, es waren keine Fahrgeräusche, keine Stimmen zu hören.

Der Stillstand hatte mich geweckt, vielleicht auch das Licht. Innerlich seufzend lehnte ich mich zur Seite, legte den Kopf noch schiefer und erschrak. Langhans stand zwischen dem Fahrer- und Beifahrersitz, nur wenige Schritte trennten mich von ihm, und er war vollkommen nackt.

Ich sah den tief liegenden Bauchnabel, sah das helle Schamhaar und alles, was darunter hing. Kein schöner Anblick. Nein, ich mochte keine alten nackten Männer.

Aufspringen, ihn zur Seite drängen, davonlaufen? Aber wohin sollte ich, mitten in der Nacht?

Ich zwang mich zur Ruhe. Bis ich entschieden hatte, was zu tun war. Ich durfte nicht länger warten. Er sollte nicht merken, dass ich ihn beobachtet hatte. Eine selbst aufgestellte Regel: Versteck dich nicht zu lange, wirf deine Karten offen auf den Tisch.

Während ich mich hervorschälte, legte ich mir Sätze zurecht, wie für den jährlichen Besuch bei meiner Oma. Gerda war immer hungrig nach Lob. Bestimmt war auch er ausgehungert. Alle im Seniorenheim waren hungrig gewesen. Ich werde ihn füttern, nahm ich mir vor, mit einem Lächeln, mit Sonntagsworten. So lange, bis er versteht, bis er tut, was ich will.

»Herr Langhans?«

Die Adern an seinem Hals schwollen dick an, sie verfärbten sich rot, wurden weiß, schließlich brach es aus ihm heraus. Langhans lachte. Doch er lachte nicht wie ein normaler Mensch, eher wie ein Pferd lachen würde, wenn es könnte, er wieherte, und alles an ihm begann glockenartig zu schwingen. Bim, bam.

»No, Dingsbums-Mädchen.« Anhaltendes Lachen. »Ausgeschlafen?«

Nichts Dingsbums. Ich sprach es nicht aus, sondern schluckte meine Verwunderung hinunter. Wie hatte es dazu kommen können, dass ich hier, mit ihm …? Ein kurzes Luftschnappen, dann verschloss ich den Mund, verabschiedete die Sonntagsworte. Für jemanden wie ihn, jemanden, der mich auslachte, waren sie garantiert verschwendet. Dieses tiefe Lachen wollte nicht verebben, es umspülte mich, riss mich von meinem Platz. Ich starrte zur Seitentür, die offen stand. Aber wohin …? Seit ich denken konnte, lagen mir diese Wörter wie Gräten quer im Hals: *aber* und *wohin*.

»No, habe ich doch richtig gehört«, sprudelte es aus dem Alten heraus. »Die ganze Fahrt über war da nichts. Traue nie der Stille. Ein Spruch meines alten Kameraden Otto.« Nur noch leise plätscherte jetzt das Lachen.

»Herr Langhans, Sie sind nackt.«

»Jawohl, Fräulein. Hier in meinem Wohnmobil, ich gebe es zu, fühle ich mich zu Hause. Wenn ich Sie darauf hinweisen darf, hinter Ihnen, in meinem Schrank, befinden sich meine Pyjamas, ich hätte gerne den grauen.«

Es war sein Ernst. Er dachte, wir wären immer noch in diesem gottverdammten Altersheim und ich einzig und allein dafür da, ihn zu bedienen. »Wo ist mein Buch? – Liebes Kind, warum ist der Tee schon kalt? – Kann jemand den Ton lauter stellen? – Kindchen, soll das ein Pudding sein?« Seine Kommentare und Ansprüche füllten eine ganze Schachtel in meinem Kopf.

»Wo da?« Ich war zu durcheinander, um mich gegen ihn zur Wehr zu setzen. Doch wie so oft erhielt ich lediglich ein Schulterzucken als Antwort. Langhans hatte seine Nickelbrille abgenommen und rieb sich das Gesicht. Dann hielt er inne, schaute mich an, wartete. Die Müdigkeit hatte seine dunklen Augenperlen tief ins weiche Fleisch eingedrückt. Das hier war auch für ihn nicht einfach.

3

Es hätte auch ganz anders kommen können. Wenn Ron mich nicht vor dem Kino angequatscht und Constantin nicht so wenig Zeit für mich gehabt hätte. Und verdammt, auch jetzt hätte es anders laufen können. Wenn mir die neue Hose nicht so wichtig gewesen wäre, wenn ich im Wohnmobil nicht eingeschlafen, sondern rechtzeitig ausgestiegen wäre! Es macht mich ganz verrückt, mir vorzustellen, wie Dinge angestoßen werden und ins Rollen kommen, nur weil ein Zufall den anderen bedingt und damit auch meine Reaktionen bestimmt.

Langhans kannte ich seit sieben langen Tagen. Er war ein Tyrann, er war ein Aufschneider, jemand, dessen Namen man sich sofort merkte. Er besaß eine Präsenz und Anziehungskraft, die beängstigend war. Hätte ich ihm einen Namen geben müssen, wäre mir der Begriff Fleischfresser passend erschienen, einer, der von einem Hühnchen nichts übrig lässt, keinen Knochen, keinen noch so winzigen Knorpel.

Ich starrte ihn an, als würde ich ihn zum ersten Mal sehen. Früher muss er gut ausgesehen haben. Groß und kräftig, ein Braunbär. Bestimmt gab es Braunbären, dort, wo er herkam, in Rumänien. Die Haare, die jetzt schneeweiß waren, müssen früher dunkel gewesen sein, das sah man an den buschigen Augenbrauen, die ein Eigenleben führten, die ihre Farbe behalten hatten und die zu einem sprachen, wie Tänzer das tun, wenn sie sich geschmeidig bewegen. Auf seiner Stirn diese Falten, zwei Wellenlinien, beide gleich lang, glichen dem Zeichen »Wasserschutzgebiet«. Richtig faltig war er nicht, eher wettergegerbt, und seine Statur erinnerte mich an Bilder von drahtigen Bergsteigern, die mit achtzig ihren letzten Achttausender in Angriff nehmen und zuversichtlich in die Kamera lächeln. Aber sein Alter sah man ihm doch an, unter seinen kleinen Augen hingen Tränensäcke, ebenso groß wie die Augen selbst. Ich wusste, er hatte vor Kurzem seine Frau verloren. Schon möglich, dass uns einiges verband. Beide hatten wir Liebeskummer, ich bestimmt mehr als er, beide liebten wir Bücher, beide waren wir schlecht in der Schule. Ich aktuell, er vor ewigen Zeiten. Das hatte ich beim Stöbern in seinen Unterlagen herausgefunden. Aber da waren auch die Unterschiede. Einer wog besonders schwer, er war steinalt, über siebzig, und ich erst siebzehn.

»No, wird mir langsam kalt.«

Resigniert drehte ich mich um, rüttelte an der schmalen Schranktür. Und erntete Fallobst. Alles Mögliche fiel mir entgegen, Grünes und Weißes und haufenweise Kariertes.

»Nichts Graues«, stellte ich fest und richtete mich kerzengerade auf. Rechthaben ist immer gut.

Langhans brummte einen heiseren Fluch und schob mich zur Seite.

»Schau!« Zufrieden schnalzte er mit der Zunge.

Ich bekam nun den flachen Hintern zu sehen und eine gezackte Narbe auf dem Rücken. Ein Blitz war in ihn gefahren. Er hatte es überlebt. Und ich würde ihn überleben. Endlich zog er ein hemdartiges Etwas an, und ich atmete erleichtert aus. Dabei war meine Angst vor ihm längst verflogen.

»Harmlos, einer, der seine Hände bei sich behält«, so hatte ihn Doro eingeführt, »ab und zu ein unanständiger Witz, mehr nicht.«

»Das Ding ist blau«, betonte ich, »und es ist verdammt noch mal ein Hemd.«

»Nachthemd«, verbesserte er, »wenn schon, dann korrekt und keine Verdammts mehr, solange Sie zur Untermiete wohnen.«

»Glauben Sie, das macht mir Spaß hier, oder was?«

»Gut so, gut so. Jetzt wird Tacheles gesprochen. Was wollen Sie? No, raus damit.«

»Toulouse«, tastete ich mich vor, »liegt in Frankreich, oder?«

Wieder dieses Lachen, tief und grollend, wie aus dem Erdinneren. Nie hatte er so gelacht, in sieben Tagen nicht, nicht beim Essen, nicht beim Fernsehen, nicht beim Gruppensport. Ich fühlte, wie sich meine Ohren rot verfärbten. Die Welt drohte aus den Fugen zu geraten. Alles fühlte sich falsch an. Wirklich alles. Das Fahrzeug, in dem ich stand, das Lachen dieses launischen Mannes, meine Sehnsucht nach zu Hause.

4

»Also, wer mir auf der Karte nicht zeigen kann, wo Toulouse liegt, steigt gleich wieder aus.«

Ohne Vorwarnung schob er die Seitentür ganz auf. Das war verdammt noch mal das Gegenteil einer Einladung. Kalte Nachtluft fuhr mir wie eine Welle unter die weit geschnittenen Hosenbeine, dennoch trat ich mutig einen Schritt vor. Mind the gap! Ein einziges Mal war ich im Ausland gewesen, in London. Klassenfahrt. Ich blickte auf eine hügelige Landschaft und unendlich viel Himmel. Wie spät mochte es wohl sein? Verzweifelt suchten meine Augen das Draußen nach einem Licht ab, einer Laterne, einem erleuchteten Fenster. Doch alles, was ich finden konnte, war eine unregelmäßig bemalte Sternendecke, die mit einer Mondbrosche am Himmel befestigt worden war. Der intensive Geruch von feuchtem Gras kitzelte meine Nase. Auch hier musste es geregnet haben. Es war kalt und feucht, aber wohlriechend. London war das nicht.

»Heißt das, ich soll gehen?«

»Joi, du hast keinen blassen Schimmer, wo wir uns befinden, nicht wahr. Und das bereitet dir Angst. Die ganze Zeit geschlafen, nicht wahr. Bravo, das nenne ich Gottvertrauen. In Ihrem Alter war ich auch unterwegs, allerdings immer mit Kartenmaterial ausgerüstet. Sie sind bestimmt erst fünfzehn oder so. Optisch jedenfalls ein Krispindel.«

Langhans schaute mich herausfordernd an, und ich

wollte fragen, was das sein sollte, ein Krispindel? Aber er ließ mich nicht zu Wort kommen.

»Egal, Sie werden mich anlügen, nicht wahr. In deinem, pardon, in Ihrem Alter habe ich auch gelogen. Aber keine Sorge, das verwächst sich.«

Dass er ständig vom Du ins Sie wechselte und umgekehrt, schien ihn nicht zu stören, mein Blick jedoch ließ ihn ernst werden. Seine Augen verengten sich, wirkten jetzt spöttisch, aber auch durchtrieben.

»No, schauen Sie nicht so. Ich lege ein Veto für Sie ein. Von mir aus müssen Sie nicht gehen, heute nicht. Dem nach Liebe Hungernden, dem Bedürftigen soll man die Tür nicht vor der Nase zuschlagen. Aber morgen, morgen lasse ich Sie an einer Raststätte raus. Und jetzt, wenn das Fräulein erlaubt, gehe ich zu Bett.«

Mit diesen Worten trat er an mir vorbei. Langhans war nicht breit, aber sperrig, ein antikes Möbelstück, mit gedrechselten Ellenbogen und barocken Schultern. Die Berührung mit ihm tat weh. Immerhin versuchte er, mich nicht vollzulabern. Unglücklich ließ ich mich auf den Beifahrersitz sinken, griff nach einer Decke, die dort lag. Für mich? Hatte er sie bereitgelegt?

5

Constantin trug eine Brille, oval mit Metalleinfassung, als ich ihn kennenlernte. Er sah aus, als hätte er sich als Lehrer verkleidet. Ein Sonderling, der abseits stand, nichts sagte, nicht tanzte, wenig trank. Sturmfrei, hatte Mike verkündet und die ganze Stufe eingeladen. Constantin gehörte nicht dazu, ich auch nicht. War erst siebzehn. Doch das war oft so, dass die Jungs jüngere Mädchen einluden, an denen sie ihr Imponiergehabe ungebremst ausleben konnten. Bisher hatte ich Angeberspielchen für normal gehalten. Doch während ich mit Pascal flirtete und über seine Witze zu lachen versuchte, beobachtete ich unablässig den Neuen. Ich fand seine rote Kordhose unglaublich mutig. Kein normaler Mensch trug Kordhosen, kein Normalsterblicher trug Rot.

Auch seine Körperhaltung faszinierte mich. Er stand sehr gerade und aufmerksam, nicht steif, neben einer grünen Zimmerpflanze, einer Yucca vielleicht. Unsichtbare Fäden hielten ihn in Bewegung, wenngleich er seinen Standort über einen langen Zeitraum hinweg nicht verließ. Rechter Fuß, linker Fuß, er wippte im Rhythmus der Musik, und seine Schultermuskeln vibrierten unter dem dünnen weißen Hemd. Kniff man die Augen zusammen, erinnerte seine Erscheinung an eine Fahne, die an einen baumdicken Mast fixiert worden war. Gelb-weiß-rot. Die Farben eines mir unbekannten Landes. In Länderkunde war ich eine Null. Ich verliebte mich in sein Äußeres, verliebte mich auch in das Wort *Unbekannt* und träumte mich in den Mittelpunkt einer Entdeckungsreise. Constantins Gesicht wirkte jung, aber seine Haltung strahlte das Selbstbewusstsein und den Ernst eines Erwachsenen aus. Wenn er lächelte, lächelte nur der Mund. Wenn er ein paar Takte mitsang, bewegten sich nur die Lippen. Die Hände blieben ruhig und tief in den Hosentaschen vergraben, Werkzeuge, die man nicht benötigte und daher schonte.

Es war diese Zurückhaltung, es war diese Ernsthaftigkeit, die mich anzog. Noch nie hatte ich einen Menschen so lange betrachtet. Meine Sättigungsgrenze ist schnell erreicht, normalerweise. Doch je länger ich ihn ansah, desto interessanter wurde er, ich wollte alles erfassen und abspeichern. Da war eine Narbe an seiner Nase. Vielleicht neu, der Kratzer einer verspielten Katze. Oder eine alte Wunde, nach einem Sturz vom Dreirad. Was mir besonders gefiel: seine Augen, mandelförmig, schmal. Und dieses Grübchen. Einseitig, nur rechts, nein, links, das seine Wange teilte. Es bestand kein Zweifel: Er war ein Solitär, etwas ganz Besonderes. Aber ich war mir nicht sicher, ob es in meinem Leben einen Platz für ihn gab.

Plötzlich war da ein Lächeln in seinen Augen, ich fühlte mich ertappt und merkte, wie ich rot wurde. Er lächelte mir zu, und sein Kinn deutete ein kurzes, aber einladendes »Komm her« an.

Das wird mein erster richtiger Freund, entschied ich. Meine Gedanken waren schneller als meine Beine. Nicht humpeln, ermahnte ich mich. Als ich bei ihm ankam, wusste ich bereits, dass ich jeden Tag mit ihm verbringen wollte, mindestens zwei Stunden. Am liebsten hätte ich ihn eingepackt, so wie er da stand. Zu Hause wollte ich ihn dann in Ruhe auspacken, eine Kinderüberraschungstüte mit verheißungsvoll süßem Inhalt.

»Hallo«, begrüßte er mich.

»Was hältst du davon, wenn wir diese schreckliche Party verlassen?«, fragte ich forsch.

Er hielt nichts davon. Er war wegen einer Frau gekommen, Bettina, er wollte warten. Es waren nicht viele Frauen anwesend, eigentlich keine. Sofia oder Saskia, beide siebzehn, waren im Kleinmädchenalter stecken geblieben.

»Bettina kommt nicht«, versicherte ich ihm.

Er glaubte mir nicht, natürlich nicht. Doch wir kamen ins Gespräch, und nach einer Weile begann nur noch jeder zweite seiner Sätze mit der Einleitung: *Bettina kann* … oder *Bettina wird* … Dennoch sank mein Mut, ich spürte, dass ich mich lediglich für die Rolle als Trostpflaster bewerben konnte. War ja auch klar, warum, er war groß und ich ein Winzling. Er sah nicht nur sportlich und trainiert aus, sondern war Sportstudent, wie ich erfahren sollte, ich hingegen ein Hinkebein. Er las die *taz*, und ich musste nachfragen, was das war, und schämte mich entsetzlich und wusste nicht weiter.

Um die Pause zu überbrücken, fragte ich: »Was für Sport? Wie kommst du überhaupt hierher?« Dabei kräuselte ich versehentlich die Nase. Er sah es und fuhr mit seinem Finger darüber.

»Ich mache alles Mögliche, vor allem aber Schwimmen und Handball. Landesmeisterschaften und so. Ich trainiere mit Mike.«

»Scheiße.« Es war unmöglich, das Wort zurückzunehmen. »Na ja, ich steh nicht so auf Aktivismus«, rechtfertigte ich mich.

Er lachte mich aus oder an: »Auf was stattdessen?«

»Autofahren, Lesen.« Sollte er von mir denken, was er wollte. Eilig griff ich in meine Hosentasche, zog ein Päckchen heraus, bot ihm eine Zigarette an. Doch er lehnte ab, natürlich lehnte er ab.

»Gerade abgewöhnt.«

»Okay, ich rauche auch selten.« Wieder eine miese kleine Lüge.

6

Unglücklich hatte ich mich im Kreis gedreht und ihn schließlich stehen lassen. Ein Bier, das ist das einzig Richtige, entschied ich und entschuldigte mich. Gelbe Gardinen, die immer schon gelb gewesen waren, stachen mir ins Auge. Auf dem Fenstersims ein goldener Vogelkäfig mit ausgestopftem Kanarienvogel, auch er sehr gelb. Wie unter Zwang verglich ich alles, was ich sah, mit meinem Zuhause.

Sabine hasste Gardinen. In keinem Zimmer unseres Hauses konnte man sich nackt aufhalten. Tischdecken, Sofakissen, Bilder an den Wänden, bei uns gab es nichts Nettes oder Dekoratives. Ich ließ zu, dass meine Mutter mich in die Küche begleitete, wie ein Schatten so düster, wie ein Schwert so scharf. Sie passte ganz ausgezeichnet zu meiner schlechten Laune.

Nein, verlieben wollte ich mich nicht. Nicht in einen, der Geoökologie und Sport studierte, der Wandern und Schwimmen als Freizeitbetätigungen angab. Es war besser, allein zu bleiben. Oder zu warten. Reichlich spät war ich mit Männern und Jungs in Kontakt gekommen, erst in der Schule. Sabine hatte nicht gewollt, dass ich den Kindergarten besuchte.

»He, was ist los mit dir? Trauerränder um den Mund?«

»Das ist Schminke.« Ich bat Mike, mir ein Bier zu geben.

Zehn Minuten drückte ich mich in der Küche herum. Zehn Minuten lang hörte ich Sofia und Saskia zu, was die zum Thema Noten abzusondern hatten. Übellaunig kam ich wieder heraus, eine Flasche Bier in der Hand. Und da stand er. Nicht mehr im Wohnzimmer, sondern im Flur, als hätte er auf mich gewartet. Und niemand neben ihm. Im Hintergrund tanzten Pius und Frauke. Die beiden waren schon seit Ewigkeiten ein Paar. Sie machten alles zusammen. Selbst aufs Klo gingen sie zusammen. Aber auch Mike war in Frauke verliebt, jeder wusste das. Obwohl die Party noch nicht richtig in Fahrt gekommen war, hing Mike bereits betrunken auf dem Sofa. Sein Hosenschlitz stand offen. Er spielte daran. Hervor kam ein Kanarienvogel, echt und nicht ganz so gelb wie der ausgestopfte Kollege. Sekunden später wurde das Wohnzimmer durch ein gemeinschaftliches Grölen erschüttert.

»Wo wohnst du?«, wollte Constantin wissen.

»Waldstadt. Lass uns in eine Kneipe gehen.« Da war sie wieder gewesen, die Angst, jemanden nach Hause einzuladen und sich wegen Sabine schämen zu müssen.

»Kneipe kostet Geld.«

Wir waren dann aber doch in *Die Socke* gegangen. Und in mir war ein Feuer entbrannt, das sich jedem Löschversuch hartnäckig widersetzte. Constantin, hellblond, ein knuspriges Brötchen, mit leckerer Kruste, innen weich und herrlich duftend, trat in mein Leben. Ich war mir sicher, dass er mir ziemlich schnell auf den Wecker gehen würde.

»Ich liebe dich«, sagte ich zwei Wochen später zu ihm.

»Ich weiß«, sagte er.

7

»Scheiße.«

Noch in Gedanken versunken, sprang ich auf, entschuldigte mich, sagte, dass ich mal müsse. Mehrere Sekunden ließ ich Langhans Zeit, er sollte mir erklären, wohin ich gehen sollte, wo Toilettenpapier lag. Doch er schwieg, und mir war klar, ich würde Blätter benutzen müssen.

Woran ich nach dieser Reise oft zurückdachte, immer wenn ich auf einem normalen Klo Platz nahm:

- an stachlige Äste, die einem in den Hintern piksten
- an Brennnesseln, die ihrem Namen alle Ehre machten
- an kalte Porzellanschüsseln, ohne Holz- oder Plastikdeckel
- an Stehklos, die entweder für das kleine oder das große Geschäft gebaut zu sein schienen, nie aber für beides
- an Bewegungsmelder in Campingplatzklos, die alle drei Sekunden neu aktiviert werden mussten, damit man nicht in völliger Dunkelheit versank

– an fehlendes Toilettenpapier
– an fehlende Seifenspender

Auch bei diesem ersten Mal ging nicht alles glatt. Beim Hochziehen stellte ich fest, dass meine Hose nass geworden war. Ich konnte nur hoffen, dass die Feuchtigkeit vom Gras herrührte. Wenn schon, dachte ich, habe ich nicht ganz andere Probleme?

Die Schultern eingezogen, die Hände vor der Brust gekreuzt, marschierte ich zurück zum Wohnmobil, achtete nicht auf Unebenheiten, stolperte, fing mich, schaute ängstlich auf. Mein Bein tat weh. Plötzlich der beißende Geruch von Kuhdung. Aber weit und breit waren keine Kühe zu sehen. Dafür andere Lebewesen. Den Wiesen entstiegen nebelartige Erdgeister, die sich kichernd die Bäuche hielten. Da waren auch Elfen, geflügelte Wesen jedenfalls, die sich von hoch oben, aus den Kronen der Obstbäume zu mir herabbeugten, mich zu fassen versuchten? Ich kniff die Augen zusammen, hastete, so rasch es ging, weiter. Die Tür stand offen, wenigstens das.

8

Ein Bier oder zwei hätten mir zusätzlich Halt gegeben. Doch ich hatte Constantin vor zwei Wochen geschworen, weniger zu trinken.

»Nie mehr Polizei«, hatte er gesagt, nein, verlangt. Wie selbstverständlich forderte er Dinge ein. Und aus seinem Mund klang das vernünftig.

Constantin, keine Sekunde konnte ich ihn vergessen. Wegen ihm hatte ich mich in diese Situation manövriert. Stand in der Wildnis. Hatte nicht mal Klopapier, nicht mal eine Zahnbürste.

Als ich ins Wohnmobil kletterte, war Langhans dabei, sein Bett zu richten. Abwartend blieb ich in der Tür stehen. Schaute zurück ins tiefe Nachtblau. Ob Gott gerade Zeit hat und sich meiner Gedanken annimmt?, grübelte ich. Zufällig hätte ich einen Vorschlag zu machen. Hallo, du da oben, keinen Alkohol, bis ich Constantin gefunden habe. Und wenn er sich mit mir versöhnt, werde ich auch das Rauchen aufgeben. Wenn das kein Angebot ist. Also, wenn du mich gehört hast, schick mir ein Zeichen.

Nichts passierte, na klar, Funkstörung. Hätte mich auch echt gewundert. Ich drehte mich wieder um und schaute Langhans fasziniert zu, wie er den Tisch nach unten klappte, um die Liegefläche zu verbreitern. Aber das war noch nicht alles. Unter den Polstern kamen Bücher zum Vorschein, ich glaubte zu träumen. Er schlief auf Büchern! Als er meinen Blick bemerkte, lächelte er schelmisch, knickte in den Knien ein, streichelte mit dem Handrücken über die bloßgelegte Lektüre. Er wünschte ihnen eine gute Nacht und wisperte dabei, so als würde er seinen kleinen Kindern Geheimnisse zuflüstern. Aber hatte ich nicht auch gerade mit einem tauben Gott gesprochen? Schließlich ordnete er die Polster neu und klopfte sie fest. Kein Leintuch, kein Kissen, nur ein bisschen roter Schlafsack. In weniger als zwei Minuten war er fertig.

»Und die Tür?«
»Bleibt offen.«
»Und wo soll ich schlafen?«
»An dem Ort, an dem Sie aufzuwachen gedenken. Vorhin hast du bereits mit dem Fahrersitz Bekanntschaft gemacht. Sie können sich aber auch in den Gang legen oder ...« Eine Pause entstand. »In Ihrem Alter habe ich im Freien, auf trockenen Tannennadeln geschlafen.« Langhans deutete nach draußen.

Das war zu viel. Ich wollte ihn erschlagen, ich musste ihn erschlagen. Die Frage war nur, wann. Jetzt sofort oder später? Dienstage waren meine Lieblingstage, immer schon. Montags ging ich selten in die Schule. An Dienstagen hingegen war alles möglich. Der morgige Dienstag würde ein guter Tag werden, das spürte ich. Ich nahm mir vor, das Wohnmobil zu kapern. Ich würde sein Geld stehlen. Und niemand würde je Verdacht schöpfen.

Ein unglaublicher Furz unterbrach meine Gedanken. Der Furz kam mit dem ersten Schnarchgeräusch und von da an in regelmäßigen Abständen. Da wusste ich, dass ich die ganze Nacht kein Auge zutun würde. Für einen guten Mord aber sollte man ausgeschlafen sein.

Bereits notdürftig mit einer Decke zugedeckt, bereits im Einschlafen begriffen, fiel mir auf, dass dieser Mensch mich nicht nach dem Warum gefragt hatte.

9

In meinem Traum sah ich Constantin bis zu den Hüften im Wasser stehen. Es sah aus, als wäre er unfreiwillig schwimmen gegangen. Das rote Sporthemd war am Hals aufgeknöpft und er hielt Wanderstöcke in den Händen, kämpfte sich damit zum Strand vor, als würde er einen Gipfel besteigen. Ich winkte, rannte ihm entgegen, doch er erkannte mich nicht, marschierte an mir vorbei, hinterließ eine schwarznasse Spur im Sand. Muscheln klebten an seiner Hose, die dunkel und verwittert aussah, wie der untere Teil eines alten Holzschiffes. Mein Körper bewegte sich schaukelnd, gab dem Auf und Ab der Wellen nach. Ich schrak hoch, erwachte. Das Schiff war ein Wohnmobil, und neben mir tauchte nicht Moby Dick auf, sondern Langhans. Breitbeinig stand er in der Kombüse, ein Möchtegernkapitän der Landstraße. Oben trug er ein Feinrippunterhemd, unten eine Jogginghose. Er knallte Schranktüren zu, riss Schubladen auf, hantierte mit Tellern und Besteck. Ich kuschelte mich in meine Decken. Jemand hatte mir eine zweite spendiert. Der Alte war also doch kein Monster, hatte Gefühle. Und wenn mich nicht alles täuschte, lief die Heizung. So ein Wohnmobil war nicht das schlechteste Gefährt. Neugierig geworden, schielte ich um die Ecke. Auf dem Tisch türmten sich merkwürdige Nahrungsmittel. Oliven und Eier und Tomaten. Das Wort Oliven drehte sich in meinem Mund, es schmeckte schwarz und oval, und ich verliebte mich in die Idee, von diesem alten Mann adoptiert zu werden. Immerhin war er ordentlich, ohne spießig zu sein. Alle CDs lagen in ihren Hüllen, der Staub auf dem Armaturenbrett hielt sich in Grenzen. Und eine gewisse Gastfreundschaft war nicht zu leugnen. Meine Nase kräuselte sich gierig. Aber verdammt, mir tat jeder einzelne Knochen weh. Wie einen brüchigen Papierfächer, vorsichtig, musste ich mich auseinanderfalten.

Wo mochte Constantin jetzt gerade sein? Wo war ich? Würde ich ihn je einholen?

Ich hatte kein Geld, keine Kreditkarte, kein Handy, ich wusste nicht, mit was für einem Bus er unterwegs war und wie lange er und seine Mannschaft brauchen würden. Ich kannte nur die Adresse und die Telefonnummer des Basislagers. Und wie sollte ich den schlechten Geschmack in meinem Mund loswerden?

10

»Darf ich dir die Zähne putzen?«, hatte Constantin mich gefragt. Mit einem Lächeln, so wie nur Männer das draufhaben, schelmisch verspielt und angriffslustig zugleich. Es war ein sonniger Morgen. Nicht zum ersten Mal hatte ich bei ihm geschlafen. Eine kurze Nacht lag hinter uns. Ich gähnte, war müde. Constantin hatte alles Mögliche mit mir gemacht, Sex aber abgelehnt.

»Das heben wir uns auf, nicht wahr?«

»Du bist so doof.« Meinen Faustschlägen hatte ich genau das richtige Maß Zärtlichkeit beigemischt.

Dass die Zahnbürste den Aufkleber *Viebke* trug, versöhnte mich etwas mit seiner Zurückhaltung. Wie ein Gewehr hielt er sie im Anschlag. Ich wollte dennoch mehr, wollte, dass er mich ernst nahm, wollte seinen Körper ganz kennenlernen, wollte, dass er mich begehrte.

»So griesgrämig?«, lachte er mich aus. »Komm schon, es macht mir Spaß.«

Damit er sich nicht bücken musste, setzte er sich auf den Badewannenrand, ich stand davor. Damit ich mir einbilden konnte, das Ganze würde ewig dauern, zählte ich die Sekunden und fror jede Berührung in mein Gedächtnis ein.

»Ruhig, Zappelphilipp. Schau mich doch an. Mit geschlossenen Augen kann man das Gleichgewicht nicht halten, weißt du das nicht?« Seine Hand schloss sich enger um meine Taille. Ich liebte diese Hände. Nie mehr wollte ich ohne ihren Halt sein.

»Constantin, können wir unseren Plan ändern? Die Pyrenäen müssen warten«, seufzte ich in mein kleines Glück hinein. Die Augen hielt ich immer noch geschlossen. Für solche Sätze gibt es einfach keinen passenden Augenblick.

»Warum das denn?« Obwohl ich ihn nicht sehen konnte, wusste ich doch sehr genau, dass sich sein Blick verändert haben musste. Seine Stimme war heiser, die Bewegungen steifer als vor wenigen Sekunden.

»Die Richterin hat mich zu einer Sozialstrafe in einem Altersheim verdonnert. Wegen des Autodiebstahls. Da muss ich hin.« Es sollte leicht klingen.

»Das ist jetzt nicht wahr. Ich fass es nicht. He, echt, das ist keine Urlaubsreise.« Constantin war aufgesprungen. Mein Glück zersprang klirrend. Zahnpasta spritzte auf die Fliesen. »Pläne ändern gibt's nicht. Nicht für mich. Ich gehöre zum Betreuerteam. In vierzehn Tagen muss ich vor Ort sein.«

»Niemand muss. Ruf an und sag Bescheid, dass wir später kommen.«

Doch da war nichts zu machen. Ich sah es an seiner Stirn, die Wellen schlug, und an den Augen, die so eng zusammengerückt waren, dass sie sich beinahe berührten.

»Bitte«, fügte ich hinzu. Meine Hand nahm ihm die Zahnbürste ab, ich wollte ihn umarmen, doch er ließ es nicht zu. Wie ein betrogener Ehemann drehte er sich um, zeigte mir die kalte Schulter. Und spielte das Opfer. Dabei, verdammt, war ich doch nicht schuld an dem ganzen Durcheinander.

11

Langhans würdigte mich keines Blickes, deshalb schob ich die Vorhänge auf, erkundete die Umgebung. Über Nacht hätte ein Wunder geschehen, meine Sehnsucht nach Zivilisation befriedigt werden können. Aber vor mir lag nichts als eine weite Graslandschaft, verwischt wie ein unvollendetes Aquarell. Es fehlten die Kontraste, meine Augen rieben sich an verschwommenen Pastelltönen, die milchig feucht schimmerten, als wäre der Maler durch ein Telefongespräch in seiner Arbeit unterbrochen worden. Gleich, so stellte ich mir vor, wird er zurückkommen, dem Himmel Wolken schenken, alte Eichen auf die Horizontlinie tupfen und ein Haus malen. Kinderleichte Arbeit.

Aber nein, ich hatte mich in Tagträumen verfangen. Nicht einmal eine geteerte Straße war zu erkennen. Jetzt wusste ich es ganz genau. Dieser Langhans war ein verdammter Naturfreak. Naturkinder lieben abgelegene Wege, und statt Tunnel zu benutzen, treiben sie ihre Fahrzeuge steile Serpentinenstraßen hinauf. Naturkinder übernachten auf einsamen Bergspitzen statt unten im Tal bei den Menschen. Noch nie hatte ich mich so verdammt alleine gefühlt. Dabei hatte ich reichlich Erfahrung im Alleinsein.

»No, schau an, die Prinzessin ist erwacht. Eine Langschläferin habe ich mir eingefangen. Du kommst zu spät zum Morgengebet, auch das Fitnessprogramm habe ich allein absolviert, draußen, in der freien Natur.« Er lachte, was auch sonst. Zeigte reichlich rosa Zahnfleisch. »Dich kann wohl nichts erschüttern. Seit Stunden warte ich auf deine Auferstehung. Vielleicht bist du jetzt so kommod, mir Gesellschaft zu leisten. Das Frühstück ist gerichtet.«

Langhans zählte auf, was und wo er eingekauft hatte, dass er froh sei, endlich wieder selbstständig haushalten zu können, dass das Essen im Stift kontinuierlich an Unzumutbarkeit zugenommen habe. Nur seiner Frau zuliebe sei er geblieben, habe ausgeharrt. Ein Monolog, ich verschloss die Ohren und wünschte mich in meine Traumwelt zurück. Vielleicht waren ja unsere Träume die Realität und alles, was wir im wachen Zustand zu erleben glaubten, nicht real. Konnte das nicht sein? Sollte Langhans alleine frühstücken, Selbstgespräche führen. Bereitwillig würde ich ihm meinen Zielort nennen, er sollte fahren und mich in Ruhe lassen. Ich wollte erst aufwachen, wenn wir Constantin eingeholt hatten.

Doch mein Körper dachte nicht daran weiterzuträumen. Erneut blähten sich meine Nasenlöcher, das Wort Brot tänzelte durch meinen Kopf, vermengte sich mit dem herben Espressoduft. Dabei mochte ich keinen Kaffee.

»Seit wann duzen wir uns, Herr Langhans?« Meiner Stimme musste ich keinen tiefen Klang verleihen, morgens geht das von ganz alleine. »Und ich trinke lieber Tee. Können wir danach weiterfahren?«

12

Teetrinken mit Constantin. Ich sah seine blonden Locken vor mir, griff in Gedanken mit beiden Händen hinein. Sein Lächeln, wenn er einschenkte, sein gönnerhaftes Gehabe, wenn er mich bediente. Prinzessin, nannte er mich nie, aber Kleines, meine Perle und ganz zu Anfang Vieb, sanft und besitzergreifend ausgesprochen. In seinem Zimmer dominierten ein kleiner Bistrotisch und zwei wuchtige Korbstühle den Raum.

»Ich bin nicht die Erste, die du hier oben bedienst, nicht wahr?«

»Natürlich nicht. Aber du bist die Einzige.«

»Im Augenblick.«

Und weil er nichts mehr sagte, seine Augen aber lächelten, nahm ich meinen ganzen Mut zusammen.

»Liebst du mich?«

Das hätte ich besser nicht fragen sollen. Das Lächeln verschwand, als hätte ich ihn um einen Vorschuss gebeten, eine halbe Million vielleicht. Er seufzte.

»Was ist Liebe?«

»Schon gut«, winkte ich ab und versuchte, nicht beleidigt dreinzuschauen. Dabei spürte ich, wie mein Mund schmal wurde, die Wangen hohl.

»Nein, es ist eben nicht gut. Ich finde, dass zu diesem Thema zu viel geschrieben wird. Und dass viel zu viele Filme sich immer nur um dieses »Liebst du mich?« drehen. Und dann muss es gleich die große und die allumfassende und die totale Liebe sein, und man darf nie streiten, und wenn doch, dann sollte spätestens nach zehn Minuten alles wieder gut sein … und …«

Ihm waren die Argumente nicht ausgegangen, doch er musste gemerkt haben, dass ich ihm nicht mehr zuhörte. Deshalb beendete er seinen unerwarteten Ausbruch, griff nach meiner Hand, schmeichelte:

»Ich bin sehr gerne mit dir zusammen. Ich mag deine kratzbürstige Art, ich mag deinen Humor, deine wunderbar langen Haare, deine kleine Nase, deine dunklen Augen, deinen traurigen Blick, der jetzt ganz ungläubig ist …«

Es war seine Stimme, die mich nicht mehr losließ, die mich umwarb, einfing und manchmal auch verfolgte. Er war auf eine seltsame, total altmodische, total abgedrehte Art und Weise charmant.

Insgeheim wusste ich, dass es gut war, wenn er mich auf Abstand hielt. Ich hätte mich sonst in ihn gestürzt, wäre ertrunken, wie in einem kalten Bergsee. Ich, die Nichtschwimmerin.

Doch dieser Gedanke tröstete mich zumeist nur für kurze Zeit. Vielleicht will man ja sterben, wenn man richtig verliebt ist.

13

Es hätte auch friedlich abgehen können. Bei anderen geht es immer friedlich ab.

»Bei dir ist der Ärger vorprogrammiert«, hatte Constantin gesagt, als er von dem Autodiebstahl erfuhr.

Auch Langhans benutzte eine ähnliche Redewendung: »Joi, klebt vielleicht Pech an deinen Händen?« Dabei versuchte ich, den verschütteten Tee gleich aufzuwischen. »Man sieht dir gar nichts an.«

Er sprach, als wäre ich nicht anwesend, er schob mich zur Seite, als wäre ich nicht in der Lage, ein Trockentuch zu halten. Während er aufwischte, räumte ich ab, doch auch das erledigte ich nicht gut genug. »Lass sein!« Erst da stellten wir fest, dass ein Buch beschädigt worden war. Warum, verdammt, musste er auch überall Bücher und Zettel herumliegen lassen?

»*Der Spieler*, Menschenskind, das ist eine Ausgabe von 1972!« Dunkler Darjeeling hatte sich zwischen die Seiten gedrängt, das Buch in eine hässliche Schokoladentorte verwandelt. »Hat bei dir alles das Sterbenskleid an?«

Ich fragte: »Was? Was hat das Sterbenskleid an? Sie kennen mich doch gar nicht.«

»Was exakt die Wahrheit beschreibt. Wir kennen uns

nicht. Obwohl du seit Tagen im Altersheim herumlungerst.«

»Arbeite, ich arbeite dort und ...«

»Perfekt«, unterbrach er mich, »habe gearbeitet, müsste es heißen. Und deine Anwesenheit verdankt man der Tatsache, dass du etwas ausgefressen hast, nicht wahr. Sie haben uns vor dir gewarnt.«

Langhans kniff seine Augen zusammen. Es sah aus, als wolle er schlafen. Doch bald sollte ich erfahren, dass er ein Supergedächtnis besaß.

»Viebke ist in den letzten sechs Jahren zwölfmal aufgefallen. Viermal wurde sie angezeigt, die anderen Male ist sie entweder von zu Hause ausgerissen oder wegen unentschuldigten Fehlens in der Schule gemeldet worden. Sie ist intelligent, aber ohne jeden Ergeiz und ohne Ziel. Wenn man sie nach ihrem Berufswunsch fragt, kann sie hundert Berufe nennen, die nicht infrage kommen, aber keinen einzigen, den sie nicht saudoofe Maloche nennt. Das ist doch dein Wortgebrauch, oder?«

»Das ist der Wortschatz von Frau Weiß. Woher haben Sie diese Informationen?« Ich kannte den Text, er stammte von meiner Sozialbetreuerin. Aber wie war er in Langhans' Hände gelangt? Dass Vogel Beurteilungen seiner Schützlinge verteilte, glaubte ich keine Sekunde. Langhans musste in Vogels Büro herumgeschnüffelt haben. Oder er stahl Post aus den Briefkästen. Und lernte den Inhalt auswendig.

»Soll ich weitermachen?«

Da ich nur ahnen konnte, dass er nicht vom Aufräumen sprach, verkniff ich mir eine Antwort. Wie konnte er sich wegen eines alten Buches derart aufregen.

»Viebke hat keine Hobbys. Ihre Mutter beklagt sich darüber, dass sie bereits als kleines Mädchen für nichts zu begeistern war. Zitatende. Ich frage mich nur, warum der Heimleiter sich nicht weigert, junge Menschen wie dich aufzunehmen. Geben sie ihm Geld, damit er euch beschäftigt? Apropos Geld, glaub nicht, dass du umsonst hier mitfahren kannst. Und nun mach bitte kein solch zugesperrtes Gesicht, wir fahren gleich los.«

»Ich soll Sie bezahlen?« Meine Güte, was stellte er sich vor? Auch ohne Spiegel wusste ich, dass ich ihn entgeistert anstarrte.

»Bargeldlos, ich bin ja kein Unmensch. Bis wir eine Raststätte erreicht haben, liest du vor.«

Es war keine Bitte. Vielmehr schien er sich vorzustellen, dass ich ihn wie eine Art Gesellschafterin unterhalten sollte. Hilflos schaute ich mich um. Unendlich langsam tauchte die Sonnenscheibe hinter einer Bergspitze auf, schien erst jetzt ein passendes Ausgehkleid gefunden zu haben. Und siehe da, es bestand Hoffnung. Meine Augen entdeckten einen abgelegenen Hof. Wie ein Adlernest hing er oben auf einem Berghang, wunderschön anzusehen. Aber … Ich verschluckte mich fast an dem schuppigen *aber*, denn der Hof schien für Außenstehende unerreichbar. Da war zwar ein Lift oder eine Art Seilbahn, doch nichts bewegte sich, und nur Vogelgezwitscher war zu hören. Die Gegend wirkte so verlassen, dass sich mein Herz wie eine Blüte bei schlechtem Wetter verschloss. Von niemandem war Hilfe zu erwarten. Und doch: Es hätte ein schöner Tag werden können. Hätte ich den Tee nicht verschüttet, hätte die Sonne sich schneller gezeigt, wäre Langhans ein anderer gewesen. Ich ließ die Wut in mir hochschäumen, ging noch einmal alle Fluchtmöglichkeiten durch, inklusive der Alternative, ihn rauszuschmeißen und das Wohnmobil mitzunehmen. Mitten in meine Gedanken hinein trat Langhans an eine Tür, öffnete sie und nahm mehrere Bücher heraus. Ich traute meinen Augen nicht. Der ganze Schrank war vollgestellt mit Regalen. Nein, es war kein Schrank, es war die außer Funktion gesetzte Nasszelle. Kostbare fünf Minuten lang war es absolut still, man hörte Langhans nicht einmal atmen, lediglich ein vorsichtiges Umblättern war zu vernehmen. Staub wirbelte auf, vermischte sich mit dem säuerlichen Geruch, den seine Kleidung und er selbst ausdünsteten. Menschentier, taufte ich ihn in jenem Augenblick, weil er etwas von einem wilden Tier an sich hatte, etwas Ungezähmtes, Haariges und Wildes.

14

Der Geldbeutel lag offen auf dem Beifahrersitz. Langhans wird wissen, warum er ihn dort hingelegt hat, sagte ich zu mir. Er wird wollen, dass ich ihn hochhebe. Ich hob ihn hoch. Öffnete ihn. Und erschrak. Aber nicht sehr. Denn es ist gut, viel Geld in einem Geldbeutel vorzufinden. Während ich Langhans über den Rückspiegel im Auge behielt, zog ich einen der Scheine heraus. Geld ist das Geilste auf der Welt. Ich war noch nie ohne Geld gewesen. Und genau deshalb wusste ich, dass man nie genug davon haben konnte. Vorsichtig fischte ich noch einen Schein hervor, sicherheitshalber einen dritten und steckte sie in meine Hosentasche. Schlecht, entschied ich, besser ins Innenfach der Umhängetasche. Meine Finger zitterten, vielleicht fiel mir deshalb beim Verschließen von Langhans' Geldbeutel etwas entgegen. Es war sein Führerschein; das Papier hatte viel durchgemacht, schlug an vielen Stellen Wellen. Neugierig klappte ich ihn auf, betrachtete das Foto. Fesch, hörte ich ihn sagen, er benutzte diese Art Wörter. Ja, auch Langhans war einmal jung gewesen. Und sah wirklich nicht schlecht aus. Ebenmäßige Gesichtszüge, kantiges Kinn. Dazu dieses Kraushaar und lebhafte Augen. Der Boden unter mir bewegte sich, und mein Herz übte Seilspringen. Rasch klappte ich den Führerschein zu, verstaute ihn im Geldbeutel und legte diesen zurück auf den Sitz. Eine Sekunde später fiel ein Schatten über meine Schulter.

»No, sollen wir?« Langhans' Blick hing unergründlich an mir, und ich fürchtete, dass er mich durchschaut hatte. Statt eines Angriffs reichte er mir jedoch ein Buch und setzte sich hinter das Steuer. Ängstlich beobachtete ich ihn. Warum wirkte er plötzlich so ernst, so angespannt? Seine Haare, am Morgen noch lockig, waren feucht und wurden durch ein Stirnband streng zusammengedrückt, als würde er nicht nur seine Haare, sondern auch seine Gedanken zähmen wollen. Unruhig rückte er seine Brille zurecht, zog sie wieder ab, reinigte sie am Ärmel. Erst jetzt wurde mir bewusst, dass er das Jeanshemd bereits gestern getragen hatte.

15

Der Diesel hustete wie ein kranker Greis. Und erstarb. Langhans startete einen zweiten Versuch, einen dritten, und ich ertappte mich bei einem Dankesgebet, als er, der Totgeglaubte, endlich zum Leben erwachte. Inzwischen wusste ich, wir befanden uns in der Schweiz, hoch oben auf einem Pass. Und hierher verirrten sich bestimmt nur zweimal wöchentlich Postbusse.

Qualm stieg auf, es stank, und die Reifen quietschten, als würden sie sich nur widerwillig vom grasigen Untergrund verabschieden wollen. Kaum waren wir vom Feldweg herunter, wiederholte Langhans seine Aufforderung.

»No, worauf wartest du? Lies!«

Meine Zunge, auch die Lippen suchten nach einem guten Stand, wollten zischen und spucken. Ich kann supergut spucken. Aber ich ließ es sein, versuchte eine gütliche Einigung.

»Tja, schade, ich hab meine Lesebrille vergessen.«

Ein gewaltiges Lachen übertönte den Dieselmotor.

»Bravo, der ist gut, wirklich.« Dann wurde Langhans böse. »Los jetzt, genier dich nicht. Gut und flüssig, bitte schön.«

»Nein, verdammt, ich hab keine Lust. Was ist das überhaupt für ein Buch? Die halbe Stunde können Sie mich doch wohl in Ruhe lassen.«

Meine Tirade verstummte, denn Langhans hatte das Lenkrad eingeschlagen, nach links, die Straße aber beschrieb eine Rechtskurve. Vor uns die Wiese, dazwischen ein Graben. Der Mensch wollte mich töten. Ich musste mich abschnallen, musste hinübergreifen, musste das Lenkrad zu mir drehen.

»Scheiße, was soll das?« Gerade an jenem Tag brauchte ich keinen Kick, wollte am Leben bleiben, wollte Constantin einholen. Verdammt, ich war erst siebzehn.

»Sie sind ja verrückt.« In meinem Hals trommelte ein schnelles Etwas, vielleicht war es mein Herz, ich schnappte nach Luft. Langhans stieg voll auf die Bremse, der Wagen schlingerte, versuchte, sich zu überschlagen, und entschied sich doch in letzter Minute dagegen.

»Meine Güte.« Ich fasste mir an den Hals. Dass meine andere Hand immer noch das Lenkrad umklammert hielt, merkte ich erst, als er mich verschmitzt anschaute und darum bat, dass ich loslassen möge.

»Natürlich.« Ich ließ los und murmelte sogar eine Entschuldigung.

»Nichts für ungut«, grinste er, wurde aber sofort ernst. »Wer hier das Sagen hat, ist dir jetzt hoffentlich klar.« Sein Blick war lauernd. So schauen Amokläufer, dachte ich, denen alles egal ist, die mit einem geladenen Revolver ein Kaufhaus betreten und nach Menschen Ausschau halten, die grüne Krawatten tragen.

Langsam fuhr er weiter, auf der Straße, wie es sein sollte. Und mein Herz, ja, es war meins gewesen, hüpfte wieder an die richtige Stelle zurück.

»Vorlesen!«

Unglücklich schaute ich mich um, betrachtete die unbewohnte Hügellandschaft, als könne irgendetwas, irgendjemand mich retten. Wo waren die Elfen und Gnome geblieben? Die Weidenzaunpfähle zu meiner Rechten standen weit auseinander, der Draht dazwischen war heruntergedrückt. Kühe, da war ich mir sicher, hatten bereits vor Jahren die Flucht ergriffen. Zu einsam die Gegend. Bei nächster Gelegenheit werde auch ich das Weite suchen, nahm ich mir vor. Jetzt aber brauche ich ihn. Vielleicht läuft es besser, wenn ich nett bin. Ich beschloss, nett zu sein.

»Welche Seite?«
»Egal.«
Schicksalsergeben schaute ich auf den Umschlag. Und verstand gar nichts mehr. Ein Reiseführer, Paris.
»Versteh ich nicht.«
»Das wundert mich nun wirklich nicht.«

16

Bereits im Mutterleib lag ich quer. Später lag ich quer in Sabines Leben. Ein Grätenkind, steif und scharfkantig, an dem sie zu ersticken drohte. Fast hätte Sabine meine Geburt nicht überlebt. Seit ihrer Jugend war sie stark kurzsichtig. Was ich nicht wusste, der liebe Gott offensichtlich auch nicht, sonst hätten wir die Sache anders angepackt. Durch das Pressen während meiner Geburt lösten sich beide Netzhäute, meine Mutter musste mehrmals operiert werden. Danach war die Angst vor einer Erblindung allgegenwärtig. Man kann sich vor so vielen Dingen fürchten, dass man dabei das Leben verpasst. Auch das Glück. Ich nahm mir vor, nie

Angst zu haben. Vor nichts und niemandem. Nicht vor der Dunkelheit, nicht vor dem Alleinsein, nicht vor schlechten oder guten Zensuren. Nur vor dem Nichtgeliebtwerden, da hatte ich doch Angst. Dieses Gefühl wurde zu meinem Begleiter, nachdem ich feststellen musste, dass die Liebe meiner Mutter sich sehr von der Liebe anderer Mütter unterschied. Sie brauchte mich nicht, war sich selbst genug.

»Warum habe ich keine Geschwister?«

»Das verstehst du nicht, wozu also soll ich es dir erklären?«

»Vielleicht verstehe ich doch.«

»Frag nicht mehr.«

Sie ging mir aus dem Weg. Sie wollte keinen Ärger. Meine Mutter hatte mir in ihrem Leben den unwichtigsten Platz zugewiesen. Den ersten Platz hielt ein Vakuum besetzt. Wie ein Planet kreiste sie um sich selbst und um dieses Nichts. Ein erloschener Stern. Ich wünschte mir so sehr, dass dieser Stern den Namen meines Vaters trug. Damit kann man leben, stellte ich mir vor.

»›Saint-Germain-des-Prés. Diese Kirche ist Teil einer einst mächtigen Benediktinerabtei aus dem achten Jahrhundert. Jedoch ist nur noch ihr Glockenturm erhalten. Hier wurde die Bibel zum ersten Mal ins Französische übersetzt, und hier liegt auch der Philosoph René Descartes begraben.‹«

Ich gebe es zu: Meine Aussprache war miserabel. Aber es lag auch an den Kurven. Wie zu vermuten war, wand sich die Straße in zahlreichen Kehren ins Tal hinunter. Immer wieder unterbrach mich Langhans, schnalzte unzufrieden durch die Zähne.

»Genug«, sagte er endlich, und ich hörte sofort auf. Wie um mich zu bestrafen, stellte er stattdessen das Radio an, suchte einen deutschen Sender. Jemand sang von Gloria, die er im Sommer kennengelernt hatte.

»Bitte nicht«, flehte ich. »Musik mit deutschen Texten verursacht bei mir Übelkeit.« Erst jetzt sah ich mir seine CD-Sammlung genauer an und erkannte, dass es ein herber Schlag sein würde, wenn er eine davon einlegen würde. Tom Jones, Abba, Santana.

»Was du nicht sagst.« Er suchte weiter.

»Schnulzen sollten verboten werden.«

Weil nur noch ein wildes Rauschen zu hören war, schaltete er das Radio aus. Wir zankten uns heftig über seinen und meinen Musikgeschmack.

»Aber nicht wieder in den Graben fahren«, bettelte ich. »Warum dürfen wir nicht unterschiedlicher Meinung sein?«

Ich hätte still sein sollen, ich hätte mich unsichtbar machen sollen. Warum fiel es mir so schwer, nett zu sein? Nach nur einer Sekunde beleidigten Schweigens wandte er sich mir wieder zu, grinste. Seine Augen funkelten übermütig. Nun war er wieder der Schelm, der kleine Junge.

»No, ich kann dir versichern, wir sind in vielem unterschiedlicher Meinung. Streiten kann ein hübscher Sport sein, sollen wir?« Und dann legte er los: Seit wann man die Haare wieder lang tragen würde oder ob ich die Friseurkosten sparen wolle? Wenigstens den Pony könne man doch schneiden, vielleicht käme dann etwas Sehenswertes zum Vorschein. Dabei starrte er immer wieder zu mir herüber, schien jedes Detail meiner Erscheinung erkunden zu wollen. Wie eine Schlange schlängelte sich die Straße um eine Felsnase, wie eine Schlange umschlängelte Langhans mein Aussehen. Ich umschloss den Türgriff.

»Mir gefällt es so.« Was hätte ich sonst sagen sollen, dass man sich hinter einem dichten Pony ganz prima verstecken konnte?

Der Pony mache mein Gesicht unnötig breit, erklärte er.

»Mir egal.«

»No, kindliche Molligkeit kommt ja manchmal gut an.« Ob das beabsichtigt sei? Sein Blick wurde bohrender, aber ich schwieg. »Und so gar keinen Schmuck?«

Wie ein Archäologe, an jedem noch so kleinen Detail interessiert, schien er die Spurensicherung angehen zu wollen. Mir wäre es lieber gewesen, er hätte sich auf den Verkehr konzentriert. Endlich, nach einer ermüdenden Dreiviertelstunde, hatten wir eine größere Bundesstraße erreicht. Möwen flogen über die bewirtschafteten Äcker, und die Sonne hatte am Himmel Platz genommen wie eine korpulente Besucherin, die sich auf einen längeren Aufenthalt einrichtete. Es würde ein schöner Tag werden. Durch die Sträucher hindurch schimmerte es silbern.

»Wie heißt der?« Glitzernd lag ein See im Tal, bildete ein wunderhübsches Tablett für große und kleine Boote.

»Schau in der Karte nach.« Er wies aufs Handschuhfach.

»Warum? Bestimmt kennen Sie den Namen.«
»Genfer See«, lachte er mich aus. »Schweiz.«
Endlich hatte ich ein Straßenschild entdeckt. Yverdon-les-Bains. Niemand konnte mir weismachen, dass dies die kürzeste Strecke nach Toulouse war.
»No, die Sonnenblumen brauchen noch. Gefällt es dir hier?« Immer noch zockelten wir hinter einem Lastwagen her. Bestimmt fuhr er so langsam, weil er mich weiter beobachten wollte. »Kein Ring, keine Halskette, nichts?«
»Geht das schon wieder los? Schmuck ist out.«
»No, aber es wird doch jetzt überall durchgestochen. Durch Nasen, Ohren, Lippen, Augenbrauen. Kein Interesse?«

Intimpiercing, Sie verstehen, hätte ich gerne gesagt, aber das war zu persönlich und außerdem nicht wahr. Ich schaute demonstrativ durch das Seitenfenster und überließ ihn seiner ausufernden Altherrenneugierde. Von mir aus konnte er darin ertrinken. Im Ort öffneten die Geschäfte, Kaufleute stellten Schilder vor die Ladentüren. Ich fragte mich, warum er nicht auf die Autobahn fuhr, wo sonst sollte es Raststätten geben. Hoffentlich hatte er es sich nicht anders überlegt und wollte mich der Schweizer Polizei übergeben? Mein Puls stieg. Sollte ich ihn bitten anzuhalten?

Mit der ausgestreckten Hand wies er auf zwei Frauen. »Kürzer geht's wohl nicht.« Er meinte ihre Röcke. Ohne Eile balancierten die beiden auf hohen Schuhen. Ich dachte, er würde sie bewundern, doch nichts da. »Na schau, was die für Ärsche haben. Bestimmt würde dir der Blaue besser stehen.« Er meinte einen der beiden Röcke. Ungeniert verglich er mich mit einer der Rockträgerinnen, versuchte eine Diskussion über Mode anzuzetteln. »Deine Füße …«, er blickte zwischen meinen Beinen hindurch auf meine Flipflops, »… sind schwierig. Trägst du deshalb diese unansehnlichen Dinger, weil man in der Kinderabteilung keine hübschen Damenschuhe ergattern kann?«

»Halt!«, rief ich. »Jetzt reicht es. Kümmern Sie sich um die Straße.« Seine Grenzüberschreitung passte, wir würden bald die Grenze erreichen. Wir würden uns bald trennen.

17

»Sie werden mich doch nicht bei der Polizei abliefern?«

Ich wollte Langhans nicht auf blöde Ideen bringen, andererseits wollte ich klarstellen, dass er mich nicht für dumm verkaufen konnte. »Meiner Mutter ist es egal, wo ich bin. Sie wird mich nicht vermissen. Und das Altenheim wird ohne mich auskommen.«

»Seniorenstift«, korrigierte er und lachte wieder sein wieherndes Pferdelachen. »Aijajei, für so einen also hältst du mich. Ich liefere niemanden bei der Polizei ab, lass dir das gesagt sein. Wer wegläuft, sollte in der Lage sein, auf sich selbst aufzupassen. Vor nicht allzu langer Zeit bin auch ich auf und davon. Na ja, sagen wir vor etwas mehr als achtundfünfzig Jahren, aber im Gegensatz zu dir hatte ich ein Ziel. Ein ehrenhaftes dazu.«

»Woher wollen Sie wissen, ob …«

Langhans ließ mich nicht ausreden. Von Kronstadt in Siebenbürgen erzählte er, dem sozialistischen Jugendbund und dass er mit dem Ausweis seines ältesten Bruders die Grenzen passiert habe.

»Eine fußlastige Reise«, betonte er, und seine Brust streckte sich, reichlich Stolz musste darin Platz finden. Selten hätten Lastwagen gehalten, noch seltener hatten sie Züge genommen. »Wir hatten ja kein Geld, aber einen Traum.«

Eine Pause trat ein, Langhans schien zu warten. Aber nein, ich wollte ihm den Gefallen nicht tun, interessiert nachzufragen.

Sehnsüchtig wartete ich darauf, dass wir eine Autobahn erreichten. Ich wusste ja, dass an einspurigen Straßen kein Mensch hält. Eine Raststätte wäre ideal. Lastwagenfahrer legen weite Strecken zurück, ein guter Lift, und ich würde morgen die Pyrenäen erreicht haben.

»No, wir wollten die spanischen Republikaner unterstützen, und das haben wir auch getan. Von den internationalen Brigaden hast du bestimmt schon gehört. Was jedoch nicht in den Geschichtsbüchern steht: Über zweitausend Kilometer mussten wir zurücklegen.«

Ich verstand kein Wort. Wann sollte das gewesen sein und wozu? Was wollte ein rumänischer Jugendlicher in Spanien? 1996 minus 58. Ich rechnete nach, verhedderte mich. Kopfrechnen gehört nicht zu meinen Stärken. Wenige Sätze später war meine Unwissenheit in Geschichte auch nicht mehr zu leugnen.

»Franco?«, hakte ich nach.

»Joi, sag bloß, der Name ist neu für dich.«

»Doch, hab ich schon gehört«, lenkte ich ein, biss mir auf die Lippen.

»General Francisco Franco. No, klingelt's? Geschichte, achte Klasse, gut, sagen wir Anfang elfte. Franco ist durch einen Militärputsch an die Macht gekommen, und in der Folge gab es in Spanien einen Bürgerkrieg, das war 1936. Zehntausende sind geflohen, Zehntausende gestorben. Aber unter den Verteidigern der Demokratie herrschte eine Solidarität, die ihresgleichen sucht. Auch Hemingway war dort, den wenigstens wirst du kennen.« Ausschweifend fuhr er fort, erzählte von dem Aufbau der Brigaden, von Schlachtgetümmel und falschen Helfern. Mir wurde das alles zu viel, und ich tat so, als müsse ich mir ganz dringend die Nase putzen. Erst als Langhans das Wort Verfilmung aussprach, erwachte ein leises Interesse. »No, kannst dir bald mein Leben im Kino anschauen.«

»Kinofilm?«

»Hab ich's erzählt oder hab ich's nicht erzählt? Ich will nach Toulouse, weil dieser Größenwahnsinnige einen Film über mein Leben drehen wird. Um ihn zu bremsen, werde ich mit seiner Mutter reden müssen. Was schaust du so? Nun gut, sagen wir so, er plant einen Film über Henny Kastlers Leben, da ich aber der wichtigste Mann in ihrem Leben war, handelt der Film natürlich auch von mir. Willst du ihn kennenlernen?«

»Wen?«

»Mensch, rede ich mit einer Wand? Den Sohn von Otto, der für mich so etwas wie ein Neffe und Freund geworden ist, kannst du live erleben. Allerdings weiß ich nicht, ob er noch lange mein Freund bleiben kann.

Material hat er von überall zusammengekratzt, ohne mich nach meiner Meinung, erst recht nicht um Erlaubnis zu fragen. Briefe von Henny, sogar ihr Todesurteil, das hat er dann binden lassen.«

Und ohne Vorwarnung begann Langhans zu lamentieren. Seine Offenheit war wie weggewischt.

»Was den jungen Menschen fehlt, ist der Leidensdruck.«

»Von wem reden Sie?«

»Nun, von dir ist ausnahmsweise nicht die Rede, aber nimm die Generation deiner Eltern. Sie mussten nicht kämpfen, alles gab und gibt es im Überfluss. Und so vertun sie ihre Zeit mit dem Herumstochern in der Vergangenheit. Statt sich im Jetzt umzuschauen. Sag, wie viele Autos haben deine Eltern, mehr als ein Haus? Dabei sollte man die Wirtschaft bremsen, man muss sich empören. Was soll dieses Immer-mehr und Immer-höher und Immer-schneller? Die Menschheit steuert auf eine Betonwand zu. Wozu soll das gut sein, sag's mir? Haben wir nicht viel zu fette Bäuche, ersticken wir nicht bereits im Smog? Die Gier führt zu Durchfall, es stinkt. Wenn du mich fragst, rudern die westlichen Regierungen durch Flüsse aus Wirtschaftsdünnschiss.«

Ich fragte ihn nicht.

»Und ihr ganz Jungen seid nicht viel besser, nur anders. Das Kämpfen ist euch so fremd wie dem Esel das Fahrradfahren. Aber um dir zu demonstrieren, dass ich nachvollziehen kann, dass ihr sozusagen unverschuldet faul und träge geworden seid, will ich dich bis nach Frankreich mitnehmen. Ein Versprechen, das ich bereuen werde, aber gesagt ist gesagt. Von mir aus kannst du bis Annecy mitfahren. Dort könntest du sogar umsonst essen, dort wohnt Ádám, das Ergebnis meines guten alten Freundes Otto. Auch das Produkt von Yvette, die ich in Toulouse aus der Altersruhe aufzuscheuchen gedenke. Was ist? Nicht schlecht für dich, oder. Musst dich nicht gleich freuen, freu dich später. Und jetzt such mir auf der Karte die A1 raus, die führt nach Genf. Und sag mir, was auf dem Straßenschild da steht. Ich kann's nicht lesen.«

Frankreich klang vielversprechend. Das Seufzen in mir begann mit dem Großbuchstaben *C*.

18

Als Constantin mich fragte, wie es mit mir weitergehen würde, er meinte beruflich, rutschte mir eine unbedachte Bemerkung heraus.

»Bin ich Madame Calbert?«

»Wer ist das denn?«

»Eine Hellseherin.«

»Genau das stand zu befürchten.«

»Was, was hast du befürchtet?«

»Dass du keine Pläne machst, dass dir deine Zukunft echt egal ist.« Constantins Vaterton war nicht zum Lachen.

»Mein Leben ist mir kein bisschen egal. Seit ich denken kann, kümmere ich mich darum. Kennst du den Maleo?«

»Wer soll das sein?«

»Eine Vogelart, irgendwo auf den Philippinen oder in Indonesien. Nie gehört?«

Constantin schüttelte den Kopf, blickte verwirrt und schien nicht zu wissen, worauf ich hinauswollte.

»Maleoweibchen legen jährlich ein einziges Ei. Sie legen es in eine tiefe Grube und schütten anschließend Sand oder Erde darüber. Und das Kleine muss, wenn seine Zeit gekommen ist, nicht nur die harte Schale durchstoßen, sich nicht nur einen Meter durch Erde oder Sand hochkämpfen, es wird auch von niemandem begrüßt. Verstehst du? Es taucht da oben im Licht auf und ist mutterseelenallein. Niemand, der auf es aufpasst, niemand, der ihm zeigt, was es tun soll, wohin es gehen soll. Ich für meinen Teil bin froh, dass ich noch am Leben bin.«

»Verstehe.« Der steife Vaterton war verschwunden, Constantin reichte mir ein Taschentuch, und ich schlüpfte unter seine Flügel. Sie umschlossen mich von allen Seiten und schafften es, dass ich mich gut und wertvoll fühlte.

19

An der Tankstelle ein stöhnender Langhans. Die Füllung kostete umgerechnet siebzig Mark, und mir tat es plötzlich leid, dass ich ihm so viel aus dem Geldbeutel gefischt hatte. Ohne zu murren, spendierte er mir sogar ein Eis und zwei Einwegunterhosen. Keine Zigaretten. Ein dumpfer Fluch traf die Zigarettenschachteln an der Theke, und ich nahm an, dass er früher ein starker Raucher gewesen war. In Genf verfuhren wir uns und landeten viel zu weit östlich, mussten drehen, mussten die Autobahngebühren zweimal bezahlen, ich grinste, und sein Fluchen wurde bedrohlich.

»Ab jetzt nur noch Landstraße, sonst bin ich ein armer Mann, wenn ich in Toulouse ankomme.«

Zunächst verweigerte ich ihm mein Mitleid, weil ich dachte, der Geiz würde ihn zum Narren machen, doch dann entdeckte ich echte Betroffenheit in seinem Gesichtsausdruck. Das Bargeld in seinem Portemonnaie war vielleicht alles, was er besaß. Da ahnte ich, dass er nicht aus Spaß am Lac d'Annecy eine Pause einlegen wollte. Er wollte sich bei seinem Freund durchschnorren.

Wenn ich an den Lac d'Annecy denke, erinnere ich mich an einen Parkplatz, von dem wir vertrieben wurden, weil Wohnmobile dort verboten waren, an glasklares Wasser, in dem ich nicht baden wollte, an seinen mitleidigen Blick, an einen Cappuccino, der 4,50 kostete. Daran, dass ich mich zum zweiten Mal schämte, Geld geklaut zu haben. Daran, dass ich mich total darüber ärgerte, nicht rechtzeitig mit dem Geld abgehauen zu sein.

»Kruzitürken, nicht zu Hause. Orosz steht hier, hab ich recht.« Ich musste ihm den Namen buchstabieren, als könnte er nicht lesen.

»Wir sind also richtig.«

»Glaub schon.«

Wir waren in ein Dorf oder kleines Städtchen südlich

von Annecy gefahren. Ich, die das erste Mal eine Landkarte in der Hand hielt, war vollauf mit dem Entziffern der Entfernungen und Ortsnamen beschäftigt. Und immer diese bohrende Frage im Hinterkopf: Soll ich alleine weiterfahren oder seine Umwege in Kauf nehmen? Inzwischen wusste ich, wo Toulouse lag, wusste auch, dass mich der Zufall oder der liebe Gott oder der Teufel in den richtigen Wagen gelockt hatte. Nur mit Langhans und seiner anstrengenden Art kam ich nicht zurecht.

»Schau, er hat das Häuschen vor gut einem Jahr in Angriff genommen, und nichts ist passiert. Weniger als nichts hat er zustande gebracht. Kein Wunder, in der Vergangenheit wühlt dieser Ádám, wie ein Goldsucher im Flusssand. Sollte ein erwachsener Mann sich nicht ranhalten?«

Nachdenklich starrte Langhans das Einfamilienhaus an. Die Tür, hellblau gestrichen, passte nicht zum dunklen Grün der Hauswand, und selbst das Braun der Fensterläden sträubte sich gegen das Fassadengrün. Nicht weiter schlimm, denn an zahlreichen Stellen blätterte die Farbe ab.

»Altersflecken, schwer zu renovieren«, brummte Langhans, als hätte er meine Gedanken erraten. »Und trotzdem, von einem halben Ungarn erwarte ich, dass er in die Hände spuckt.«

Ungar? Ich horchte auf. Erzsebets Gesicht tauchte in den schlecht verputzten Rissen der Hauswand auf. Ihr freundliches rechtes Auge blinzelte mich an.

Wie durch einen Schalltrichter hörte ich Langhans rufen.

»Seine Mutter wird mich fragen, was das Häuschen macht. Ich werde ihr sagen, dass es zur Bruchbude verkommt.«

»Sie übertreiben maßlos.«

Im Obergeschoss war eine Fensterscheibe zu Bruch gegangen und nicht ersetzt worden, der Garten aber sah gepflegt aus. Neben einem Springbrunnen standen Schaufel und Handschuhe für weitere Pflegemaßnahmen bereit.

»Dann fahren wir also weiter?«, wollte ich wissen. Doch Langhans schüttelte seine weißen Locken.

»Nichts da, Prinzessin. Ich habe mich gestern angemeldet, der kommt. Außerdem wollte er mich sprechen, wegen des Films vermutlich. Ungarn, auch halbe, sind, wie sie sind, nicht bösartig, aber verspielt. Joi, er wird die Zeit vergessen haben. Lass uns an den Strand fahren, wir hinterlassen eine Nachricht. Herrliches Wetter, da sparen wir uns die Dusche.«

Dass wir beide Hunger hatten, dass ein Mittagessen nett gewesen wäre, davon kein Wort mehr. Ob ich schwimmen gehen wollte oder konnte, auch darüber wurde nicht diskutiert. Er war ein Patriarch, ein Despot. Aber er und ich wussten, niemand hielt mich fest. Ich war frei, ich konnte tun und lassen, was ich wollte. Es war nicht seine Schuld, dass ich wie ein Hündchen hinter ihm herlief.

20

Erzsebet war von meiner Großmutter ausgesucht und bei uns abgeliefert worden.

»Hier, das ist deine neue Zugehfrau, Elsbeth«, stellte Gerda sie vor. »Ein Präsent, mit den besten Wünschen des Hauses. Ich muss weiter.«

»Erzsebet, das ist richtiger Name«, wehrte sich das Kraftpaket, das den Großteil unseres Flurs einnahm. Anfangs kam das Geschenk nicht gut an. Bei Sabine nicht, bei mir nicht.

»Viel zu rund«, behauptete Sabine hartnäckig und streckte ihren Schwanenhals in die Luft. Erzsebet durfte nicht bei uns wohnen. Aber ab und zu, wenn es sehr spät geworden war, legte sie sich neben mich. Meist schlief ich bereits, doch ihr Geruch weckte mich, hüllte mich ein, wie eine zweite Bettdecke. Mir wurde warm. Ich protestierte nie. Erzsebet wurde für drei Tage bezahlt. Sie kam an sieben Tagen. Verheiratet war sie mit irgendjemandem. Dieser Irgendjemand saß im Gefängnis. Mehr wusste ich nicht. Ich war ein Kind und daran gewöhnt, dass meine Fragen nicht beantwortet wurden.

Durch Erzsebet lernte ich, dass die Liebe ein nachwachsender Rohstoff ist, sie förderte ihn großzügig zutage, besaß einen unerschöpflichen Vorrat davon. Vielleicht war Erzsebet meine Rettung, bestimmt aber war sie meine wirkliche Mutter. Sechs Jahre lang blieb sie, sechs Jahre brauchte ich, um sie und ihren Geruch zu vergessen. Nicht nur ihr Haar, sondern jede einzelne ihrer Körperzellen duftete nach Frittieröl. Sie frittierte alles, was ihr in die Finger geriet. Dabei sollte sie aufräumen, putzen, waschen und bügeln. Aber lieber kochte sie, und noch lieber sah sie mir dabei zu, wie ich malte.

»Du Genie.«

»Im Badezimmer liegen Haare.« Eifersucht durchtrennte unser Gespräch mit einem scharfen Seziermesser.

»Wird erledigt gleich, Frau Boss.«

Sabine schimpfte selten. Und wenn, dann ging Erzsebet auf sie zu, tat flink und übereifrig, legte beide Arme um den Leib meiner leiblichen Mutter und streichelte ihren Rücken. Unter den kräftigen Händen gedieh nicht nur jeder Hefeteig zu prachtvoller Größe, auch Sabine richtete sich auf und wurde ruhig.

»Warum bist du so lieb zu Sabine?«, wollte ich wissen.

»Schatzig Kleines, lass dich drucken. Sie hat dir Leben geschenkt, oder?«

»Sabine ist eine Hexe.«

»Wirklich? Dann erzähl!«

Viermal im Jahr ließ Sabine sich zu einer Wahrsagerin in die Mannheimer Innenstadt fahren. Wenn es ihr schlecht ging, auch öfters. Stundenlang wartete sie in einem mit roten Glühbirnen beleuchteten Vorraum, bis Madame Calbert Zeit für sie hatte. Wenn sich niemand für mich fand, musste ich mit. Ich spielte Friseur und kämmte den anderen Hilfesuchenden die Haare. Oder ich versteckte mich, und irgendjemand durfte mich suchen. In meiner Erinnerung gibt es keine wartenden Männer. Vielleicht wollen Männer ihre Zukunft nicht wissen. Eine Taxifahrt war teuer, dennoch leistete Sabine sich diesen Luxus. Immer musste es der gleiche Wochentag sein, immer musste es derselbe Taxifahrer sein. Ein Pole mit unaussprechbarem Namen. Eines Tages fuhr er mit hundertzwanzig in den Graben. Er war am Steuer eingeschlafen. Sein Atem roch streng. Wir überlebten mit Prellungen, fuhren weiter, und Sabine kam auf die Idee, auch mich Madame vorzuführen.

»Wer weiß, wie die Rückfahrt endet«, wisperte sie mir ins Ohr. Dennoch oder gerade deshalb erschien ihr der Blick in die Glaskugel unerlässlich.

»Wird sie sich normal entwickeln, wird sie wachsen?«, fragte Sabine.

»Die da?«

Ich starrte in einen unglaublich großen Mund, zählte die Goldperlen und die Farben in der Kunsthaarperücke, die sich wie ein Turban über dichten Brauen erhob. Es waren sechs. Meine Hand wollte ich nicht hergeben, doch die Wahrsagerin griff unter den Tisch und schwang meinen Arm nach oben.

»Bei so Kleinen sage ich die Zukunft nicht voraus, aber ich will mal sehen, wie es mit euch beiden weitergeht.«

»Nein!« Ich war aufgesprungen. In meinem Kopf hatte sich das Wörtchen *euch* verhakt, ich zappelte an einem Angelhaken.

Immer noch rieche ich den Mottengeruch des dunkelgrünen Samtvorhangs, in den ich mich in meiner Panik flüchtete.

In Langhans' Wohnmobil roch es wie bei Madame Calbert, säuerlich. Der Wahrsagerinnen-Vorhang war schwer gewesen, ein Staubfänger, der einzig und allein dem Zweck diente, kleine Kinder wie mich an der Flucht zu hindern. Eine Kordel hatte sich um meinen Hals gelegt, ich bekam keine Luft, mein Weinen erstickte. An jenem Tag überlebte ich zweimal. Bestimmt entgeht man jeden Tag mehrmals dem Tod, aber damals war es mir sehr bewusst.

Sabine nahm mich nie mehr mit. Ich blieb zu Hause, bei Erzsebet, was mir tausendmal lieber war. Früher konnte ich auf Ungarisch bis hundert zählen. Heute erinnere ich mich nur noch an zwei Wörter *szép Leány*. Ich war ein nettes, ein hübsches Kind. Nachdem uns Erzsebet verließ, entwickelte ich mich zu einem bösen, hässlichen Mädchen. Könnte sie nicht Orosz' Mutter sein, könnte ich meine Vergangenheit nicht durch Zufall hier wiederfinden?

21

An diesem ersten Urlaubstag war es mehr als warm, es war sommerheiß, und meine Sehnsucht nach Constantin wuchs mit jedem Grad. Mit ihm wäre ich glücklich gewesen. Mit ihm wäre ich sogar ins Wasser gegangen, mit ihm hätte ich gerne ein Stück trockenes Brot geteilt.

»Ist das alles?«, fragte ich entsetzt. Langhans suchte gerade die Utensilien zusammen, die er an den Strand mitnehmen wollte, darunter ein halbes Brot, Schulpausengröße.

»Joi, das ist ja nur, bis die Geschäfte öffnen oder bis Ádám uns bewirtet.«

Ich konnte dieses »Joi« nicht mehr hören. Eine Ausrede, ganz klar, er wollte Geld sparen. Wenn ich Langhans als umständlich bezeichne, dann meine ich damit, dass er eine gefühlte halbe Stunde seine Badehose suchte, eine weitere halbe Stunde eine Tasche, die verschwunden blieb, und eine Ewigkeit brauchte, um sich zwischen zehn Büchern zu entscheiden. Zu allem Überfluss plagte er mich mit seinen haarsträubenden Vorhaltungen.

»Du liest nicht.«

»Doch, ich lese. Ich lese sogar sehr viel«, entgegnete ich viel zu eifrig, »aber keine altmodisch aussehenden Schinken, die der Geruch von Pflichtlektüre umweht.«

»Ohala, welche Poesie sie für ihre Ablehnung zusammenkratzt. Ich ziehe den Hut später, wenn du erlaubst, denn Émile Zola ist Weltliteratur. Was liest man denn heute so, in deinem Alter?«

»Was man liest, weiß ich nicht, ich lese fast alles, aber unterhaltsam sollte es sein und ...«

»So, unterhaltsam.« Sein verächtliches Schnauben brachte das Wohnmobil zum Zittern. Ob ich für meine Art des Literaturgenusses ein Beispiel nennen könne oder ob mir Autoren und Titel sowieso egal wären, weil es ja nur und überhaupt und sowieso um schnelle Unterhaltung ginge.

Ich sagte gar nichts mehr. Und er blickte beleidigt drein, warum, wieso, keine Ahnung.

»Da, nimm!«, sagte er und steckte mir seine Badehose, das Brot und zwei der ausgewählten Bücher entgegen. »Du hast doch eine große Tasche. Ach ja, ist da ein Bikini drin? Bestimmt nicht.« Plötzlich war er wieder sehr eifrig, lachte verschmitzt, ein kleiner Junge, voller Vorfreude auf den Treffer, den seine Steinschleuder landen würde. Nur wenige Sekunden später hielt er mir eine dunkelrote Badehose unter die Nase, in der ich jedes Clownfestival hätte gewinnen können. »Um den Busen«, er blieb ernst, »kannst du ein Halstuch schlingen, deine Oberweite ist ja übersichtlich. Hier, das da.«

Das Tuch war kariert, und ich lehnte dankend ab.

Mit umständlich meine ich auch, dass Langhans ein Pedant war. Nie verließ er den Wagen, ohne den Gashahn zu kontrollieren, die Fenster zu sichern und jede Tür mehrmals abzuschließen. Auch beim Erzählen verfing er sich in Details, ließ nicht locker, bis auch die letzte Nebensächlichkeit Erwähnung gefunden hatte. Und am Strand wurde er wählerisch wie ein Prinz. Der Platz auf der Bank war ihm zu sonnig, jener unter den Bäumen zu schattig, der Steg zu exponiert. Vielleicht sind Männer so. Ich war Männer nicht gewöhnt, Constantin ausgenommen. Und Constantin wusste immer, wo es langging, er plante mindestens zwei Schritte im Voraus.

»Ach«, seufzte Langhans, als er sich endlich für ein Plätzchen im Halbschatten entschieden hatte, »ein strahlend blauer Himmel, ein spiegelglatter See, Ausflügler, Sonnenschirme und Eis am Stiel. Ist das nicht herrlich? Wie Urlaub.«

Weit und breit gab es keine Sonnenschirme, und woher seine Assoziation zu *Eis am Stiel* stammte, wusste der Himmel. Er war ein Spinner.

»So ein Quatsch«, zeigte ich ihm die gelbe Karte.

Seine Späße zwangen mich, ungewohnt ernst zu sein. Ich fühlte mich altklug und mochte mich selbst nicht leiden. Während ich mich lustlos auf die Decke sinken ließ, wurde mir wieder einmal bewusst, dass ich keinen Vater hatte, keinen Bruder, keinen einzigen Onkel, keinen Großvater. Gerda und Sabine waren alles, was ich an Verwandtschaft aufzubieten hatte. Gerda sah ich ein- bis zweimal im Jahr, sie lebte in Hamburg. Ihre Freundinnen waren ihr das Wichtigste im Leben. Wenn ihr langweilig war, flog sie durch die Welt und klebte danach wochenlang Fotos in Alben, die sich wie bunte Müslipackungen im Wohnzimmerregal aneinanderreihten.

»Was ist los, Prinzessin, Angst vor dem Wasser?«

Eigentlich konnte ich mich glücklich schätzen. Schreckliche Zeiten waren mir erspart geblieben, schließlich hätte ich so einen wie Langhans als Großvater »erben« können und meine ganzen Ferien mit ihm verbringen müssen. So aber würde ich ihn bald los sein. Und dennoch, während ich ihm dabei zusah, wie er sich auszog, wie er seine Socken in die ausgetretenen Sandalen stopfte, war da ein erkennendes Gefühl, als hätte ich Ähnliches bereits gesehen, lange vor meiner aktiven Erinnerungszeit. Bestimmt gab es einen Großvater, so wie es einen Vater geben musste, nur hatten Gerda und Sabine mir ihre Männer vorenthalten.

22

»Wo ist mein Vater?«
»Es gibt keinen.«
Ich war zehn, und Erzsebet hatte uns gerade verlassen. Die knappe Antwort existierte bereits vorher in meinem Kopf, doch erst mit zehn ließ ich zu, dass die volle Bedeutung dieser Äußerung mich wie klebrig süßer Sirup durchdrang. Sabine war eine Lügnerin. Jeder besaß einen Vater. Ich wurde betrogen, um die Wahrheit, um meine Rechte. Meine Mutter, groß und hager, putze den Abfluss des Waschbeckens mit einer Zahnbürste. Sie putzte sehr gründlich. Ich sog den Geruch des Essigreinigers tief ein und hoffte, dass ein Wunder geschehen, Sabine sich umdrehen, mich anlachen und sagen würde: Gut, du hast recht, es gibt ihn. Wozu länger lügen. Du bist jetzt groß und sollst die Wahrheit erfahren.

Nichts dergleichen geschah. Weder sah Sabine auf, noch unterbrach sie ihr lächerliches Tun.

»Eine Zahnbürste ist zum Zähneputzen da.« Ich musste irgendetwas sagen.

Sabine putzte selten, aber wenn, dann glich sie in ihrem Eifer einer Expeditionsteilnehmerin. Jede ihrer Aktionen hätte es in der Vorbereitung und genauen Planung mit der Durchquerung der Antarktis aufnehmen können. Zahlreiche Ausrüstungsgegenstände wurden herangeschafft, aufgereiht, ausprobiert, verworfen. Für so etwas Banales wie das Reinigen des Badezimmers benötigte sie Tage.

»Warum sagst du mir nicht wenigstens seinen Namen?«

Streng starrte ich auf den schön geformten Nacken meiner Mutter, erkannte, dass der Seidenschal, mit dem die lockigen Haare zusammengebunden worden waren, sich gleich lösen würde, und konnte doch nichts tun. Marmeladenflecken zierten ihre Bluse, stachen aus dem verblichenen Rosenmuster heraus. Es war Mittag, und ich war gerade von der Schule heimgekommen. Im Biologieunterricht hatten wir über die Vererbungslehre gesprochen.

»Was habe ich von meinem Vater, irgendetwas muss ich doch von ihm haben?«

Die Hand der Mutter. Ich hatte Angst vor dem Zittern dieser Mutterhand. Es war immer die rechte, es war immer ein schnelles Zittern, es tauchte auf, und kurze Zeit später ging etwas zu Bruch. Sabine hatte nur eine Zahnbürste, die sie fallen lassen konnte. Deshalb griff sie nach dem Zahnputzbecher. Glas zersplitterte, legte sich zu toten Fliegenkörpern.

»Siehst du, was du mit deinen Fragen anrichtest. Geh jetzt raus, ich muss aufräumen.« Das Zittern war vorbei. Die Fragestunde auch.

Später saß ich alleine an dem kleinen Tisch, während Sabine am großen aß. Alles hatte seine Ordnung. Ich benutzte immer noch das Kinderbesteck, Mutter benutzte normales Besteck. Sie aß kaltes Gemüse, während ich Brot mit nicht mehr ganz frischem Frischkäse bestrich. Immer gab es zweierlei, als dürften sich mein und ihr Essen nicht berühren.

23

Langhans ging ohne mich schwimmen.

Bei Tageslicht, obwohl mit nichts als einer schwarzen Badehose bekleidet, sah er nicht mehr zum Fürchten aus. Ohne die Temperatur zu prüfen, hüpfte er den Steg entlang, tauchte mit einem perfekten Köpfer ein. Gleichmäßig und ohne sich umzudrehen, kraulte er auf die gegenüberliegende Seeseite zu, ein Pfeil, der das Wasser teilte. Nicht zum ersten Mal dachte ich darüber nach, warum er nicht hinkte. Verdammt. Bei einem alten Mann, einem Kämpfer, wäre das weniger auffallend, befand ich. Und ich stellte mir vor, wie er da oben, unser Chef, einen kleinen Tausch vornehmen würde. Doch wieder einmal hörte Gott mir nicht zu. Constantin drängte sich in meine Gedanken. Auch er ein ausgezeichneter Schwimmer. Dazu ein Radler, ein Bergsteiger, ein Surfer, ein Schlittschuhläufer. Keine noch so komplizierte Bewegungsart war ihm fremd. Ich hasste und bewunderte ihn dafür. So wie ich Langhans hasste und bewunderte. Er tat, was ihm Spaß machte. Er war rücksichtslos.

Wie durch eine Lupe schickte die Sonne gebündelte Energie auf die Erde, doch mich fröstelte, ich fühlte mich furchtbar. Zweifel stiegen in mir hoch. War ich vor wenigen Stunden noch felsenfest davon überzeugt gewesen, dass ein Treffen mit Constantin absolut erfolgreich verlaufen würde, kamen mir jetzt Bedenken. Brauchte Constantin mich, liebte er mich wirklich? Und mit wirklich meinte ich elementar, tief und rein und absolut. Eine Abkühlung hätte mir gutgetan, aber da war die Sache mit meinem Bein. Ich wollte Langhans nicht darauf aufmerksam machen. Noch hatte er keine dummen Fragen in dieser Richtung gestellt.

Resigniert schaute ich den Schwänen beim Gründeln zu. Den Hintern in die Höhe gereckt, wühlten sie im Schlamm. Keine Ahnung, wonach sie suchten, nach Würmern, Muscheln, Algen. Einunddreißig Sekunden hielt es die Mutter aus, die beiden Jungen, noch grau und hässlich, brachten es lediglich auf siebzehn Sekunden. Ich zählte zehn Mal, bildete einen Mittelwert. Meine Mathelehrerin wäre stolz auf mich gewesen. Das Skizzenbuch fiel mir ein, und wie so oft rettete es mir das Leben. Ich zeichnete die Schwanenmutter mit ihren beiden Jungen. Ich malte perfekte Schwanenhälse auf wellenförmigen Körpern. Ein Fauchen schreckte mich hoch.

Drei Frauen in Begleitung eines Hundebabys kamen schnatternd auf unseren Liegeplatz zu. Der erwachsene Schwan fühlte sich bedroht, fauchte wie eine Wildkatze, trieb seine Jungen zusammen. Er wuchs zu doppelter Größe an, bevor er mit seinem Nachwuchs davonsegelte. Gab es alleinerziehende Schwanenväter?

Die Französinnen breiteten sich wie selbstverständlich neben unserer Decke aus. Kein bisschen Abstand konnten sie halten. Dabei gab es genügend unbesetzte Schattenbäume. Neugierige Blicke kletterten über meine Schultern, deshalb klappte ich rasch mein Skizzenbuch zu.

»Pardon.« Enttäuscht nahm die Dame ihren kleinen Wasauchimmer-Hund und warf ihn vor meiner Nase ins Wasser. Mit Leine. Der Hund machte ein wichtiges Gesicht. Und die Damen lachten ausgelassen, vor allem, als eine Plastikflasche hinterhergeworfen wurde. Wasser spritzte auf. Es wurde Französisch geredet und französisch gelacht, in tiefen, brummenden und spöttischen Tönen. Bald wusste ich, dass es um Abhärtung ging. Die Hundebesitzerin krempelte die Hosenbeine hoch, stieg ins Wasser und unterwarf ihr Hündchen einer gründlichen Shampoonierung.

Das Wasser, vor Sekunden noch glasklar, wurde schaumig weiß. Langhans kam gerade zurück. Halb lachend, halb schimpfend stieg er aus dem Wasser, fragte die Damen, was das solle. Ob das hier eine Badewanne sei und ob sie ihn jetzt auch waschen würden. Sein Französisch klang perfekt. Von Zeit zu Zeit zwinkerte er mir zu, er hatte mich nicht vergessen.

»Na, nicht doch ins Wasser? Die Seifenlauge reicht auch für dich.«

»Nein!« Kopfschüttelnd saß ich auf der Decke und starrte das Quartett an. Die Hundebesitzerin stieg zufrieden aus dem See, den Hund hatte sie sich wie ein Baby vor die Brust gelegt. Alle konnten es sehen, ihre weiße Hose klebte an der Haut fest, sodass sich ein Tanga und alles, was darunterlag, abzeichneten. Lachend deuteten ihre Freundinnen darauf. Auch Langhans grinste. Er grinste so viel und zog derart übertrieben den Bauch ein, dass ich mich für ihn schämte.

Wie er sich anbiederte, es war schrecklich. Er bemerkte meinen Blick und kniff mich in die Schulter.

»No, müssen wir uns durch Gleichartigkeit darstellen, oder sollten wir uns erlauben, unterschiedlich zu sein? Verschon mich also bitte mit deinem jungferlich sauren Gesichtsausdruck.«

Ich verstand kein Wort.

»Es wird Ihnen nicht gelingen, mich aufzuheitern. Mir ist warm, und ich hab echt keine Lust mehr auf das hier.« Enttäuscht griff ich nach meiner Tasche. Er aber bat mich, ihm dies und jenes zu reichen, die Hose, die Socken, als hätte er mir nicht zugehört. Erneut schien er mich mit einer Pflegekraft aus dem Heim zu verwechseln. Nebenbei lud er die drei Nixen zum Kaffee ein. Die Damen hatten allerdings etwas Besseres vor. Schließlich blieb nur ich übrig. Ein letztes Seufzen, Langhans blickte enttäuscht auf das dreifache französische Versprechen.

24

Hintereinander, nicht nebeneinander, gingen wir den schmalen Kiespfad am Strand entlang. Zu unserer Rechten überholten uns Radfahrer, die auf dem Dammweg viel schneller vorankamen. Aber auch Hundebesitzer waren schneller, weil Langhans sich im Schneckentempo bewegte. Vielleicht hatte er sich beim Schwimmen verausgabt, oder er war verärgert, weil die Damen ihm einen Korb verpasst hatten. Jedenfalls sprach er kaum ein Wort. Als wir in das Gartenlokal einbogen, versuchte er sogar einen Rückzieher.

»Eigentlich lohnt sich das nicht.«

»Doch, lohnt sich, es sieht sehr schön aus.«

Wuchtige Rattanmöbel und zitronengelbe Sonnenschirme lockten mich an, und ich ging zielstrebig auf einen Tisch zu, der nahe am Wasser lag. Zwei Mädchen spielten mit selbst gebastelten Angeln Fechten, und ich bestellte unbekümmert einen Café au lait. Wir tranken. Wir sahen uns um. Wir sprachen nur das Nötigste. Schön hier. Und so ruhig. Und so abgelegen. Doch dann war nichts mehr schön, und eins kam zum anderen. Zuerst die Rechnung. Zwei Kaffee kosteten umgerechnet neun Mark. Da Langhans seine Brille nicht sofort fand, wollte er von mir den Betrag bestätigt haben und hielt mir fassungslos den Beleg unter die Nase.

»Warum so teuer?«, fragte er barsch, als wäre ich für die Preise verantwortlich. Als er endlich merkte, dass ich der falsche Ansprechpartner war, heftete sich sein Blick geradewegs auf die leicht deformierte Nase der jungen Bedienung. Ob die Polsterkissenfüllung aus Gold wäre, wollte er wissen, oder ob er einen zahmen Elefanten übersehen hätte und somit ein Zooaufschlag als gerechtfertigt angesehen werden könne? Ungeniert ließ er seine Augen über ihren Körper schweifen und klopfte auf die gepolsterten Armlehnen. Zum ersten Mal musste ich über seine burschikose Art lachen. Das lag daran, dass es ihm tierisch ernst war. Die junge Kellnerin blieb ganz ruhig, zeigte zur Wolkenbank auf der gegenüberliegenden Seeseite. Dort, der Mont-Blanc, erläuterte sie, als würde das vieles, wenn nicht gar alles, erklären. Langhans' Blick aber war an einer sichtbar gewordenen Zahnlücke in ihrem Mund hängen geblieben, hinten rechts. Er legte los. Leider verstand ich nur die Hälfte, und die auch nur, weil er sich bildhaft in den

Mund griff. Vermutlich unterstellte er der Kellnerin, dass hier Geld für eine Zahnbehandlung eingetrieben werden sollte.

»Qui paye?«, wiederholte die Frau und schaute dabei in den Himmel.

Das hatte ich nun doch verstanden. Innerlich immer noch grinsend, tat ich so, als wollte ich mich an der Rechnung beteiligen. Ich griff nach meiner Tasche, öffnete sie, suchte und wurde blass. Die Innentasche, durch einen Reißverschluss gesichert, war bis auf den Personalausweis, ein Feuerzeug und ein paar Münzen leer.

»Wieso?« Hilflosigkeit ist kalt wie Eis, klar, durchsichtig. Noch bevor mein Verstand so weit war, hatte mein Körper begriffen. Mein Herz raste. Und ich wusste, dass niemand außer ihm in meinen Sachen gewühlt haben konnte. Ertappt fühlte ich mich, aber auch bestohlen, betrogen und hintergangen. Bestimmt spiegelten sich alle diese Gefühle in meinem Gesicht, fett gedruckt und gut lesbar.

»No, war da etwa ein Dieb in unserem Wohnmobil?« Nein, Langhans lachte nicht. Die Falten auf seiner Stirn kräuselten sich. Er hielt inne, wie um mir einen Vorsprung zu geben. Ich aber war zu perplex, um zu reagieren. Mit hämischer Bosheit und nur allzu gerne schüttete er seinen vorbereiteten Satz über mir aus. »Könnte der Dieb zufällig weiblich sein, hört er zufällig auf den ungewöhnlichen Vornamen Viebke, der ein Zweitname ist, wie ich inzwischen weiß? Eigentlich heißt du Charlotte, nicht wahr.«

»Sie haben mein Geld, Sie haben in meiner Tasche gestöbert, ich fass es nicht. Mein Personalausweis geht Sie überhaupt nichts an! Und das Tagebuch ... bitte nicht.«

Das Sprechen fiel mir schwer. Viel zu viel Spucke hatte sich in den Mundwinkeln angesammelt, und bestimmt sah ich wie ein überrumpelter Idiot aus.

»No, wollte ich wissen, mit wem ich es zu tun habe.«

»Und ich dachte, Sie wären anders. Aber Sie sind ein Scheißer, ein Vollspießer, ein ...«

Die Kellnerin holte ihren Blick vom Himmel zurück, grinste. Ihre Augen, eben noch zusammengekniffen, waren jetzt kugelrund. Selbst Lachfalten waren zum Leben erweckt worden. Die Schadenfreude ist wie ein wildes Tier, gefräßig und unersättlich. Auch am Nebentisch blieben ein Mann und eine Frau stehen, drehten sich unentschlossen im Kreis. Ich spürte ihre lauernden Blicke, bevor ich sie sah, ich nahm jedes Detail wahr und war doch nicht in der Lage, angemessen ruhig zu reagieren. Stattdessen schlug ich mit der Faust auf den Tisch. »Verdammtes Schwein!«

»Also, fürs Protokoll«, triumphierte Langhans, »die Klägerin Charlotte Viebke Sand beschuldigt den hier anwesenden Hans Langhans, das ursprünglich durch sie entwendete Geld, samt Zinsen und Schmerzensgeld, zurückentwendet zu haben. Stimmt das so?«

»Sie sind ein Scheißkerl, Herr Langhans, auch das dürfen Sie in Ihr Protokoll schreiben. Es ist doch wohl ein elementarer Unterschied, ob ein armer Teenager einen Rentner bestiehlt oder umgekehrt. Und fürs Lesen eines Tagebuchs gibt's lebenslänglich.«

»Gut gebrüllt.« Er lachte, und ich fühlte mich so verdammt hilflos, dass ich ihn hätte ohrfeigen mögen. Aber wie sollte das gehen, er war riesengroß und ich ein Zwerg. Nicht einmal im Sitzen kam ich an ihn heran. Und da waren immer noch die Seitenblicke der Gäste, und da war immer noch Hoffnung. »Geben Sie mir wenigstens mein eigenes Geld zurück.«

»Okay. Wie viel, weißt du es noch? Zehn Mark? Und soll ich den Kaffee abziehen oder nicht?«

Tja, das war's. Ich sprang auf, Tränen in den Augen. Wie durch eine Wand hörte ich ihn etwas sagen, hörte ihn rufen, doch da hatte sich das fliehende Pferd unter mir bereits ins Gang gesetzt. Ohne mich umzudrehen, ohne über die Konsequenzen nachzudenken, klammerte ich mich an die weiße Mähne, galoppierte davon.

»Verwechsle nicht das, was du hast, mit dem, was du bist«, rief Langhans mir hinterher. »Du musst nicht stark sein, du musst nur stark wirken. Komm schon, komm zurück!«

Drittes Kapitel

I

Jede Entscheidung zieht Konsequenzen nach sich. Deshalb hätte ich mir Zeit lassen sollen. Klug wäre es gewesen, das Für und Wider in hauchdünne Scheiben zu schneiden, meine Chancen unter der Lupe zu betrachten. Unsinn, so war ich nicht. Aber wenigstens hätte ich darüber nachdenken sollen, ob es klug war, ohne einen Pfennig in der Tasche abzuhauen. Ich dachte nicht nach, ich floh. Doch bereits während ich nach meiner Tasche griff, während ich zur Straße hochstürmte, während das schwere Gewicht seiner Bücher gegen mein verkrüppeltes Bein schlug und erst recht als ich den Daumen hochhielt, bereute ich meinen Abgang. An eine Umkehr war allerdings nicht zu denken.

Die Karte hatte ich grob im Kopf und wusste, dass ich zurück nach Annecy musste, dann auf die Autobahn Richtung Grenoble. Bereits der zweite oder dritte Wagen nahm mich mit, ein älterer Herr, der ausgiebig Französisch mit mir sprach. Obwohl ich ihn mehrmals unterbrach, um deutlich: autoroute und Grenoble klarzustellen, ließ er mich mitten in der Stadt aussteigen. Geschäfte und Cafés säumten die Straße, Menschen hasteten an mir vorüber, aber nirgends auch nur ein einziges Schild, wohin die Straße führte. Dieser Mensch war mit Sicherheit noch nie in seinem Leben getrampt, sonst hätte er mir das nicht angetan. Ich musste eine Frau ansprechen, um herauszufinden, in welche Richtung ich mich aufstellen sollte. Meine Glückssträhne, dünner als ein Grashalm, war erneut zerrissen. Ich kam nicht mehr weiter. In meiner Tasche suchte ich nach einem Stift und nach Papier und stieß stattdessen auf eine von Langhans' Lektüren, die er bei mir deponiert hatte. Ich schlug die erste Seite auf. Kopierte Briefe oder Tagebuchaufzeichnungen waren mit einer Spirale zu einem stabilen Heft gebunden worden. Das war bestimmt die Sammlung, von der Langhans eher entrüstet als begeistert erzählt hatte.

2

Toulouse, 13. VI. 1939

Meine liebe gute Omusch,

Dir muß ich es jetzt schreiben. Papa, Dein guter Sohn, ein Despot ohne Manieren, hat mir alle meine Tagebücher weggenommen. Nichts hat es gebracht, daß ich lauthals, viel lauter als beabsichtigt »Bücherverbrennung« schrie und mit dem Fuß aufstampfte und ihn daran erinnerte,

*daß wir nach Frankreich geflohen sind, um dem
faschistischen Irrsinn zu entgehen. Er lachte mich
aus und blieb hart. Was soll ich sagen, die Tagebücher hat er im Keller verbrannt, was ein Unding
ist. Aber natürlich schreibe ich weiter. Ich kann
nicht anders. Nur wo die Sachen verstecken?
Darauf habe ich noch keine Antwort gefunden.
Ach, wenn doch nicht alles gar so kompliziert
wäre.
Nur ab und zu gehe ich zur Schule, wir sind
schrecklich oft umgezogen in letzter Zeit. Es ist
furchtbar anstrengend, ich darf mit niemandem
ehrlich und offen reden. In der Schule gelte ich als
Französin, etwas zurückgeblieben freilich! Wie geht
es bei Dir? Sind die Nonnen nett zu Dir? Und hast
Du Nachricht aus der alten Heimat? Was macht
Tante Grete, was Punkt und Komma?
Schreib mir bald,*

Deine Dich liebende Henny

Ich fluchte, weil ich das Ding mitgeschleppt hatte und jetzt nicht wusste, wohin damit. Schulterzuckend drehte ich das Heft um, schrieb in Großbuchstaben auf den rückwärtigen Karton:

TOULOUSE

Ich stellte mich in Position und hisste die Glücksfahne. Seit gestern, seit Constantins Brief, hing sie auf Halbmast, war zeitweise ganz hinuntergerutscht. Nun galt es, sie wieder in die richtige Position zu bringen. Auch die Mundwinkel zog ich hoch, zwang mich zu einem Sichelmondlächeln.

3

Mitleidige Blicke, amüsierte Blicke, Gelächter. Das Spektrum ist groß, wenn man an der Straße steht. Die Nachmittagssonne in meinem Rücken und der heiße Asphalt unter mir machten mir nicht so viel aus wie das bohrende Hungergefühl und der stechende Geruch der Abgase. Ich stand zwei Stunden. Ich stand drei Stunden. Und niemand hielt. Ich suchte in meiner Tasche und fand das restliche Brot. Ich brauchte weniger als eine Minute, um es zu essen. In was für eine dumme Situation hatte ich mich hineinmanövriert? Immer wieder ertappte ich mich dabei, wie ich jedem Wohnmobil sehnsüchtig entgegenstarrte. Langhans hätte mich suchen können, fand ich, er war mir was schuldig. Aber er kam nicht, und niemand erlöste mich. Bis dann doch ein Wagen hielt. Zwei junge Männer starrten mich an. Beide dunkelhaarig, beide braun gebrannt. Der Fahrer nahm die Brille ab, vermutlich, damit er mich besser in Augenschein nehmen konnte.

»Toulouse?«, fragte ich hoffnungsfroh.

Sie sahen sich an, dann nickten sie. Wie dumm ich war. Keine Ahnung, warum ich zwei Männer für weniger gefährlich hielt als einen, und ich weiß nicht, warum ich junge, gut aussehende Männer als netter einstufte als alte. Vielleicht, weil sie mir gleich ihre Namen verrieten, weil sie Englisch sprachen, weil sie gute Laune versprühten. Meine Großmutter hatte mich stets vor hässlichen Männern mit dicken Bäuchen und lichter Kopfbehaarung gewarnt. Und ehrlich, ich sehe nicht toll aus, meine Haare sind zottelig, meine Lippen immer aufgesprungen, meine Augen schimmern feucht, als hätte ich gerade geweint. Ich konnte mir nicht vorstellen, dass irgendjemand (außer Constantin) Interesse an mir haben könnte. Vielleicht liebte ich Constantin deshalb so sehr. Er war der erste Junge, der mich mochte.

Wir waren noch keine halbe Stunde gefahren, Annecy lag hinter uns, da verstummte das Gespräch nach dem Woher, Wohin und dem Wie. Blicke wurden zwischen den beiden getauscht. Sie wisperten, und der Beifahrer biss sich immer wieder auf die Unterlippe. Ich war dümmer als dumm. Als sie nicht auf die Autobahn einbogen, ahnte ich immer noch nichts. Ich wusste ja, wie hoch die Gebühren waren. Ich fragte nach etwas Essbarem, ich fragte, ob sie durchfahren würden. Ich sah mich am nächsten Morgen bereits in Toulouse, vielleicht schon in Saint-Lary. In Gedanken umarmte ich Constantin, badete mit ihm in einem glasklaren Gebirgssee, lag auf einem Riesenfindling, nackt. Mühelos blätterte ich eine Abenteuerseite nach der anderen um. Bettina, die Nichtperson, war nirgends zu sehen. Für kurze Zeit fühlte ich mich glücklich.

Dann wurde die Straße immer schmaler, und mein Herz begann zu galoppieren.

»Stop!«, rief ich. »Stop immediately!«

Da hielten sie. Mitten im Niemandsland. Ackerflächen rechts, Ackerflächen links und vor uns ein Fluss. Erst jetzt wurde mir bewusst, wie spät es geworden war. Kein Feierabendverkehr mehr, die Feldarbeit beendet. Obwohl es noch hell war, sah ich keine Menschenseele. Über uns ein Heißluftballon, aber würden die mich retten können? Kein Zweifel, die beiden wollten mich ersäufen. Ich war nichts weiter als eine Katze. »I have no money at all, je n'ai pas de monnaie.« Worte stolperten über meine Lippen, astrein französische.

»Wenn du Angst hast«, das hatte Gerda mir beigebracht, »dann musst du dich aufblasen, du musst den Kopf so hoch tragen wie irgend möglich. Zeig keine Schwäche, im Gegenteil, zeig die Zähne, beiß zu, reiß den Feind in Fetzen.« Großmutter hatte gelacht. Sie hatte gut lachen. Sie saß in Hamburg und spielte Canasta mit ihren Freundinnen.

»Ich habe keine Angst vor euch Pissern«, sagte ich auf Deutsch, griff nach meiner Tasche und riss die Wagentür auf. Ich war schnell, doch die beiden waren schneller. He, mach langsam, riefen sie auf Französisch. Kein Lachen mehr, sie waren ebenso nervös wie ich. Als hätte ein Grenzfluss uns getrennt, sprach jeder in seiner Landessprache. Zudem mussten die beiden sich absprechen. Hier oder dort, oder wie sollen wir es machen? Ich drehte mich um und sah in ihre lauernden Gesichter.

»Das habt ihr nicht nötig, echt.« Aufmunternd zu lächeln ist nicht leicht in einer solchen Situation, aber ein Versuch war's wert. Als sie immer näher kamen, holte ich aus. Griff den langen Bügel meiner Tasche, drehte mich schwungvoll zur Seite, dann wieder zurück und ließ die Tasche nach vorne sausen. Den Kleineren der beiden traf ich voll ins Gesicht. Ich hörte es knacken. Der Stoß war fest, Langhans' Bücher taten ihre Wirkung, und mein Mut wuchs. »Ihr Schweine sollt mich in Ruhe lassen, habe ich gesagt.« Wütend sammelte ich Spucke im Mund, zielte und spuckte dem Großen auf die Wange. Er wurde rot vor Wut, und die Wangenknochen traten scharf hervor. Bald würde es dunkel werden. Mir wurde schlagartig kalt. Was wollten die von mir? Ich war ein Nichts. Ohne abzuwarten, drehte ich mich um und lief. Ich lief wirklich. Wie auf ein unsichtbares Kommando hin waren meine Beine gleich lang und gleich stark geworden. Kein Stolpern, kein Hinken mehr. Ich lief, bis ich die erste Häuserreihe erreichte, dann läutete ich Sturm.

4

Mein erster Kontakt mit Frankreich. Damit meine ich nicht das Straßenfrankreich, das vorbeihuschende französische Leben, sondern das gastfreundliche Frankreich. Bereits beim ersten Klingeln öffnete sich die Tür des Mehrfamilienhauses, als hätte jemand auf mich gewartet. Ich stand alleine in einem hässlichen leeren Flur, wusste nicht, bei wem ich geläutet hatte, und erst recht nicht, was ich als Nächstes tun sollte. Sie mussten mich abholen. Eine junge Frau und ihre sechs- oder siebenjährige Tochter. Gemeinsam kamen sie die Treppen herunter, gemeinsam lockten sie mich nach oben.

Ich zitterte am ganzen Körper, konnte kaum gehen, konnte nicht sprechen. Bestimmt war ich kreideweiß oder krebsrot. Meine Zähne schlugen gegeneinander, und ich musste mir den Mund zuhalten, das Geräusch machte alles noch viel schlimmer. Dabei war ich in Sicherheit, oder etwa nicht? Fremden zu vertrauen fiel mir offensichtlich leicht. Um mich herum eine völlig neue Umgebung aus merkwürdig altmodischen Möbeln, aus Zierdeckchen und blumenbestickten Kissen. Mein Weinen verstummte. Die Nase wurde frei, und ich atmete den Duft von frisch gegrilltem Fleisch ein. Mutter und Tochter lächelten mich freundlich an, sie forderten mich auf, Platz zu nehmen, sie reichten mir ein besticktes Taschentuch, sie fragten, ob sie einen Krankenwagen holen sollten oder die Polizei. Keine Ahnung, was ich erwiderte, aber es kam kein Krankenwagen, es kam keine Polizei, und ich schaffte es, mich so weit zu beruhigen, dass ich stockend erzählen konnte. Das Schlimmste war die Scham. War ich nicht bereits mit zwölf Jahren alleine zum Baggersee, zur Schule und zu Freunden getrampt, besaß ich nicht jahrelange Erfahrung im Umgang mit Aufschneidern? Mehr als einmal hatte ich mich zur Wehr setzen müssen. Vermutlich war ich deshalb leichtsinnig geworden.

Okay, dachte ich, ich habe immer noch ein Ziel, ich will Constantin finden. Noch während des Essens überdachte ich meine Situation. Das fehlende Geld und die neue Angst, die sich wie ein entzündeter Pickel in meinem Nacken gebildet hatte, ließen nur einen Ausweg zu: Langhans. Vielleicht konnte ich mich mit ihm aussöhnen und ihn überreden, mich bis Toulouse mitzunehmen. Dabei würde ich Verzögerungen in Kauf nehmen müssen, und ich musste mich mit seiner Art arrangieren. Auf jeden Fall brauchte ich Zeit zum Atemholen. Unmöglich, weiterzutrampen.

5

Das Haus von Ádám Orosz fanden wir ohne große Probleme. Ich musste Justine, die mütterliche Französin, die mich eingelassen, die mich bewirtet und sich meine Geschichte angehört hatte, nicht dazu überreden, mich zurück nach Annecy und ein Stückchen weiter am See entlang zu fahren.

»Pas de souci«, winkte sie lächelnd ab und behauptete, sie müsse sowieso noch weg. Ihre Oma, seit Wochen schon im Krankenhaus, bräuchte neue Wäsche. Überhaupt kein Umweg.

Ein Fenster im Erdgeschoss war erleuchtet, das sah ich sofort, aber in der Hofeinfahrt stand nur ein klappriger Renault. Von Langhans' Wohnmobil keine Spur. Ich klingelte trotzdem, und als mir aufgemacht wurde, winkte ich Justine zu und bedankte mich mit einem weiteren Sonntagslächeln. Wie viele Sonntagslächeln, wie viele Pannen noch, bevor ich am Ziel war? Ich wollte nicht darüber nachdenken und wusste doch, warum diese Gedanken mich wie eine Zweimeterwelle überrollten, ein Missverständnis jagte das nächste. Vor mir stand ein Mensch, mit dem ich nicht gerechnet hatte. Viel zu jung war er, nur halb so alt wie Langhans. Alles an ihm schien lang zu sein. Die Beine, das nachlässig zugeknöpfte Hemd, das schmale Gesicht, die zerzausten Haare. In beiden Ohren steckten Metallringe, silbern.

»Bonjour«, stotterte ich verunsichert, dann wollte ich wissen, ob Hans Langhans da sei.

»Nein, er …«, das *e* gedehnt, als müsse es beschleunigt und einen Berg hinaufgeschoben werden, »ist nicht hier. Leider schon weg.« Der Kopf des Riesen neigte sich mir entgegen, ein erstauntes Lächeln wurde sichtbar.

»Weg? Wie weg?«

Erst leise, dann immer heftiger wurde ich von einem Weinkrampf geschüttelt. Einem Würgen, das im Bauch begann und sich wie auf einer Leiter nach oben arbeitete. Ich unterdrückte es, legte die Hand vor den Mund, neigte den Kopf. Nicht, dachte ich, bitte nicht schon wieder. Doch mein Körper führte ein Eigenleben, zitterte, Tränen schossen mir in die Augen, und statt der geplanten Entschuldigung ertönte das fast schon vertraute Zähneklappern, kastagnettengleich. Der Mann musste näher treten, musste mich stützen. Und da roch ich es zum ersten Mal. Billiges Sonnenblumenöl, das zum Frittieren benutzt worden war. Es hing in seinen Haaren und in seiner Kleidung.

»Erzsebet?«, fragte ich nach Luft japsend. »Heißt deine Mutter so?«

Vorsichtig, wie etwas sehr Zerbrechliches, zog er mich nach drinnen. Bestimmt hielt er mich für verrückt. An Farbeimern und Dämmmaterialien vorbei ging es sieben Stufen hinauf. Er holte einen Stuhl, setzte mich darauf, schaute mir in die Augen, schüttelte den Kopf, brummte abwechselnd auf Deutsch und Französisch eine Art Beschwörungsformel:

»Uh, ist alles gut. Ça ne fait rien, tsch, nicht weinen.« Dann hüpfte er zum Wasserhahn, ließ Wasser ein, verschüttete die Hälfte, drängte mich zu trinken. Wasser gegen Tränen, das fand ich erstaunlich. Die Lust zu lachen stieg in mir auf, wie Blasen in einem Sektglas. Die Oberfläche erreichte das Lachen jedoch nicht, klumpig blieb es mir im Hals stecken. Dennoch, wie dieser Langmensch herumhampelte, wie er Schränke und Schubladen aufriss, um schließlich ein gebrauchtes Taschentuch aus der ausgebeulten Hose zu fischen und es mir zu reichen, war zum Lachen komisch.

Eigentlich hätte ich aufstehen und gehen sollen, doch ich blieb. Und wunderte mich nicht mehr über mein Verhalten. Nach einer Viertelstunde waren meine Tränen getrocknet, die Nase wieder frei. Ich konnte ihm großzügig mein Leid klagen und hatte keinerlei Hemmungen, ihn im Gegenzug auszufragen. Der Tag war gelaufen. Vielleicht ließ er mich bei sich schlafen. Seine Mutter hieß nicht Erzsebet, das hatte ich bald herausgefunden. Aber immerhin, ein zusammengemischter Ungar, der nach Frittieröl roch, war ein vielversprechender Anfang. Ich fragte nach Langhans.

»Wo ist er hin, ich meine, übernachtet er hier in der Nähe?«

Ehrlich gesagt, berichtete dieser Orosz in dreifach gebrochenem Deutsch, habe er vergessen, Hans danach zu fragen. Das Treffen sei turbulent verlaufen, sie hätten sich gestritten. Und kleinlaut gab er zu: »Hans ist verletzt.«

Eine kleine Pause entstand, als wolle er seinen Worten Raum zur Entfaltung geben. Dann spekulierte er: Jetzt, nachdem er begriffen habe, dass ich und Hans zusammengehörten, würde er verstehen, warum Hans so schlechte Laune gehabt hätte. Wir hätten uns ja offensichtlich verloren. Was für eine Tragik. Barsch und ungewohnt ernst sei er gewesen. Orosz zeigte in einen weit entfernten Winkel der Küche, deutete zur Decke, an der ein kreisrunder Fleck von einem alten Wasserschaden zeugte. Ich verstand nicht, doch mein Kopfschütteln interessierte ihn nicht. Hans sei ein guter Freund, fuhr Orosz fort, auf den man sich leider überhaupt nicht verlassen könne. Ein siebenbürgischer Sachse eben, unerzogen und viel zu früh von der Mutterbrust getrennt. Er verwendete tatsächlich das Wort *Mutterbrust*. Ich staunte, so schlecht war sein Deutsch nicht. Es sei ja zu befürchten gewesen, dass Hans' Zustand sich durch den Tod seiner Frau verschlimmern würde, aber ... An dieser Stelle unterbrach Orosz seine Erzählung, stutzte, oder wegen dir?, wollte er wissen.

Darauf musste ich nichts erwidern, geriet aber ins Grübeln. Der Alte war verletzt? Was bedeutete das? Dass Gott doch im Publikum saß, ein gerechter Helfer, der an den richtigen Stellen klatschte? Vielleicht sogar Regie führte? Langhans, dieser Verräter. Hatte er nicht den Tod verdient? Wie von weither hörte ich Orosz' Stimme. Sein Vater und Hans hätten zusammen im spanischen Bürgerkrieg gekämpft, später in der Résistance. Der Vater habe den Krieg nicht überlebt, deshalb habe Hans sich um ihn und die Mutter gekümmert, früher, als sie in Mulhouse lebten. Hans sei so etwas wie ein Patenonkel für ihn gewesen. Vergangenheit, betonte er.

6

»Was hörst du da?« Constantin hatte mir die Kopfhörer abgenommen und in meine Musik hineingehört wie ein Dieb, um dann zu beschließen, dass sich der Einbruch nicht lohnte.

»Wer soll das sein?« Mit diesen Worten und der Handbewegung: Da, nimm, kannst du behalten, gab er mir die Kopfhörer zurück.

»Die Bänder sind von meinem Vater. Vielleicht ist das mein Vater. Seine Stimme, meine ich, seine Musik.«

Da erst war Constantin von seinem Naserümpfen abgerückt, hatte mich in den Arm genommen.

»Ich glaube, er ist so etwas wie ein Liedermacher.« Wie ein Kind durfte ich meiner Hoffnung freien Lauf lassen. »Vielleicht ist er berühmt.«

Nach jedem Satz wurde Constantin nachgiebiger, und ich sank in ihn wie in eine Daunendecke. Bestimmt liebte er mich an diesem Tag mehr als sonst. Dennoch erzählte ich ihm nie wieder von meinem Vater, nahm ihn nie mit nach Hause.

Mein Vater.

Wenn jemand nicht da ist, wenn man sich seit Ewigkeiten nach ihm sehnt, wenn man alles tun würde, um wenigstens seinen Namen zu erfahren, wird er zum Hausgott. Und alle »geerbten« Gegenstände zu Fetischen. Orosz wusste wenigstens, dass sein Vater gefallen war. Ich wusste weniger als nichts über meinen Vater.

Allerdings hatte ich ganz hinten in der Abstellkammer, in der Gummistiefel und Katzenstreu Staub sammelten, einen grünen Armeerucksack, ein paar Kassetten und einen funktionstüchtigen Kassettenrekorder entdeckt. Schätze, unter Wollresten versteckt, von Hausmäusen als Nest beansprucht. Gesucht hatte ich einen Schlafsack. Für meinen ersten Urlaub. Gefunden hatte ich etwas, wofür es keine Worte gibt. Vielleicht ein fehlendes Teil meiner Selbst. Dabei war es nur eine Stimme. Aber diese Stimme ließ mich erschauern, sooft ich sie hörte. Ich knüpfte Erinnerungen daran, vielleicht aus frühester Kindheit. Sie war sanft und rau zugleich. Erinnerte an eine Katzenzunge, die Sahne von einer Fingerkuppe schleckt. Es waren aber auch die Worte, die mich nicht mehr losließen, die sich zu einem stabilen Gefühlsnetz verknüpften.

> Du wirst mein Sechser im Lotto
> Mein allergrößter Hauptgewinn
> Für dich ändere ich mein Lebensmotto
> Da macht das Sparen richtig Sinn
>
> Hab dich verpasst um viele Jahr
> Bald aber sind wir ein richtig Paar

Der blecherne Klang mochte am Alter der Aufnahme liegen. Ich war immerhin siebzehn Jahre alt, die Technik veraltet. Dass die Kassetten erhalten geblieben waren, glich einem Wunder. Denn an nicht vorherzusehenden Tagen riss sich meine Mutter ihre und meine Vergangenheit büschelweise aus, tobte in einem Anfall von Wahnsinn durchs Haus, schrie nach einem Container, nach Freiraum, nach Luft. In solchen Momenten warf sie alles, was ihr alt und unbrauchbar erschien, in den Vorgarten. Wollte man an solchen Tagen nicht selbst auf dem Müllberg landen, ging man ihr besser aus dem Weg. Dass die Bänder die Wegwerfwut meiner Mutter überlebt hatten, musste etwas bedeuten. Diesen Schatz galt es zu bewahren. Also raffte ich alle Dinge, die auch nur im Entferntesten an einen Mann erinnerten, zusammen und brachte sie in meinem Zimmer in Sicherheit. Heimlichkeiten und Stillschweigen. Wie du mir, so ich dir. Sabine und ich stachen uns gegenseitig die Augen aus. Wie es in der Bibel stand. Wir waren auf dem besten Wege zu erblinden. Von dem Schatz wollte ich nichts verraten, aber ein paar unbequeme Fragen konnte ich mir doch nicht verkneifen.

»Was war mein Vater von Beruf? War er ein Liedermacher? Singt oder sang er von mir? Wusste er, dass ich in dir lag, erwartete er mich?«

Große Augen erleuchteten das schmale Gesicht meiner Mutter. Ihr Hals, von Natur aus lang und schlank, wurde noch länger. Ratlosigkeit zog ihre gesamte Gestalt wie eine Feder auseinander. Gleich würde sie hoch- oder vorschnellen. Sie war unberechenbar.

»Pah, Liedermacher«, war ihr einziger Kommentar. Dann verschloss sie den höhnisch zuckenden Mund.

Das konnte nichts und alles bedeuten. Sabine, die Ebbe- und Flut-Frau. Immer wenn ich eintauchen wollte, zog sie sich zurück.

Da in unserem Haus kein Bild von meinem Vater existierte, zumindest hatte ich keins entdecken können, dachte ich mir ein Bild aus. Passend zu Sabine stellte ich ihn mir schmächtig und dennoch stark vor. Die Brille hatte einen breiten braunen Rand. An seinem Hals traten die Adern hervor. Nie trug er einen Rollkragenpulli, immer ein Hemd mit Stehkragen. Das Hemd gestreift. Ein Nordlicht. Er erhob seine Stimme, um gegen das Unrecht in der Welt anzusingen. Auf dem Tonband entdeckte ich Liebeslieder, an Maschinen, an Frauen, an das ungeborene Kind.

Obwohl ich im Trüben fischte, war mir die Beute sicher. Ja, mein Vater war ein Liedermacher. Um es mit seinen Worten auszudrücken: Diese Erkenntnis war wie ein Sechser im Lotto. Ungeduldig skizzierte ich ihn immer wieder, mit langer Nase, mit kurzer Nase, mit buschigen und mit strähnigen Haaren. Aber dann beschloss ich, es sein zu lassen. So ein Fantasiegebilde soll man nicht zerstören. Liebevoll schattierte ich Rahmen um die skizzierten Köpfe, dann hob ich den Teppich unter meinem Schreibtisch an und versteckte die Blätter.

7

»Wird er sich bei dir melden?«

Verwundert schüttelte Orosz den Kopf. Die fettigen Haare, der Silberschmuck verliehen ihm das Aussehen eines Piraten. Und nicht nur das, auch seine Kleidung erinnerte an einen, der lange kein Land gesehen hatte, verwaschen, ausgefranst.

»Nein«, wunderte sich Orosz, »wieso auch? Wie gut kennst du ihn?«

»Gar nicht«, gab ich zu. »Ich bin bei ihm eingestiegen. Ich will nach Saint-Lary. Kennst du das? Muss ein kleines Dorf in den Pyrenäen sein. Dort wartet mein Freund auf mich.«

Das Wort *Freund* betonte ich überdeutlich. Um diesen Halbungarn auf Abstand zu halten, aber auch um meine Enttäuschung zu übertünchen. Wenn Langhans nicht erreichbar war, musste ich fragen, ob ich bei ihm übernachten konnte. Nur wo? Trotz Trauer, trotz Tränen hatte ich es gesehen, Orosz wohnte in einer Bruchbude. Die Küche, groß wie ein Wohnzimmer, beherbergte auch ein Bett. Kein Gästebett, sondern Orosz' Bett. Das verrieten ein achtlos hingeworfener Pyjama und ein hellblauer Blümchennachttopf. Und war das Treppenhaus nicht vollgestellt durch eine Leiter, durch Eimer und Zementsäcke? Ich könnte auch Constantin im Ferienlager anrufen und ihn bitten, mich abzuholen. Aber was sollte ich ihm sagen?

Während ich mir die Lippen blutig biss, betrachtete

mich Orosz. Was sah er? Eine graue Maus? Ich passte ganz wunderbar in dieses verwahrloste kleine Haus. Auf dem Tisch zwei Weingläser und eine Schüssel mit kalt gewordenen Nudeln. Die dreckigen Teller standen neben der Spüle. Wer so wirtschaftet, hat keine Kinder, hat keine Frau, und wenn, dann wohnen sie mit Sicherheit nicht hier. Egal, ich brauchte seine Hilfe.

»Kann ich bei dir übernachten?«
»Bien«, ein Schulterzucken, »mein Name ist Ádám.«
»Ich bin aber nicht Eva.«
»Bien.« Wieder dieses Schulterzucken, von dem ich mir sicher war, dass es nicht ungarischen Ursprungs war.
»Ich heiße Viebke.«

8

Ádám schien wenig bis gar keinen Schlaf zu benötigen. Berufskrankheit, behauptete er und stellte sich als Lastwagenfahrer, Journalist und Historiker vor, alles im Hauptberuf. Seine Hobbys: Wein trinken. Seine Stärke: Geschichten erzählen. Um das herauszufinden, brauchte ich eine knappe Stunde. Er sei ein verdammter Mischling, ein Bastard, berichtete er, während er für mich Eier und Speck briet. Sein Vater sei hier hängen geblieben während des Zweiten Weltkrieges. Vorher Spanienkämpfer, dann Résistance-Kämpfer.

»Ja, das hast du mir schon erzählt.«

Langhans fiel mir erneut ein und dass seine Bücher, die immerhin etwas mit dem Widerstand zu tun hatten, mir möglicherweise das Leben gerettet hatten.

Wo die Liebe hinfällt, lachte Ádám, und ich erwachte aus meinem Selbstgespräch, da wächst kein Gras mehr, seine Mutter sei Französin. Nur drei Monate sei sie mit seinem Vater zusammen gewesen, eine kurze Beziehung. Beziehungen sollten immer kurz, immer glücklich sein. Wieder lachte er, es war ein kleines, unfrohes Lachen, doch seine Kochkünste beeinflusste das nicht. Mit Heißhunger verspeiste ich drei Eier mit Speck. Ich aß alles auf, dazu ein halbes Baguette. Dabei war ich bereits bewirtet worden.

Ob ich wisse, wo Hans hinwolle, fragte Ádám, während ich den letzten Bissen mit Saft hinunterspülte.

»Vielen Dank für das gute Essen«, antwortete ich, verlangte nach einer Serviette und schenkte mir ein weiteres Glas Wasser ein. War es nicht komisch, dass allerbeste Freunde sich stritten, dass allerbeste Freunde nicht wussten, wo der andere hinfahren wollte?

»Toulouse«, sagte ich schließlich. »Langhans will nach Toulouse. Morgen, kannst du mich morgen bitte zur Autobahn bringen? Du hast doch ein Auto.« Ich mochte nicht weitertrampen, sah aber keine Möglichkeit, an Geld zu kommen. Ádám konnte ich nicht bestehlen, und meine Mutter wollte ich nicht anrufen. Ich musste da durch. Bestimmt lag morgen das Glück wie ein Fächer ausgebreitet auf meinem Weg.

»Cela va sans dire.« Ádám nickte, schenkte Rotwein nach. Zum dritten Mal lehnte ich ab, zum dritten Mal leerte er auch mein Glas. Eine Zigarette wäre schön gewesen, doch die war nicht aufzutreiben. Das Schicksal meinte es nicht gut mit mir, setzte mich auf Entzug.

»Ich hasse abhängig machende Drogen«, sprach der Saufkopf, und wir lachten.

»Hans' erste Frau, weißt du etwas über Henny?«

Keine Ahnung, warum ich fragte, es war eine Verlegenheitsfrage, damit sich keine Stille zwischen uns breitmachte. Doch wenn ich geahnt hätte, was auf mich zukommt, hätte ich besser um eine Zahnbürste und eine Wolldecke gebeten und mich schlafen gelegt.

9

»Er, er hat dir von Henny erzählt?« Überrascht schaute Ádám mich an. Ein bohrender Blick, ernst und voller Skepsis, als würde ich an ein Geheimnis rühren. Ádám biss sich auf die Lippen, Gefühle, die ich nicht deuten konnte, überschatteten sein Gesicht wie Wolken einen Apriltag. Irgendetwas stimmte nicht, ich hatte ein falsches Stichwort gegeben, die Aufführung war nahe daran zu platzen. Gleich schmeißt er mich raus, dachte ich. Doch dann entspannte er sich, auf die Wangen kehrte Farbe zurück. Weil er den Oberkörper weit zurücklehnte, trafen mich unter dem Tisch seine Einmeterbeine.

»Pardon.«

Ihm habe Hans, als er noch klein war, oft von Henny erzählt, begann Ádám vorsichtig. Später allerdings habe er nicht mehr über sie reden wollen, sich schlichtweg geweigert und auf Fragen widerwillig reagiert.

»Leider ist er ein eifersüchtiger Mensch.« Ádám hatte ein Buch geholt, schlug es auf, tippte auf das

Inhaltsverzeichnis. Henny Kastler, las ich. Sie sei zu einer kleinen Berühmtheit geworden, erläuterte Ádám, während man über ihn, Hans, nur wenig nachlesen könne. Auch im Schulunterricht, vor ewig vielen Jahren, sei sie ihm begegnet. Tote Helden seien sehr beliebt.

Ádám musterte mich skeptisch. Vieles habe er aus historischen Quellen erfahren. Und dann wollte er wissen, ob ich Langhans tatsächlich verloren hätte, wie ich behaupten würde, oder ob er mich etwa absichtlich hier ausgesetzt hätte, damit ich …?

»Damit ich was? Ich kenne Langhans doch kaum.«

Ádám muss meinem entsetzten Gesichtsausdruck Glauben geschenkt haben, denn er entschuldigte sich postwendend.

»Diese Zeit ist nicht vergessen und vergangen, sie wirkt nach, verstehst du? Wie ein Nachbeben.«

»Du musst nichts erzählen«, versuchte ich abzuwiegeln, doch da war es bereits zu spät.

10

Henny Kastler, geboren in Saarwellingen, war sechzehn Jahre alt, als sie Hans Langhans kennenlernte. Sie lebte als deutscher Flüchtling in Toulouse und arbeitete aktiv im Widerstand gegen Nazideutschland mit.

Ihr Engagement war eine Familientradition. In den Zwanzigerjahren war ihre Großmutter Mitglied des Preußischen Landtags, ab 1924 saß sie für die SPD im Deutschen Reichstag. Der Vater, Textilarbeiter von

Beruf, war Mitglied der Kommunistischen Partei Deutschlands. 1933 standen ihm Tränen in den Augen, als er von seiner Wohnung aus dem Fackelzug der Nazis zuschauen musste. Er hatte sich, wie seine Mutter auch, gegen den Beitritt des Saarlandes an Deutschland ausgesprochen und Unterschriften gesammelt. Doch die Mehrheit entschied sich für das Deutsche Reich, und Franz Kastler wurde als Aktivist zur Rechenschaft gezogen. Sechs Monate lang wurde er ohne Anklage in Schutzhaft genommen, danach war er ein Mann ohne Zukunft. In scharfen Kehren schraubte sich sein Leben bergab, er und seine Familie mussten nach Frankreich flüchten. Immerhin, sie konnten fliehen und gelangten über Umwege nach Toulouse. Die Großmutter war bereits in einem Kloster nahe Lyon untergetaucht. Leider sprach Franz Kastler kaum Französisch, daher fand er keine Arbeit, und seine Frau musste den Lebensunterhalt der Familie als Kellnerin und Köchin alleine bestreiten. Nur Henny schien der Umzug zunächst nichts auszumachen. Sie besuchte eine normale Schule und verwandelte sich in kürzester Zeit in eine perfekte Französin. Die Kriegsbestrebungen der Deutschen verschlechterten jedoch die Lage der Kastlers. Die Angst saß in der Kleidung, die sie trugen und die deutsch aussah, die Angst saß auch in jedem Wort, das die Eltern sprachen. Tarnkappen wären nicht schlecht gewesen. Denn ein Bekennen zum Flüchtlingsstatus kam nicht infrage. Hennys Freundin war in Paris dem Aufruf der französischen Polizei gefolgt, hatte sich als Deutsche zu erkennen gegeben und wurde drei Wochen in einem Stadion interniert, später ins Lager Gurs überführt. Gerüchte mehrten sich, dass das Leben der Evakuierten unerträglich sei. Ihre Herkunft konnten die Eltern nicht ganz ablegen, sie konnten sich aber unter dem Deckmantel »Wir sind Elsässer« verbergen. Dazu brauchten sie gefälschte Papiere.

Ádám legte eine Pause ein, betrachtete mich neugierig, als wolle er Maß nehmen. Welches Alter, welche Bildung, welche Interessen? An dieser Stelle hätte ich ihn unterbrechen können. Ich tat es nicht. Unerwartet ging ein Zucken durch Ádáms Körper. Dabei wurde sein Gesicht breiter, sein Mund weicher, aber für ein Lächeln reichte es nicht. Spitz stieß seine Nase in meine Richtung.

Welche Wirkung er, Hans, denn heute auf Frauen habe, wollte er wissen. Noch in der gleichen Minute winkte er ab. Bestimmt würde ich ihm meine Meinung nicht ehrlich sagen, behauptete er.

Wie bei einer Marionette schnellte der Kopf nach oben. Selbst Männer seien in Hans verliebt gewesen. Ja, so sei das eben mit charismatischen Menschen, sie könnten alles erreichen, was sie sich vornehmen würden.

Sprach man so von einem Patenonkel, einem guten Freund? Das Wort Neid kam mir in den Sinn. Doch Ádám versteckte seine Gefühle hinter einer sehr aufrechten, sehr steifen Haltung.

Auf mich hat Langhans keine positive Wirkung, wollte ich sagen, er ist nichts weiter als ein alter Mann, der sein Pulver längst verschossen hat. Ádám ließ mich nicht zu Wort kommen.

»Egal.« Mit einer flatternden Handbewegung wischte er den Einwand zur Seite, als würde er seine Worte bereuen. Wo die Liebe hinfalle, ach, nicht der Rede wert. Ja, ich nickte und gähnte. Doch ich blieb sitzen und hörte weiter zu. Beides war wahr, mein Desinteresse an Geschichte, mein Interesse an gut erzählten Geschichten.

Die Kommunistische Partei Deutschlands war auch in Toulouse aktiv. Sie half mit einer Carte d'identité aus. Dafür erwartete sie eine aktive Mitarbeit. Und eine Mitarbeit im Untergrund kam einer Spionagetätigkeit gleich. Sie färbte das Leben der Kastlers blassblau, denn sie durften nicht auffallen, durften nicht laut sprechen, Texte mussten versteckt, Briefe über Freunde verschickt werden. Und oft genug wurden sie getrennt, in verschiedenen Wohnungen untergebracht, sie verloren jeden Anspruch auf ein normales Familienleben. Als 1939 Frankreich dem Deutschen Reich den Krieg erklärte, wurde der Vater von der Gendarmerie kontrolliert, und da er fehlerhaft Französisch sprach, geriet er in Gefangenschaft.

Hans war schwer verletzt, als Henny ihm begegnete. Französische Genossen hatten ihn über die Grenze geschmuggelt und ihn in ein Toulouser Krankenhaus gebracht. Obwohl es nicht gut um ihn stand, konnte Henny seinem Charme nicht widerstehen. Ein 17-jähriger Draufgänger, ein Held, ließ ihren Alltag in ganz neuen Farben erstrahlen. Er hatte sein Leben riskiert, sich in Spanien den internationalen Brigaden angeschlossen und fast ein Jahr lang den Kugeln getrotzt. Er war groß und sah gut aus. Die Haare dicht, die Augen strahlend. Mit aller Kraft kämpfte er um sein Leben, und sobald es ihm besser ging, war er nicht mehr zu halten. Im Lazarett stach er durch seine Fröhlichkeit heraus. Er war ein Spaßmacher und Witzeerzähler, man musste ihn mögen.

Das Himmelslicht spiegelt sich in jeder noch so kleinen Pfütze. Sei das mit der Liebe nicht ebenso, philosophierte Ádám. Die Liebe ist immer da, egal wie die Umstände sich gestalten. Henny Kastler ging noch zur Schule, arbeitete für die Partei und half Spanienflüchtlingen auf die Beine. Drei Identitäten. Natürlich unterstützte sie den hübschen Hans ganz besonders gern. Durch sie kam er zur Résistance, die mit der KPD zusammenarbeitete, durch sie gelangte er an Lebensmittelkarten und einen Unterschlupf. 1940 hatte Henny bereits eine eigene Wohnung. Auch die wollte sie mit ihm teilen. Henny war allein und einsam. Ihre Mutter hatte von der KPD den Auftrag erhalten, nach Paris umzusiedeln und sich um eine Stelle bei der Deutschen Reichsbank zu bewerben. Eine Aufgabe, wie geschaffen für Selbstmörder, denn seit Kurzem saßen die Deutschen in Paris. Mit der Besetzung waren die Soldaten gekommen, mit den Soldaten die Gestapo, und die Gefahr, entdeckt zu werden, war enorm hoch, zumal die französische Polizei den Deutschen zuarbeitete. Aber auch die Pflicht zur Gegenwehr war gewachsen. Hennys Mutter entwendete 1,5 Millionen Reichsmark, viel Geld damals. Das Geld floss in den Widerstand, und Frau Kastler wechselte ihre Identität. Haare wurden gefärbt, eine Brille angepasst und neue Papiere besorgt. Mutter und Tochter sahen sich über Jahre nicht.

»Warum?«

Irritiert schaute Ádám auf, als hätte er nicht mit Zuhörern gerechnet, erst recht nicht mit jemandem, der Fragen stellte.

Toulouse wurde sehr viel später besetzt, erklärte er kopfschüttelnd. »Zwischen Nord- und Südfrankreich gab es eine Demarkationslinie.«

Ich traute mich nicht zu fragen, was das war und welche Bedeutung diese Linie für die Menschen gehabt hatte. Man kann auch zu viel Wissen anhäufen, tröstete ich mich. Und war das nicht alles furchtbar lange her? Dennoch hakte ich nach, fragte, wo sein Vater und seine Mutter während der Besatzungszeit gelebt hätten, ob sie alle miteinander befreundet gewesen seien?

»Rien«, antwortete Ádám trotzig, und seine dunklen Augenbrauen hüpften wie gefräßige Raupen auf und ab. Als ob man davon ausgehen könne, dass der politische Widerstand aus allen Beteiligten Freunde und Brüder gemacht hätte. Die Menschen seien nichts weiter als hoch entwickelte Tiere, das stehe leider fest, und zur echten Brüderlichkeit nicht fähig.

»Das sieht Langhans aber ganz anders«, widersprach ich und wunderte mich über mich selbst.

Ádám lehrte sein Glas in einem Zug und stand auf. Noch nie hatte ich einen Menschen erlebt, der so viel trinken konnte, ohne eine Spur von Trunkenheit zu zeigen. Seine Aussprache war nicht schlechter geworden, seine Erzählung flüssig. Selbst auf jemanden wie mich, der von Geschichte keine Ahnung hatte und sich nicht vorstellen konnte, dass Menschen, egal welchen Alters, bereit waren, ihr Leben einer politischen Idee zuliebe zu opfern, wirkte er äußerst glaubwürdig. Dennoch stimmte etwas nicht mit ihm. Warum nahm er das Ganze so persönlich. Henny war Langhans' Frau gewesen, was hatte das mit ihm zu tun?

»Genug«, betonte Ádám und schaute mich lange und mit einer Spur von Bedauern an. Aber ich hatte noch ein paar Fragen.

»Stimmt es, dass es einen Film geben wird?«
»Das hat er dir erzählt?«
»Nicht so genau. Gibt es bereits ein Drehbuch?«

Ich erhielt keine Antwort. Musste ich Hennys Briefe und Tagebuchaufzeichnungen lesen, um mehr von ihr zu erfahren? Ein Drehbuch aber wäre mir lieber gewesen. Es muss interessant sein, einen Film zu lesen. Lemminger, mein Deutschlehrer, fiel mir ein und Constantin, der es nicht fassen konnte, dass ich keinen Berufswunsch hatte. Literatur war das, was mich wirklich interessierte. Wir hatten mehrere Dramen lesen müssen. Ich dachte an *Andorra* und *Woyzeck*, die nicht nur Dialoge enthielten, sondern in denen auch kurze Regieanweisungen vermerkt worden waren. So ähnlich stellte ich mir ein Drehbuch vor, und ich beschloss, nach dem Abitur Drehbuchautorin zu werden.

11

Mitten in der Nacht ein Geräusch. Ein trockenes, kurzes Husten. Ich schrak hoch, wusste nicht, wo ich mich befand. Am Tisch sitzend, erkannte ich den verschwommenen Umriss eines Mannes, lang gezogener Oberkörper, der mich an den Schattenriss einer asiatischen Stabfigur erinnerte. Ádám. Undeutlich schälte er sich aus der Dunkelheit, und ich brauchte eine Weile, bevor sich mein Herzschlag etwas beruhigte. Still saß er da, starrte vor sich hin. Eine Stehlampe warf seltsame Schatten auf seine Hände. Warum schlief er nicht? Egal, sagte ich mir. Doch die Unruhe wollte sich nicht herumkommandieren lassen, wollte der an die Front geschickten Gelassenheit nicht weichen. Zu Hause hatte ich mich stets behaupten können. Zu Hause wusste ich immer, wem ich trauen konnte, wem ich aus dem Weg gehen musste.

Noch einmal wachte ich auf, und immer noch drang kein Lichtstrahl von draußen in die Küche. Diese Nacht wollte kein Ende nehmen. Die Situation mit den beiden jungen Männern lief wie eine Diashow in meinem Kopf ab. Ich fühlte kalten Schweiß auf meiner Haut, atmete tief durch.

Diesmal saß Ádám gebeugt am Tisch, er las. An der Stuhllehne hing meine Umhängetasche. Aber ich war zu müde, um mich zu wundern. Als ich hörte, wie er eine Seite umblätterte, beruhigte ich mich, schlief wieder ein.

12

Wieder war es ein warmer Tag, ein Sommertag. Erst nach elf Uhr erreichten wir die Raststätte. Ich wäre gerne früher losgefahren, aber Ádám fiel noch dies und jenes ein, ein Anruf bei seiner Frau, er hatte tatsächlich eine Frau, irgendwo in Südfrankreich, ein Telefonat mit dem Gasinstallateur. Auch ein Gespräch mit dem Nachbarn am Gartenzaun war wichtiger als meine Pläne.

Auf andere Menschen angewiesen zu sein empfand ich als demütigend. In den letzten Jahren hatte ich mir viele Freiheiten erobert, war niemandem Rechenschaft schuldig gewesen, konnte kommen und gehen, wie und wann ich wollte. Sabine fragte nicht, sagte nichts. Meine einzigen Verpflichtungen: Schule und Einkaufen fahren. Sabine fuhr nicht mehr Auto.

Das Wohnmobil sah ich sofort. Breitbeinig belegte es eineinhalb Parkplätze, stand direkt vor dem Eingang zum Restaurant. Von Langhans jedoch keine Spur. Ádám folgte meinem Blick, und erst da sah auch er den alten Peugeot.

»Voilà«, rief er begeistert, »une réunion de famille.«

»Nichts Familie«, brummte ich. Wir stiegen aus. Meine Laune glich einer sauer eingelegten Gurke.

»Er kann dich mitnehmen.«

»Weiß nicht, ob ich mit ihm fahren soll?«

»Verstehe.«

»Das glaube ich nicht. Er hat mich sitzen lassen. Und

er hat mir Geld geklaut. Du hast nicht zufällig mit ihm telefoniert? Ich meine, du fährst mich exakt zu der Raststätte, wo er sitzt? Komischer Zufall.«

»Erste Raststätte.« Ádáms Schultern wanderten nach unten. Ich bin unschuldig, sollte das wohl heißen.

»Egal, kannst du mir ein paar Scheine leihen? Echt, ich schicke sie dir, sobald ich bei meinem Freund bin.«

Gekräuselte Augenbrauen, dazu ein Mund, der sich in den Mundwinkeln nicht entscheiden kann. Ádám sah mich lange und sehr eindringlich an. Ich hielt stand. Er roch, wie er gestern gerochen hatte, nur strenger, nach schlecht gelüftetem Mann. Ob ich seine Adresse hätte, erkundigte er sich sicherheitshalber, dann überreichte er mir fünfzig Franc. Nun war es an mir, die Augenbrauen zusammenzuführen. Für fünfzig Franc konnte man sich nichts kaufen. Ein Spiel: Wie viel bist du mir wert, wie sehr vertraue ich dir? Wir trauten uns gegenseitig nicht über den Weg. Er wusste, was ich wusste, dass ich ihn und meine Schulden vergessen würde. Vielleicht aber auch nicht, versuchten meine Augen auszudrücken, vielleicht ist es diesmal anders. Er gab mir einen Hunderter. Dabei schaute er himmelwärts, wo viel Gott zu vermuten war.

»À bientôt.« Wir küssten uns, rechts, links.

»Ich schreibe dir. Ich schicke das Geld.«

Aber Ádám stieg nicht in seinen Wagen.

»Du fährst jetzt besser«, sagte ich.

»No«, widersprach er.

Er müsse mit Hans sprechen. Aber keine Sorge, fügte er eilig hinzu, er würde nichts von mir erzählen, wenn ich das nicht wolle.

Da fiel es mir wieder ein, Langhans war verletzt. Das hatte ich total vergessen.

»Wo ist er verletzt?«, fragte ich, und natürlich bereute ich, dass ich ihm gestern noch den Tod gewünscht hatte.

13

Der Tisch, an dem Langhans saß, war dicht bevölkert. Er mittendrin in seiner Paraderolle als Alleinunterhalter. Wie ich von Ádám erfahren hatte, war das seine große Stärke im Lazarett, und es war auch seine große Masche im Seniorenheim gewesen. Obwohl seine Frau noch als Geist durchs Stift schwebte, saß er Tag für Tag mit ein paar Damen beim Kartenspiel im Aufenthaltsraum zusammen. Laut ging es zu, lustig ging es zu.

So auch jetzt. Es wurde viel gelacht, zahlreiche Rotweingläser standen auf dem Tisch. In der Luft hing eine befremdlich wirkende Partylaune. Vor wenigen Sekunden noch hätte ich mir nicht vorstellen können, dass meine Aufgabe darin lag, den moralischen Zeigefinger zu erheben.

»Und in diesem Zustand wollen Sie weiterfahren«, begrüßte ich ihn. Sechs Augenpaare schauten von ihrem Wein auf. Und eine gespenstische Stille breitete sich aus. Die Gäste an den anderen Tischen drehten verwundert ihre Köpfe.

»No, meine Prinzessin. Eine Wundererscheinung, pardon, ich meine natürlich eine wunderbare Erscheinung. Bestimmt träume ich. Seid ihr zusammen gekommen? Ádám, du Kretin, bitte setz dich. Dort hinten, dort ist Platz. Lass einen Sicherheitsabstand zwischen uns. Was schaust du so gequält? Komm von deinem Kreuz herunter, Junge, Holz ist wertvoll.« Und wieder an mich gewandt: »Dieser Mensch hat mir die Hand zertrümmert, sagen wir angeschlagen, sagen wir verletzt. Joi, es ist vorbei mit dem Vertrauen. Freundschaft kann man heutzutage mit der Lupe suchen. Ach, wozu das Gerede, geschehen ist geschehen. Schau, mit dem Fahren ist es aus.« Wie einen leblosen Fisch stemmt er die bandagierte Hand hoch, stützt sie mit der gesunden. »Ehrlich gesagt, sitze ich nur deshalb hier, weil ich gehofft habe, dich hätte niemand mitgenommen, hässlich wie du bist.« Er lachte laut, schlug sich aus Versehen die verletzte Hand an der Tischkante an. »Aua, hast du meinen Zettel gefunden?«

»Was meinen Sie?«

Eine Nachricht, erklärte er, die er an der Frontscheibe des Wohnmobils fixiert habe.

»Joi, Prinzessin, ich bin auf dich angewiesen, du musst fahren.« Wie um dem Satz mehr Kraft zu verleihen, zog er den Hals ein, blickte mich mit seitlich gebeugtem Kopf an.

»Zu meinen Bedingungen?«, fragte ich.

Ein kleinwüchsiger Mann, direkt neben Langhans sitzend, erhob sich. Offensichtlich dauerte ihm die Unterbrechung zu lang. Umständlich holte er den Geldbeutel aus der Gesäßtasche, legte einen Schein auf den Tisch, beschwerte ihn mit seinem leeren Glas. Ein Wink in die Runde, und weg war er. Langhans schaute ihm nach, dann wurden seine Augen wieder schmal, richteten sich auf mich.

»No, sind wir im Krieg, sind das Verhandlungen, wie Christenmenschen sie führen würden? Weißt du was, du kannst einem das Wesen vergiften mit deiner besitzergreifenden Art.«

»Das ist nur der Spiegel, den ich Ihnen vorhalte.«

Alle Achtung, applaudierte Langhans und suchte Ádáms Blick. »Hörst du's, die Prinzessin ist bei mir in die Lehre gegangen, in der Disziplin der verbalen Schlachtführung. Also gut, zu deinen Bedingungen.«

Bis es aber so weit war, bis wir endlich loskamen, wurde noch angestoßen. Geselligkeit duldet keinen Aufschub, machte Langhans mir klar. Wer mit Lebensfreude geizt, soll besser gleich in die Kiste springen.

»Kommt, lasst uns Abschied feiern, lasst uns den Konsum steigern.« Die anderen Gäste, allesamt Zufallsbekanntschaften, mussten mit Erklärungen und guten Wünschen ausgestattet werden, erst danach konnte Langhans sich erheben. Und spätestens jetzt wurde deutlich: Die Nachwirkungen seines Rotweinkonsums drohten ihn umzuwerfen, er musste sich mit beiden Händen an der Tischkante verankern, um das Gleichgewicht zu halten. Erneut war ich zwischen Flucht- und Ohnmachtgedanken hin- und hergerissen. Zudem schien es sich um den internationalen Tag der Gerüche zu handeln. Mir schwindelte.

»Mon Dieu«, stöhnte auch Ádám.

»No, was ist, gehen wir?«

Wir schlichen.

»Traust du dich?«

Klar konnte ich den Wagen fahren, ich fuhr, seit ich vierzehn war, seit Sabine beschlossen hatte, das Haus nicht mehr zu verlassen. Ich fuhr gut. Als ich damit anfing, kannte ich das Wort Angst nicht. Das Gefühl, überfordert zu sein, den Durchblick zu verlieren, kam sehr viel später, eigentlich erst nachdem Constantin mich verlassen hatte. Und nun schlenderte ich neben diesem stinkenden Menschentier und wusste nicht, wie mir geschah. Mich würgte ein Kloß im Hals, der zu einem Weinkrampf oder Lachanfall führen konnte. Ich entschloss mich, es nicht darauf ankommen zu lassen, drückte den Kloß hinunter und lachte laut.

»Ein Gute-Laune-Kind. Und du, Genosse?« Langhans plapperte unerschrocken weiter. »Danke, dass du sie mir gebracht hast.«

Wir hatten das Wohnmobil erreicht. Jetzt stand fest, dass das zufällige Treffen kein Zufall war. Langhans und Ádám hatten am frühen Morgen miteinander telefoniert. Erstaunt starrte ich die Männer an. Sie standen sich gegenüber. Beide gleich groß, wenngleich der eine einem Bären, der andere einem Insekt glich. Immer noch hielten sie Abstand. Beine breit gestellt, wie um einen guten Stand sicherzustellen, falls doch wieder einer auf den anderen losgehen sollte. Obwohl mir absolut nicht klar war, was die beiden für ein Problem miteinander hatten, wurde deutlich, der Streit war nicht beigelegt, nur verschoben worden.

»Wir hören uns«, mehr sagte Ádám nicht, dann drehte er sich um, ging zu seinem Wagen. Ein Cowboy, der den Colt nicht benutzen wollte. Noch nicht.

Viertes Kapitel

1

Seine Haare waren nass, wurden durch ein Haarband zusammengedrückt. Dass er sich duschte, war meine erste Bedingung, dass er mein Haarband benutzte, war allerdings nicht abgesprochen. Langhans, die Elster.

»No, kriegst du wieder« war alles, was ihm zu dem Diebstahl einfiel.

Seine Einwände drückte er folgendermaßen aus: »Wir machen einen Vertrag wie unter Christenmenschen üblich, mündlich. Du rufst im Seniorenheim an und entschuldigst dich, und zweitens benachrichtigst du deine Eltern. Sag ihnen, dass du am Leben bist.«

»Eltern?« Ich fragte ihn, in welcher Zeit er leben würde. »Heute hat man entweder einen Erzeuger oder eine Erzeugerin. Eine komplette Familie gibt's nur noch bei den Kängurus im Zoo. Und wieso anrufen? Meine Mutter weiß, dass ich allein klarkomme.«

Keine Ahnung, warum ich so großspurig tat, ich fühlte mich klein neben ihm. Wie mochte es Sabine wohl gehen? Was tat sie gerade? In genau diesem Augenblick? Bereits in der ersten Nacht, hoch oben auf einem mir unbekannten Schweizer Berg, hatte ich mir vorgestellt, wie die Polizei bei ihr anrufen würde.

»Ist Ihre Tochter zu Hause?«

»Keine Ahnung, ich muss nachschauen.« Sie würde nachschauen.

»Was ist los?«

»Ihre Tochter hat ihren Arbeitsplatz unerlaubt verlassen und ist am nächsten Tag nicht wiedergekommen. Sie büßt eine Sozialstrafe ab, wie Sie sicherlich wissen.«

»Reden Sie mit ihrer Sozialbetreuerin.«

Die Polizisten würden aber nicht so schnell aufgeben und Sabine bitten vorbeizukommen.

»Und bringen Sie ein Foto mit?«

»Was für ein Foto?«

»Von Ihrer Tochter natürlich, Sie wissen schon, ein aktuelles.«

Sabine aber würde fragen, ob das nötig sei. Der Weg sei weit. Sie könne sich kein Taxi leisten, würde die Wohnung nur ungern verlassen.

»Und ein Foto von ihr muss in Ihren Akten sein. Sie hat sich nicht verändert. Kein bisschen. Sie ist eher unansehnlicher geworden. Und mehr, als Sie bereits wissen, kann ich Ihnen sowieso nicht sagen.«

Um uns herum ein wildes Kommen und Gehen. Kinder sprangen an Müttern hoch, Männer legten Arme um junge Frauen, Fernfahrer klopften sich kameradschaftlich auf die Schultern. Der Parkplatz war hoffnungslos überfüllt, doch Langhans schien nur mich wahrzunehmen, starrte mich lauernd an. Das war die Stunde der Entscheidung. Obwohl er auf mich angewiesen war, spielte er weiterhin den Chef. Und ich hatte nicht die geringste Chance, das zu ändern. Mutter oder Vater, das sei ihm egal. Aber eine Meldung müsse erfolgen.

Wie sollte ich ihm erklären, dass Sabine mehr Pflanze als Mensch war, gut gedüngt, hoch aufgeschossen und doch nie zur Blüte gelangt.

»Weißt du, mein Kind, Ádám hat mir einen Floh ins Ohr gesetzt. Er will die Welt verbessern. Sollen wir geizig sein? Nein, wir werden ihm dabei helfen. Du fängst an. Wir starten erst, wenn du mit deiner Mutter gesprochen hast, basta.« Wenn es sein müsse, fügte er hinzu, würde er mitkommen, er sei schließlich kein Hosenschisser.

»Ich habe keine Angst. Sie ist mir einfach egal.«

»Joi, ein Schäflein, das glaubt, erwachsen zu sein. Doch noch hängt das Kinderglöckchen an deinem Hals. Du bist nicht volljährig.«

»Trotzdem lässt du mich fahren?«

»Weil der Teufel in der Not Fliegen frisst, deshalb. Eine Ehre, meinen Wagen fahren zu dürfen. Morgen bin ich wieder fit.«

»Morgen sind wir hoffentlich in Toulouse.«

Da schauten wir uns um und sahen, Kuchen wurde ausgepackt, Kaffee aus Thermoskannen ausgeschenkt. Es war spät geworden.

»Ruf an, sonst verlieren wir noch mehr Zeit.«

Es war sein letztes Wort, das sah ich an der Art, wie

er seine Brust durchdrückte und sich aufrichtete. Er war grau wie ein Esel, er war stur wie ein Esel. Und wieder nüchtern.

2

Auf dem Weg zurück zum Hauptgebäude hörte ich Trompetenbläser, auch eine Geige mischte sich ein, oder war es ein Kontrabass? Wie konnte es sein, dass ich so ganz und gar unmusikalisch war, dass ich nie ein Instrument erlernt hatte? Mein Vater, ein Liedermacher. War er wirklich einer? Ich hörte den blechernen Klang seiner Stimme, die die Geige zur Seite drückte und seine Gefühle preisgab.

Warum?
Weil du größer bist
Und auch stärker
Weil du klüger bist
Und doch bescheiden

Weil du dich abends
Und nicht nur dann
Neben mich setzt
Und den Arm um mich legst

Warum?
Weil du mein Kind trägst
Und unsere Katze liebst
Weil du mich lässt
Faul und fröhlich und laut und gesellig sein

Weil du kommst
Wenn du das sagst
Weil du tust
Was du sagst

Weil und weil und weil – es gibt so viele Gründe
Und es werden immer mehr

3

Er begleitete mich zur Telefonzelle und gab mir Geld. Ich wählte, er sprach. Seinen Antworten entnahm ich, dass die Polizei mich suchte. Seinen Antworten entnahm ich, dass nicht meine Mutter, sondern der Heimleiter die Anzeige erstattet hatte. Langhans hielt sich tapfer, doch offensichtlich konnte er Sabine nicht dazu bewegen, sich um die Aufhebung der Anzeige zu kümmern. Es war eine Tatsache: Meine Mutter liebte mich nicht. Was war mit ihr geschehen? Ich hatte ihr während meiner Geburt nicht nur die Netzhäute weggedrückt, sondern auch ihr Herz. Wenn das Lied wirklich meiner Mutter gewidmet worden war, dann war sie einst stark und groß und verlässlich gewesen.

Als Langhans auflegte, sah sein Gesicht zerknautscht aus, so als würde er sich Sorgen machen. Doch seine Stimme war wie immer, voller Ironie.

»No, komm«, sprach er, legte den Arm um meine Schulter und schob mich aus der Zelle. »Jetzt mache ich uns einen Plan. Wir haben eine lange Nacht vor uns, und du wirst mir alles erzählen.« Er räusperte sich.

»Ich will, so gut es geht, den Mund halten. Und vorsorglich kaufen wir eine Stange Papiertaschentücher. Wenn du nichts mehr siehst, lenke ich. Meine Linke ist ja in Ordnung.«

»Erzählen?« Wer sollte sein Gerede verstehen?

»No, willst du nicht endlich deinen Kummer ausspucken. Deine Mutter scheint eine wirklich harte Nuss zu sein, aber red nicht zu despektierlich über sie.«

»Meine Mutter kann mir gestohlen bleiben. Und mein Seelenleben kann Ihnen verdammt egal sein.«

»Du wiederholst dich, Prinzessin. Soll das ein Spiel werden? Auch ich kann mich wiederholen. Keine Verdammts mehr, und ab jetzt sind wir per du. Joi, schau mich nicht so an. Ich weiß, dass ich ein alter Knochen bin. No, musst du mir das ständig vor oder unter die Nase binden?«

Beim Wohnmobil angekommen, überraschte er mich erneut. Stolz, als wäre es seine Leistung, hielt er mir mein Skizzenbuch entgegen. Ich hatte es wohl im Café vergessen. Ob die Zeichnung von mir sei, wollte er wissen und zeigte auf ein Porträt. Ich riss ihm den Block aus der Hand.

Die Zeichnung war mir gut gelungen, sie zeigte einen lachenden Langhans mit sehr kleinen Knopfaugen.

»No, da sieht man doch, dass jeder irgendetwas gut kann. Sogar du. Bravo!« Darauf gab es nichts zu erwidern.

4

Ich bestand darauf, dass das Radio ausblieb und wir die Autobahn statt der Nationalstraßen benutzten. Der Wagen war breit, und mir war klar, ich würde eine Weile brauchen, bis ich mich an seine Abmessungen gewöhnt hatte. Und dennoch liebte ich ihn vom ersten Augenblick an. Es war gut, weit oben zu sitzen. Ein gigantisches Gefühl, freie Sicht auf die Straße und auf all die anderen Fahrzeuge zu haben. So muss sich ein Fernfahrer fühlen, der die ganze Umgebung im Blick hat, dachte ich und beschloss, vor oder nach dem Abitur Fernfahrerin zu werden. An die Pedale kam ich allerdings nur, wenn ich den Sitz weit nach vorne schob und auf den halben Arschbacken sitzen blieb. Die Benutzung der Außenspiegel war gewöhnungsbedürftig, aber ich vertraute Langhans, der mich dirigierte.

»Joi, stopp, einschlagen, noch etwas, immer rechts, links, abwechselnd. Einen großen Einschlagwinkel hat so eine Kiste, denk daran. Aber Hut ab, gut machst du das.«

»Trotzdem, Autobahn«, stellte ich klar. Und Langhans stimmte zähneknirschend zu.

»Leider sieht man da nichts von der Welt.«

»Dafür kommen wir schneller voran. Vielen Dank auch für das Vertrauen. Woher weißt du, dass ich fahren kann? Und erst recht so …?«

Ich hatte den Satz nicht zu Ende gesprochen, hatte gerade den ersten Gang eingelegt, um dem Hinweisschild »autoroute« zu folgen, da sah ich im Seitenspiegel das Blau eines Gendarmeriewagens. Mist, was sollte ich tun? Ich warf Langhans einen besorgten Blick zu, doch der hatte noch gar nichts begriffen. Der Wagen fuhr heran, blieb direkt neben unserem Peugeot stehen. Nur einer der beiden Gendarmen stieg aus, trat ans Fenster. Griff zur Mütze und zu einem Lächeln. Dann sagte er so etwas Ähnliches wie:

»Aufpassen, fais attention …« Mehr verstand ich nicht. Aber ich sah, dass der junge Mann mit dem schütteren Haar auf ein Schild zeigte und natürlich, wie recht er hatte. Wohnmobile, egal wie klein, durften hier nicht parken.

»Oui«, nickte ich schnell, »tout de suite«, und schon gab ich Gas. Nur schnell weg. Hinter mir, im Seitenspiegel, sah ich die verdutzten Gesichter zweier Gendarmen.

»Mensch, was war das denn?« Langhans schnappte nach Luft. So hatte ich ihn noch nie erlebt. Fassungslos, fast schon hilflos, klappte er den Mund wieder zu.

»Das Schild, es sieht dir echt ähnlich, dass du dich nie an Verbote hältst. Die hätten mich kontrollieren können.« Ich lachte, hielt das Lenkrad fest umschlossen und versuchte, mich auf den Verkehr zu konzentrieren. Langhans schielte in den Rückspiegel.

»Woher also weißt du, dass ich Auto fahren kann?«, wiederholte ich meine Frage.

»No, bist du nicht wegen Autodiebstahls geschnappt worden?«

Klar, er kannte ja meine Akte.

»Und dass ich mich traue, ein Wohnmobil zu fahren, das hast du dir einfach so gedacht.«

»Jesus, übertreib nicht, ist nur ein umgebauter Peugeot, klein und handlich. Und du machst auf mich keinen blöden Eindruck. Man klettert nur dann auf einen Baum, wenn man es sich zutraut. Elternweisheit. Apropos Eltern. Du bist ein Einzelkind?«

Ich antwortete nicht, doch das schien Langhans nicht zu stören. Er wirkte wieder entspannt, nachdem er festgestellt hatte, dass uns die Gendarmerie nicht folgte. Die Beine auf dem Armaturenbrett ausgestreckt, eine Dose Bier in der Linken, fragte und mutmaßte er weiter.

»Wie ist das so als Einzelkind, mit nur einer Mutter an Bord? Schau nicht so, kannst du nicht in großzügiger Manier die Neugierde eines alten Menschen befriedigen? Ich kann ja nicht mitreden. Wir waren neun zu Hause. Immer was los. Bestimmt fiel es niemandem auf, als ich verschwand. Bei dir sollte das auffallen.«

Sein Interesse an meiner Person war grenzenlos. Was enthemmte ihn so? Es war nicht nur der Restalkohol, nicht nur das Bier. Er schien wirklich und unverblümt neugierig geworden zu sein.

»Wenn deine Mutter dich nicht zurückhaben will, kann ich sie mir dann als eine Art Vogelscheuche vorstellen, oder wie? Nein, nicht so.« Er musste meinen Blick bemerkt haben. »Nicht optisch, versteht sich, sondern von der Funktion her. Vogelscheuchen stehen herum, erfüllen ihren Zweck. No, deine Mutter hält dir das Jugendamt vom Hals, sie verscheucht und beruhigt die Verwandtschaft. Widersprich mir, wenn ich falschliege. Weißt du, ich habe heute Nacht viel über dich nachgedacht. Und glaub ja nicht, dass ich dir das Geld weggenommen habe, um dir zu schaden. Im Gegenteil. Gestern dachte ich noch, die hat keinen Biss, besser, sie kehrt um. Soll sie die Polizei zurückbringen, Schadensbegrenzung, verstehst du?«

Toll, dachte ich und spürte eine satte Wut in mir hochsteigen. Warum maßten Fremde sich an zu wissen, was gut für mich war und was nicht. Mir kam die Masche verdammt bekannt vor, und ich erinnerte mich an die vielen Fehlschläge in der Schule. Sitzen bleiben, um eine neue Chance zu erhalten, Schule wechseln, damit die neuen Lehrer mich unvoreingenommen behandelten. Bestenfalls waren es gute Ratschläge, die die Lehrer mir erteilten, oft aber hatten sie auch hinter meinem Rücken bereits entschieden.

Ein kurzer Fluch, ich spuckte ihn gegen die Windschutzscheibe. Langhans merkte davon nichts, quasselte unbekümmert weiter.

»Gräm dich nicht, vielleicht taucht dein Vater irgendwann einmal auf, so was soll vorkommen, und dann ...«

»Da ist kein Vater«, unterbrach ich ihn endlich.

»Ho, was du nicht sagst. Wie kann man sich so etwas vorstellen? Die Jungfrau und ihr Kind?«

»Mein Vater ist ein Alien. Er ist nur auf die Erde gekommen, um bei meiner Mutter zu liegen und mich zu zeugen.«

Er lachte schallend, wurde schließlich wieder ernst. »Nein, nach allem, was ich inzwischen weiß, müsste es eher heißen: Die alleinerziehende Tochter und ihre Mutter. Du machst mir einen reiferen Eindruck als die Gute. Wie nennst du sie, Sabine? Furchtbar, diese

Egalisierung zwischen den Generationen. Eine Mutter sollte nicht wie eine Schwester daherkommen.«

Ich starrte wie gebannt auf das graue Band der Straße. Zu unserer Sicherheit hatte ich mich rechts eingefädelt, wollte nicht schnell fahren, wollte nicht überholen. Was hatte er gesagt? *Die alleinerziehende Tochter.* Wenn ich vorhin geschwiegen hatte, weil ich seine Äußerungen für platt hielt, so schwieg ich jetzt, weil es in meinen Ohren klingelte. Noch nie hatte jemand so über mich und Sabine gesprochen. Hastig wischte ich mir die Tränen aus den Augenwinkeln und achtete darauf, ihm das Profil zu zeigen. Nein, ich wollte ihm nicht den Gefallen tun und zugeben, dass seine Mutmaßungen mich schwer beeindruckten.

5

Seit ich denken kann, wollte ich einen Hund haben. Einen kleinen natürlich, mit hängenden Ohren und wolligem Fell. Ich wünschte ihn mir zum Geburtstag, zu Weihnachten, als ich eingeschult wurde. Jahrelang. Sabine aber brachte ein Schwein mit nach Hause. Keine Ahnung, wo sie es aufgetrieben hatte, sie verließ ja kaum das Haus.

»Stubenrein«, sagte sie kurz. »Geht aufs Katzenklo.« Ein ärgerlicher Ton vibrierte in ihrer Stimme, und wenn man wollte, konnte man auch Schadenfreude heraushören. »Schweine sind viel intelligenter als Hunde. Hunde haben sich nur durchgesetzt, weil sie auf die Jagd mitgenommen werden können und bei Gefahr anschlagen. Mit dem Schwein aber kannst du rechnen.«

Mit dem Schwein konnte ich rechnen, das stimmte. Mit meiner Mutter konnte ich das nicht. Nein, keine Vogelscheuche, wie Langhans vermutete, eher glich sie einer Barbie. Wunderhübsch zum Anschauen, aber sie fiel sofort um, sobald man sie losließ. Und als Barbie hatte sie eine beschränkte Auswahl, in ihrem Leben gab es einen einzigen Mann: Ken.

Das Schwein starb nach drei Monaten an Krebs, ohne dass ihm jemand einen Namen gegeben hatte.

6

Natürlich kamen wir nicht weit. Pünktlich zum Feierabendverkehr trafen wir in Grenoble ein, besser gesagt im Großraum Grenoble. Die Stadt bekamen wir nicht zu sehen, dafür jedes Detail ihrer Umgehungsautobahn. Die hatte es in sich. Ein Dauerstau von mehreren Kilometern umklammerte uns wie eine Hummerschere, ließ die Temperatur im Wageninneren auf unangenehme fünfunddreißig Grad steigen.

»Keine Klimaanlage, was ist das für ein Wagen?«

»Mein Wagen, mehr muss ich wohl nicht sagen.«

Meine Oberschenkel klebten an der Hose, die Hose am Sitz. Immer wieder musste ich mich erheben, eine neue Position suchen.

»Verflucht.«

»Ja, ausnahmsweise gebe ich dir recht. Eine wirklich hässliche Stadt muss das sein«, schimpfte Langhans.

»Wenn alle nur flüchten und sich auf der Autobahn aufhalten wollen. Warum tun sie das? Wen wollen sie ärgern? Können sie sich nicht in ein Café setzen, können sie nicht ins Restaurant gehen? Komm, lass uns singen, dann vergessen wir das Unglück.« Langhans stellte sein Bier ab, richtete sich auf.

»Host ta gelocht
hun ech gedocht
wär ech doch rech.
Tanderei.«

Natürlich klang das barbarisch. Und ich musste an mich halten, um nicht laut loszulachen.

»Bitte hör mit dem Gejaule auf«, flehte ich ihn an. Dabei hatte er eine gute Stimme, und nichts war dabei, wenn einer gute Laune versprühte, aber ich wollte nicht. Langhans wechselte die Tonart, hörte jedoch nicht auf. Frank Sinatras *New York, New York* kam an die Reihe, er sang, als gälte es, einen Preis zu gewinnen. Rechts ranfahren oder, noch besser, abheben, alle überfliegen, in wenigen Sekunden da sein, bei Constantin sein, alles hinter sich lassen? Noch während ich auf den Gedanken herumkaute, wurde mir bewusst: Von wegen alles hinter sich lassen. Fuhr ich Constantin nicht hinterher, in die Abhängigkeit, weil ich mir nicht vorstellen konnte, alleine klarzukommen?

»Dann schon lieber Radio.« Mit der freien Hand stieß ich Langhans an.

»Joi, wie sie sticheln kann. Hör zu, Prinzessin, einen Mann wirst du nicht bekommen, das kann ich dir prophezeien, auch ohne Ausbildung in Weissagerei. Mit deiner spitzen Zunge wirst du alle Bewerber in die

Flucht schlagen. Und sollte doch einer hartnäckig bleiben, wird er sich mit einem Magengeschwür krümmen, du wirkst wie Essig.«

»Ich habe schon einen Freund, danke.« Langhans hatte über seine Bemerkungen ausführlich gelacht. Bei dem Wort Freund verstummte er, ich musste den Satz wiederholen.

»No, das ist mal eine interessante Neuigkeit. Trotzdem musst du alleine durch die Welt fahren? Sprich, was ist los mit ihm, warum begleitet er dich nicht?«

»Er wartet in Saint-Lary auf mich! Ich konnte nicht mitfahren, wegen der Sozialstrafe. Ich werde ihn überraschen.«

Stille, wer hätte das gedacht. Auch Langhans fiel nicht immer eine passende Erwiderung ein, er musterte mich aus den Augenwinkeln, versuchte wohl herauszufinden, ob ich log. Und ich versuchte herauszufinden, was er dachte. Egal, er musste an rein gar nichts mehr denken, hatte diesen ganzen Beziehungsscheiß hinter sich.

7

Übernachtung in einem kleinen Ort namens Celles.

Warum Campingplatz?, wollte ich wissen. Warum Geld ausgeben, wenn man ein Wohnmobil besitzt und überall an der Straße stehen bleiben kann?

»No, habe ich nicht einen blinden Passagier, will sagen Gast?« Das sei ein Wohnmobil, richtig, für zwei Personen. Aber, fügte Langhans mit hochgezogenen Augenbrauen hinzu, für zwei Personen, die sich gut leiden könnten. Sein Grinsen wurde breiter, so richtig gut leiden, betonte er. Unter den gegebenen, sehr traurigen Umständen aber gedenke er, draußen zu schlafen.

»Soll ich nicht lieber?«

»Lass mal, ich bin's gewöhnt.«

Doch kaum setzte bei mir die Erleichterung ein, kaum hatte ich seine Hilfsbereitschaft verdaut, schoss er erneut mit Giftpfeilen auf mich.

Kochen könne ich bestimmt auch nicht, fuhr er fort, wozu also das Leben unnötig komplizieren. Auf jedem Campingplatz oder in der Nähe könne man mit einem kleinen Restaurant rechnen.

»Lass mich dich einladen.«

»Was soll das heißen?«

»Oh, pardon, ich wusste nicht, dass wir so empfindlich sind. War doch nur ein Spaß.«

Während Langhans nach einem geeigneten Platz Ausschau hielt, schwiegen wir. Langhans schwieg ein bisschen, ich schwieg tief und sehr ernsthaft.

Gut, ich gebe zu, ein Campingplatz ist ein guter Ort. Das Pächterpärchen, Mathis und Lucie, beide jung, war unglaublich nett, und ich beschloss, nach dem Abitur einen Campingplatz zu eröffnen. Ihrer Kleidung und ihrem Auftreten nach zu urteilen, hätten Mathis und Lucie Studenten sein könnten, doch diesen Lebensabschnitt, erzählten sie lachend, hätten sie längst hinter sich. Inzwischen lebten sie wieder ganzjährig in der Provinz. Als Weinbauern, die der Stadt den Rücken gekehrt hatten. Das Hauptgeld aber verdienten sie im Sommer mit den Touristen.

»What can we offer you?«

Das besondere Geschenk: Mathis und Lucie redeten Englisch. Und innerhalb kürzester Zeit zauberten sie ein frisches Pilzessen auf den Tisch, dazu Salat, dazu Rotwein und herrlich frisches Baguette. Es war dieses Baguette, es war der Salat. Ich hatte nicht bedacht, dass schlechte Laune durch nagenden Hunger verstärkt wird. Das Essen versöhnte mich mit mir, mit Langhans, mit der Welt. Und noch eine Stunde später gestand ich mir ein, dass das Leben eine andere Beschaffenheit angenommen hatte, als wäre ein neues Gewürz hinzugekommen, nein, eine ganze Fülle neuer Gewürze. Bestimmt nannte man dieses Grundgefühl *Urlaub*. Es bedeutete, dass ich mich in meinen stinkenden Kleidern behaglich fühlte, gerne barfuß ging, der Abend unendlich lang wurde und sich wie selbstverständlich in der Nacht verlor. Es war angenehm kühl, und meine Gedanken bewegten sich frei, aber nie sehr weit weg. Eine Leine hielt sie an Ort und Stelle. Ja, ich dachte das Wort Urlaub, ohne an Constantin zu denken. Sehnsüchtig schmeckte ich seiner Bedeutung nach, ließ es auf der Zunge zergehen. Ein Wort mit harter Kruste und verdammt vielen Aromastoffen.

»Wären da die Toiletten nicht.«

»Wie bitte?«

Ich musste laut gedacht haben.

»Nein«, korrigierte ich mich, »nichts, ich meine, bitte keinen Alkohol.« Abwehrend hielt ich die Hand über mein Glas, Mathis wollte nachschenken.

»Für mich gerne.« Langhans schaute kampflustig auf. »Bestimmt haben Sie auch einen guten Cognac.«

Denk an das Geld, wollte ich sagen, schluckte den Satz aber nach kurzem Zögern hinunter. Meinen Blick fing er dennoch ein. »Kein Anoräkle wärmt so gut wie a gutes Cognäkle.« Er lachte mich aus. »No, schau nicht so, war ich nicht eine Zeit lang Wahlschwabe.«
»Die nehmen jeden auf.«
»Welchen Beruf haben Sie, Monsieur?« Mathis hatte rasch reagiert und servierte das honigbraune Getränk in einem großen Cognacschwenker. Mir lief das Wasser im Mund zusammen.

Geschmeichelt streckte sich Langhans, tupfte den Mund mit einer Rosenserviette ab, kostete einen Schluck, bevor er loslegte.

»Bon.« Ohne Umwege erklärte er, dass er früher Schlosser gewesen sei, später aber Spanisch studiert und als Übersetzer gearbeitet habe. Jetzt sei er selbst ernannter Troubadour. Minnesänger, übersetzte er für mich. Seine Augen verengten sich, wie um mir zu drohen.

»Guter Witz«, sagte ich dennoch.
»Wovon handeln Ihre Lieder, Monsieur?«
»Von der Liebe, autobiografisch.«
»So, von der Liebe.« Das Thema erlosch wie eine billige Kerze, frühzeitig, mit unruhigem Flackern. Niemand verlangte eine Kostprobe. Der Übergangene trank den Cognac, trank noch mehr Wein, wirkte plötzlich in sich gekehrt. Vielleicht, weil sein Englisch unzureichend war, vielleicht weil der Alkohol ihn ermüdete, beteiligte er sich nicht mehr an den Gesprächen.

»Ich gehe.« Mit einem Wink forderte er mich auf mitzukommen.

8

»Und es macht dir ehrlich nichts aus?«, fragte ich, während ich drinnen den Esstisch wegklappte und die Kissen neu verteilte.

»Natürlich macht es mir etwas aus. Bin ich aus Stein? Lieber als dort draußen bei den Schnecken würde ich neben einem jungen Ding wie dir liegen.«

»Das habe ich nicht gemeint.«

Ich folgte ihm nach draußen. Langhans platzierte sich neben dem Wohnmobil. Eine Isomatte, der Schlafsack, das war's.

»Warum rot?«

»Rot was?«

»Wieso bist du nicht normal, kaufst dir einen grünen Schlafsack.«

»No, mit wem vergleichst du mich?«

»Ist schon in Ordnung.« Ich winkte ab, drehte mich jedoch unschlüssig im Kreis, weil ich mir nicht sicher war, ob ich ihn wirklich hier draußen liegen lassen konnte. Er hatte reichlich getrunken. Da fiel mein Blick auf einen Umschlag. Er lag auf dem Campingtisch und war mir vorhin nicht aufgefallen.

»Was ist mit dem Umschlag?«, wollte ich wissen.

»Was denn?« Er griff danach, schob seine Brille hoch, blinzelte. Ein geschwächter Adler. »Hat Zeit bis morgen.«

»Von wem? Liebespost«, witzelte ich und sah mich nach allen Seiten um, als müsse hinter einem der Bäume eine Verehrerin hervorschauen. »Darf ich aufmachen?«

Doch als ich den Umschlag an mich nehmen wollte, wandte Langhans mir den Rücken zu. Er ging zu seinem Schlafplatz, schob sich den Umschlag in die Schlafanzughose und legte sich schlafen. Ohne einen Gruß drehte er sich auf die Seite, und mir war wieder einmal klar, dass man mit diesem Menschen nicht reden konnte.

Schulterzuckend tastete ich mich auf den schlecht beleuchteten Wegen zu meinen Freunden vor. Freunde? Ab wann nennt man Fremde Freunde? Fasziniert schmeckte ich den Worten nach und wunderte mich, wie gut ich mich fühlte. Urlaub war easy. Alles war neu und interessant und mit keinerlei Verpflichtungen verbunden. Ein weiteres Pärchen war aufgetaucht, Holländer. Die Welt schien international und doch übersichtlich, hatte zwischen drei Laternen und einer stolzen Kiefer Platz genommen. Mir zuliebe sprach man Deutsch und Englisch. Man sprach über das Reisen, das Fernweh, die Sehnsucht und den wunderschönen Himmel, der an abgelegenen Orten wie diesem größer und weiter war. Der Mond erhellte die Terrasse, und ein paar Glühwürmchen suchten nach einem Partner. Es war so wenig aufregend, dass ich zu Tränen gerührt war.

Erst auf dem Weg zurück zum Wohnmobil dachte ich wieder an den Brief, den Langhans wohl immer noch in seiner Hose versteckt hielt. Und mit der Erinnerung an seine Verweigerung, den Brief zu lesen, kam mir ein Verdacht. Benahm Langhans sich nicht stets merkwürdig, wenn es um Geschriebenes ging? Ich musste ihm vorlesen, ich musste für ihn die Schilder entziffern. Nie holte er sich eine Speisekarte, bestellte immer direkt beim Kellner. War Langhans, dieser Büchernarr, etwa ein Analphabet? Ein unglaublicher Gedanke, das war mir klar. Und eine Gleichung mit mehreren Unbekannten. Denn wozu stapelte er Hunderte von Büchern im Wohnmobil? Stammten sie von seiner zweiten Frau oder sogar von Henny? Nie sah man Langhans auch nur eine Zeile lesen. In Annecy hatte er Bücher an den Strand geschleppt, doch zum Lesen war er nicht gekommen. Ich beschloss, ihn bei nächster Gelegenheit darauf anzusprechen. Es war ein tolles Gefühl, möglicherweise etwas besser zu können als er.

9

Nein, ich konnte nicht einschlafen. Langhans schnarchte, zersägte die Nacht in feine, sehr gleichmäßige Scheiben. Auch andere Tiere waren zu hören, ein Käuzchen, ein Marder oder Igel, die den Müll durchwühlten. Irgendwann knipste ich das Licht wieder an, griff nach meiner Tasche und holte mein Tagebuch heraus. Ich entdeckte auch Langhans' Buch, Émile Zolas *Das Werk*. Das zweite Buch aber, besser gesagt das Heft mit Hennys Eintragungen und Briefen, war nicht mehr in der Tasche.

Verunsichert stand ich auf, schaute mich im Wohnmobil um. Hatte ich das Buch verloren oder bei Ádám liegen lassen? Nein, Langhans wird es weggeräumt haben, tröstete ich mich. So leise wie möglich öffnete ich die Nasszelle, knipse auch dort das Licht an. Mein Puls schnellte in die Höhe. Wenn ich Hennys Aufzeichnungen verschlampert hatte, würde es für mich an Langhans' Seite nichts mehr zu lachen geben. Ich versuchte mich zu erinnern. Das Deckblatt war beige und mit einer Transparentfolie geschützt worden. Der hintere Karton aber war reinweiß. Beschriftet mit Toulouse.

Staunend schaute ich mich um. Auf mehreren Regalen, die den Raum für jede Art der Waschung unbenutzbar machten, stapelten sich Bücher, Zeitschriften und kopierte Artikel. Mehrere Regaltürme lehnten sich aneinander, und jede noch so kleine Ecke war zusätzlich als Büchernest ausgebaut worden. Wollte man ein Buch herausnehmen, musste man zahlreiche Gummibänder entfernen. Ein aufwendiges Prinzip, das allerdings super funktionierte, sogar während des Anfahrens und Abbremsens. Nicht ein einziges Mal hatte ich gehört, dass Bücher herausgefallen wären. Eine Verschiebung freilich war unverkennbar, die Bücher hatten sich neue Plätze und neue Freunde zum Anlehnen gesucht. Es herrschte eine penible Ordnung. Langhans verblüffte mich erneut. Die Bücher waren nicht nur alphabetisch geordnet, es gab auch noch andere Kategorien. Spanische Autoren standen zusammen, deutsche, italienische, griechische. Die Spanier bildeten die Mehrzahl. Kaum Amerikaner, kaum weibliche Autoren.

Erstaunt stellte ich fest, dass ein Buch von Romain Rolland mehrmals vorhanden war, auch die deutschen

Übersetzungen dazu. *Pierre und Luce, Peter und Lutz,* in zwei unterschiedlichen Ausgaben. Hier wollte es jemand ganz genau wissen.

Endlich, ganz unten, im letzten Regalbrett, entdeckte ich mehrere spiralgebundene Hefte. Auch das von Henny. Glück gehabt, ich schnappte erleichtert nach Luft, schnappte nach dem Buch und legte mich wieder ins Bett.

Fünftes Kapitel

1

An einigen Stellen war die Schrift verwischt, und ich musste Sätze überspringen, manchmal ganze Seiten. Dort aber, wo die Buchstaben erhalten geblieben waren, erkannte man die Hand einer braven Schülerin. Die Schrift zeigte sich unverschämt gleichmäßig, die hohen Buchstaben bildeten eine imaginäre horizontale Linie, und alle Buchstaben waren nach links gestellt, als müssten sie dem Westwind trotzen. Es war lange her, niemand würde heute noch so schreiben. Nicht einmal Erstklässler.

Toulouse, 16.11.1939

Dich werden die Männer nur mit der Hummerzange anfassen. Omusch war nie zufrieden mit mir. Ich war ihr zu laut, zu schnell, zu wenig Mädchen. Jetzt bin ich so, wie sie mich haben wollte, brav, in jeder Hinsicht, außer vielleicht in meinen Gedanken. Wenn ich in den Spiegel schaue, begegnet mir eine Anziehpuppe. Ich sehe furchtbar aus. Die Haare, viel zu lang, sind hinten zusammengesteckt. Wenn ich nicht zur Schule gehe, trage ich eines von Muttis Kostümen. Im Sommer das hellblaue Sommerkleid mit der Schleife. Hüte aber lehne ich kategorisch ab. Obwohl Werner mir immer wieder rät, lockerer, französischer zu werden.

»Wenn du für uns arbeitest, darfst du keine Fehler machen. Lippenstift, Augenstift, du mußt nett aussehen, ohne nuttig zu wirken. Komm schon, du bist doch ein hübsches Mädchen.«

Werner interessiert sich ein wenig zu viel für mein Äußeres. Dabei weiß er, daß ich mit Richard zusammen bin. Wenn Richard entlassen wird, wird er bei mir einziehen. Die Concierge ist auf meiner Seite. Sie mag mich. Immer wieder darf ich Unterlagen bei ihr deponieren, immer wieder steckt sie mir Nahrungsmittel zu. Seit Vati im Gefängnis und Mutti weg ist, hat sie mich adoptiert.

Sie hat einen Sohn, aber der hat (wie es scheint) keinen Kontakt mehr zu ihr. Oft besuche ich sie, ich erzähle von der Schule, wir reden über ihre Katzen, wir trinken Milchkaffee. Nie fragt sie mich aus, nie übertritt sie eine bestimmte Grenze. Ohne sie und Richard wäre ich sehr einsam in Toulouse. Aber Richard ist ein Mann. Man kann nicht ernsthaft mit ihm reden. Immer will er mich zum Lachen bringen, selbst wenn ich ihm eine ernste Frage stelle. Selbst wenn ich ihn frage, wie es in

Siebenbürgen war, selbst wenn ich wissen möchte, was er in Spanien erlebt hat.
»Joi«, sagt er dann, »nicht so übel, die Tage gingen ruckzuck vorbei. Nur ein Problem gab's.«
»Welches?«, wollte ich wissen.
»In die Schützengräben fiel wenig Sonne. Nachmittags, wenn wir Glück hatten, konnten wir sonnenbaden. Doch die Gräben waren schlecht konzipiert, zumeist nordöstlich ausgerichtet. Ich hockte mich quer rein und bekam einen weißen Streifen am Bauchnabel.«
Richard lacht dann, hebt sein Hemd an. Ich kenne die Narbe. Es handelt sich um eine alte Brandnarbe, an einigen Stellen ist sie rosa, an einigen Stellen reinweiß, wie bei einem hart gekochten Ei. Er hat viele solcher Narben und ebenso viele Witze auf Lager. Auch seine Narbe auf dem Rücken spielt er herunter. Ein selbstgebastelter Indianerpfeil hätte ihn getroffen, ein Lausbubenstreich anno 1890.
Furchtbar, wie er übertreibt. Das alles sind Wunden, die er sich ganz zu Beginn seines Einsatzes zugezogen haben muß. Sie sind verheilt. Sein zerschossenes Knie jedoch bereitet ihm erhebliche Probleme. Trotzdem lehnt er jede Hilfe ab, er humpelt auf einer Krücke durchs Hospital, und weil er sich langweilt, erzählt er den Mitgefangenen Geschichten. Es ist unglaublich, wie viele Sprachen er spricht. In Kronstadt muß er ungarische, rumänische und italienische Freunde gehabt haben. Und wie nebenbei lernt er jetzt Französisch.

No, zum Parlieren muß man sich unters Volk mischen, entschuldigt er sich, wenn ich ihn mit einer Krankenschwester erwische. Einige sind in ihn verliebt, ich weiß es. Hoffentlich vergißt er nicht, zu wem er gehört.
Ich bin nicht so hübsch wie Gisèle. Aber ich liebe ihn doch sehr.

Toulouse, 3. 1. 1940

Gestern hätten sie mich fast erwischt. Vielleicht auch nicht, manchmal pfeift oder geht mir ein Mann auch hinterher, weil ich ihm gefalle. Schüttle sie ab, verkehre nur mit deinesgleichen, hat Werner mir geraten und mich streng mit einem Vaterblick angeschaut. Ich weiß nicht, warum er mich immerzu tadeln muß. Auf dem Postamt hatte ich wie immer deutsche Adressen abgeschrieben. Immer vierzig Stück, dann kaufe ich Briefmarken und gehe. Nie direkt nach Hause, sondern immer über den Markt. Und gestern folgte mir tatsächlich dieser Mann. Erst in der Rue des Arts habe ich ihn bemerkt. Er trug einen hellen Anzug und einen unpassend dunklen Hut, sein Gesicht konnte ich daher nicht erkennen.
Erst kurz vor der Brücke Pont-Neuf habe ich ihn abschütteln können. Du meine Güte, wie mein Herz schlug, ich war ganz außer mir. Nun sollte ich eine Weile nicht mehr aufs Hauptpostamt gehen. Es ist schrecklich, wenn man sich nicht frei

bewegen kann. Aber ich bin auch stolz darauf, meine Angst jeden Tag zu überwinden. Mutti hat mir nur drei Kleider dagelassen (dalassen können). Wenn jemand auf Muster und Farben trainiert ist, kann er mich allein anhand dieser Kleider wiedererkennen. Deshalb habe ich mir in einem kleinen Laden in der Rue Balzac zwei billige Tücher aus Kunstseide gekauft. Damit variiere ich jetzt mein Äußeres. Deutsche Telefonbücher gibt es auch in den Telefonzellen auf dem Bahnhof. Vielleicht kann ich dort in der Menge besser untertauchen.

Richard soll sich, sobald er gesund ist und gut genug Französisch spricht, bei der Bahn bewerben, sagt Werner. Sie brauchen dringend weitere Leute, die Flugblätter nach Deutschland schleusen und Frachten falsch deklarieren. Ich weiß aber, daß sie auch Sprengladungen anbringen, und das macht mir angst. Richard kommt jetzt jeden Abend zu mir. Wir lernen. Aber er ist eben ein Mann, ich kann es nicht ändern. Um seine Aussprache zu verbessern, wie er sagt, legt er sein Ohr ganz dicht an meine Lippen. Und kaum habe ich das Wort deutlich ausgesprochen, tönt er: encore, mit seiner wunderbaren Baritonstimme. Und noch bevor ich fertig gelacht habe, legt er seine Lippen auf meine. Encore, zeig mir, wie sich das Wort anfühlt, mon Chérie.

Stundenlang will er fühlen, und wir kommen nicht voran. Aber wir lachen viel, und das ist selten in diesen Zeiten. Ich liebe ihn über alles.

Toulouse, 12. 2. 1940

Trotz des vielen Schnees war ich in Aix-les-Bains, um Omusch zu besuchen. Die Fahrt war schrecklich. Ich mußte oft zu Fuß gehen, weil Wagen die Straßen blockierten und die Busse nicht weiterfahren konnten. Aber es war mir sehr wichtig. Seit Vati inhaftiert wurde, hat Omusch keinen Besuch mehr erhalten. Jede Menge Sorgen habe ich mir gemacht, doch siehe da, sie sah ausgezeichnet aus. Pausbäckig, zufrieden lächelnd, ein Kind des Friedens. Fast scheint es, als hätte sie vergessen, was draußen los ist. Kein einziges Mal hat sie nach Vati oder Mutti gefragt.
»Vielleicht sollte ich bei dir bleiben«, witzelte ich. Wir teilten uns das Mittagessen, es war nicht viel, aber köstlich zubereitet.
»Ein Kloster ist kein Ort für ein junges Mädchen.«
»Die Straße auch nicht.« Sie sah mich an, sie sah mich sehr lange und sehr eindringlich an.
»Omusch, was ist?«, wollte ich wissen.
Doch sie schluckte ihre Fragen hinunter. Man konnte sehen, wie ein faustgroßer Stein durch ihre Kehle gedrückt wurde. Die letzte halbe Stunde saßen wir schweigend beisammen.

Toulouse, 16. 6. 1941

Richard spricht inzwischen ein fast fehlerfreies Französisch, er ist ein wahrer Meister. Leider bin ich durch die zahlreichen Übungsstunden schwanger geworden. Wir mußten heiraten. Nicht einfach, das zu organisieren, aber wir hatten ganz wunderbares Glück. Aus einem Weinbaulexikon habe ich einen elsässischen Namen herausgesucht und zwei Gemeinden angeschrieben. Bestimmt hat Gott mir dabei über die Schulter geschaut und geholfen. Eine Gemeinde beantwortete meine Anfrage innerhalb weniger Tage, und sie haben Richard Abschriften der Geburtsurkunde und sogar der Todesurkunde seiner »neuen« Großmutter geschickt. Ein wahrer Segen. Bei unserem Genossen Otto, Richards bestem Freund aus Spanientagen, bestellte ich daraufhin eine neue Carte d'identité. Mit ihm hat die Partei einen richtigen Künstler gewonnen, einen Genossen, der wirklich alles kann. Seine Wohnung ist ein Palast der Fälscherzunft. Er verfügt über unglaublich viele Blankopapiere und stellt auch Ausweispapiere für Arbeitssuchende her. Durch Einbrüche in Ämter versorgen ihn die Genossen ständig mit neuen Stempeln und Formularen. Er durfte nicht unser Trauzeuge sein, natürlich nicht, aber wir haben sehr an ihn gedacht, als wir uns auf dem Standesamt von Toulouse das Jawort gaben. Er ist auch ein lustiger Kerl. Richard und er mögen sich sehr.

Das Schlimmste: Mutti und Vati konnten bei der Feier nicht dabeisein. Mutti mußte in Paris bleiben. Ich will nicht klagen, das ist der Preis, den wir zahlen müssen, sie wird dort gebraucht. Inzwi-

schen arbeitet sie in der Berlitzschule und unterrichtet Deutsch als Fremdsprache. Das alles weiß ich von Irmi, die es immer wieder schafft, die Demarkationslinie zu überqueren. In Paris sieht die Situation für unsere Leute dramatisch aus. Täglich kommt es zu Verhaftungen. Mutti hat durch ihre neue Arbeit eine gute Ausrede, wenn sie kreuz und quer durch Paris fährt. Oft erledigt sie abends Hausbesuche, fährt aber früher los und verteilt Plakate oder liefert Matrizen ab. Näheres wusste Irmi natürlich auch nicht. Obwohl alles so gut steht, mache ich mir große Sorgen um Mutti. Sie lebt so ganz alleine.

Toulouse, 20. 11. 1942

Noch läßt der Schnee auf sich warten, doch wir ahnen, daß dieser Winter schrecklich werden wird. Die Deutschen haben vor neun Tagen Toulouse besetzt. Die Einschränkungen waren bereits vorher gravierend, jetzt kann man sich kaum noch frei bewegen. Die Feldgendarmerie kontrolliert ständig die Nahverkehrszüge und die U-Bahnen, und man weiß nie, ob nicht einer dabei ist, der sich mit gefälschten Papieren auskennt. Aber wie immer im Unglück, so leuchtet auch in unserer kleinen Familie ein verborgenes kleines Glück. Unser Baby beginnt sich aufzurichten, unser Sonnenschein. Und Vati ist aus der Haft entlassen worden. Freunde haben ihn aufgenommen, denn er darf

*nicht mit uns in Verbindung gebracht werden.
Während eines Besuches habe ich ihn kaum wiedererkannt. Er hat TBC und muß oft zum Arzt gebracht werden. Ich hatte natürlich sofort Angst um unser kleines Goldköpfchen, obwohl fest steht, daß die Krankheit nicht mehr ansteckend ist.
Marie ist robust, aber ich traue mich nicht, sie Vati vorzustellen. Nun, vielleicht ist dieser furchtbare Krieg bald vorbei, und wir können unsere Sorgen zum Teufel jagen. Vorerst aber sieht es schlecht aus. Dennoch, ich habe eine neue Familie, ich liebe Richard und meinen Sonnenschein über alles.
Noch zweierlei: Wir haben außerhalb von Toulouse in Francasal ein abgelegenes Bauernhaus anmieten können. Es bietet uns genügend Platz zum Leben, und ab und zu können wir Durchreisende aufnehmen, die dann offiziell auf Verwandtschaftsbesuch sind. Direkt hinter unserem Grundstück haben wir Zugang zur Luftwaffendivision. Die deutschen Namen der Ausbilder trägt uns der Wind zu, wir tragen sie weiter.*

Toulouse, 12. 12. 1942

*Sooft es geht, fahre ich in die Stadt, suche öffentliche Plätze auf und versuche deutsche und österreichische Soldaten anzusprechen, um sie dazu zu bringen, mich einzuladen und mir zuzuhören.
Am liebsten gehe ich in den Zoologischen Garten im Bois de Vincennes. Dabei darf man sich nicht*

auffällig verhalten, muß taktisch klug vorgehen und echte Nazis von Mitläufern unterscheiden. Ich bin mir der Gefahr durchaus bewußt. Insgesamt ist es eine wirkliche Scheißarbeit, weil sie nicht nur anstrengend ist, sondern mir auch sinnlos erscheint, als wolle man mit einem Teesieb einen Brunnen leer schöpfen. Richard bekommt einen griesgrämigen Gesichtsausdruck, wenn ich mich zum Ausgehen zurechtmache. Anpirschen – anlachen – zuschlagen nennt er meine Taktik.
Werner ist immer noch mein Verbindungsmann, er verspricht sich große Erfolge. Ein hohes Tier könnte dabeisein, betont er immer wieder, jemand, der ein Militärgeheimnis preisgibt. Auch auf versteckte Nazigegner hofft er, die Flugblätter in ihre Kasernen mitnehmen. Aber ich bin im Aufspüren solcher Männer nicht sehr erfolgreich, vielleicht weil ich mit Soldaten generell ein Problem habe. Dabei können die Armen nichts dafür, daß sie in diesen Krieg verwickelt wurden.

Toulouse, 4. 3. 1943

Mein Herz, es wird zerreißen. Marie ist erst ein Jahr alt, aber ich werde mich von ihr trennen müssen. Mutti geht es schlecht, und die Parteiführung hat mir mitgeteilt, daß sie mich in Paris einsetzen möchte. Für die Zeitung Soldat im Westen *benötigen sie neue Mitarbeiter. Richard kann als Kurier arbeiten. Es ist nun mal so, wenn* wir Marie mitnehmen, würden wir sie unnötig gefährden. Das Würmchen kann nichts für diesen schrecklichen Krieg, und ganz bestimmt soll sie nicht zusätzlich darunter leiden, daß sich ihre Eltern engagieren. Schweren Herzens habe ich deshalb zugestimmt, Marie in eine französische Pflegefamilie zu geben.

Toulouse, 15.3.1943

Wie still es in unserem Haus ist. Niemand lacht, niemand ruft nach mir. Drei Fenster gehen zur Straße, doch kein einziges Auto ist zu hören, als würde ich in einer Geisterstadt leben. Marie ist weg. Und morgen werde ich aufbrechen, ohne Richard. Warum, warum ausgerechnet jetzt? So lange (jahrelang) hat er auf eine Arbeitsgenehmigung bei der Bahn gewartet, ausgerechnet jetzt ist sie, dank Ottos gefälschten Papieren, eingetroffen. Natürlich kann Richard hier viel bessere Arbeit leisten, keine Frage, doch ich will nicht ohne ihn fahren, ich will nicht.

Gestern habe ich viel geweint. Es war ein richtiger Zusammenbruch, wie ich ihn noch nie erlebt habe. Alles war mir zu viel, unsere Anstrengungen kamen mir plötzlich so sinnlos vor. Da hat Richard mich wie ein kleines Kind in seine Arme geschlossen und mir ein siebenbürgisches Liebeslied vorgesungen. Vielleicht war es auch ein Wiegenlied, denn er

*hat es oft für Marie gesungen. Ich kann spüren, wie
schwer auch ihm der Abschied fällt, aber er lächelt,
sagt, zwei Jahre Ehe seien mehr, als er je für möglich gehalten hätte, eine kleine Trennung würde
uns und unserer Libido gewiß nicht schaden.
Gleichzeitig fällt er nachts über mich her, er fragt
nicht, ob ich Lust habe, überhört meine Einwände
und zerreißt mich. Ich habe den schrecklichen
Verdacht, daß es für ihn viel schlimmer ist, weil in
seinem Innern ein verborgener Kampf tobt. Er hat
Angst um mich, er hat vielleicht auch Angst um
unsere Liebe. Daß Marie jetzt bei Pflegeeltern lebt,
scheint ihn weniger zu belasten als die Tatsache,
daß ich ohne ihn nach Paris fahre.*

Paris, 12. 5. 1943

*Gott sei Dank, Mutti geht es endlich wieder besser.
Sie kann immer noch nicht arbeiten, aber sie
versorgt sich inzwischen selbst, ich muß nicht so oft
nach ihr schauen. Dennoch fahre ich zweimal die
Woche zu ihr. Die Concierge kennt mich und weiß,
wer ich bin. Sie hat es einfach erfühlt, und ich
mußte sie bitten (da ich nicht lügen konnte),
das Geheimnis für sich zu behalten. Gott, wir sind
so abhängig von der Güte dieser Menschen. Ich
werde auf immerdar die aufrechten Franzosen
(es gibt auch andere) bewundern.*

Paris, 22.12.1943

Kurz vor Weihnachten. Alles ist so schrecklich ernüchternd. Jetzt weiß ich, warum sie mich nach Paris geholt haben. Die alte Kohle ist abgebrannt, sie benötigen Nachschub. Manchmal hängt sie mir zum Hals heraus, die Partei. Wie sie über mein Leben bestimmt, wie sie mich verschiebt, als wäre ich nicht mehr als ein Päckchen auf dem Verladebahnhof der Geschichte. Im Vorfeld hieß es: Material für die Redaktion sammeln, auswerten, Artikel schreiben, alles Heimarbeit. Dann hieß es: Zur Tarnung soll ich tagsüber arbeiten gehen. Und wo? Sie haben für mich eine Stelle im Hôtel Majestic, dem Sitz des Militärbefehlshabers, organisiert. Ausgerechnet. Kann man sich das vorstellen?
In die Höhle des Löwen haben sie mich geworfen, so fühle ich mich jedenfalls. Den ganzen Tag über stehe ich ranghohen deutschen Militärs gegenüber und werde morgens und mittags und abends und zwischendurch gut hundertmal mit »Heil Hitler« begrüßt. Wie einen Fluch spucken sie mir diese Worte entgegen. Ich aber schaue verwundert auf, als würde ich nichts verstehen und antworte: Bonjour, Messieurs.
Das ist nicht lustig, sie können mich dafür hängen, doch ich bestehe darauf: Ich bin eine Französin und gehöre nicht zu ihnen. Das ist meine kleine, ganz persönliche Rache dafür, daß ich für die Deutschen Dienst tue. Denn natürlich kann ich nicht ständig Sabotage leisten. Vor ein paar Tagen ist es mir

allerdings gelungen, einigen für die Deportation vorbereiteten Franzosen abgestempelte Unabkömmlichkeitspapiere in die Hand zu drücken. Leider war es nur ein kleines Häufchen, an das ich herankam. Auch mit den Akten muß ich sehr aufpassen, wenn ich die Daten verändere, wenn ich Adressen austausche, alles kann auf mich zurückgeführt werden. Aber mein großer Erfolg: Ich habe allen Mitarbeitern über die Hauspost eine Aufstellung und einen Bericht über die Truppenaufstellung der Russen zukommen lassen. Keine Propaganda, sondern echte Zahlen. Als ich gestern in das Büro meines Chefs kam, war er gerade dabei, das Dokument zu lesen. Er wurde über und über rot. Vermutlich ist er kein echter Nazi, aber wie um die schlechten Nachrichten zu verdauen, begann er damit, das Bild des Führers abzustauben, eigenhändig. Nebenbei diktierte er mir einen Brief an seine Frau.

Ach, mein lieber guter Richard. Gerne würde ich ihm täglich schreiben, doch die Postwege sind zu gefährlich, und die Kuriere darf man nicht mit privaten Briefen belasten. So bleibt nur die Sehnsucht und die Arbeit, die mein ganzes Leben ausfüllt. Ich lebe mit einem österreichischen Genossen und dessen Frau in einer Villa in Vincennes, es ist sehr schön dort.

Nachts hören wir den Londoner und Moskauer Rundfunk ab und sammeln Material für die Artikel. Aber meine Güte, die Gespräche, die ich tagsüber höre, die vielen Kleinigkeiten, die ich sehe, sie reichen für eine Geheimdiensttätigkeit vollkommen aus. Ich fühle mich wie ein Holzscheit, das an beiden Seiten lichterloh brennt.

Paris, 12. 5. 1944

Selten finde ich die Zeit auszuspannen. Aber in der Mittagspause gehe ich bei schönem Wetter über die Passerelle Debilly in den Parc du Champs de Mars, und wenn ich mich beeile, bleibt mir fast eine Stunde, in der ich nur Zuschauerin bin. Manchmal gönne ich mir einen Crème im Café, setze mich unter ein buntes Sonnensegel und schaue den Pariserinnen beim Flanieren zu. Immer noch schaffen sie es, mit Hut und Handschuhen bekleidet durch die Straßen zu promenieren. Sie promenieren wirklich. Aber wer weiß, vielleicht verbirgt sich hinter der ein oder anderen eine arme Genossin, die sich nur hübsch gemacht hat, um einen deutschen Soldaten anzusprechen. Ich muß jetzt keine »Soldatenarbeit« mehr leisten, Gott sei Dank. Diese ewigen Gespräche um den heißen Brei, dieses Sich-dumm-Stellen, aber nicht zu dumm erscheinen, damit sie weiterreden oder zuhören, von allen Arbeiten, die ich in den letzten Jahren erledigen mußte, war diese die Schlimmste.

Genosse Otto ist letzte Woche aufgetaucht, ich habe mich ja so gefreut. Er versüßt mir das triste Leben fern der Heimat. Tatsächlich, ich denke an Tou-

louse und denke und fühle, daß dort meine Heimat ist. Dort wohnt mein Liebster, dort in der Nähe lebt mein Kind, das ich so schrecklich vermisse. Otto und ich werden zusammenarbeiten. Bei der Nachbarin habe ich ihn als meinen Cousin vorgestellt. Es ist unglaublich, in weniger als einer Stunde hat er sich in einem der Hinterzimmer seine Werkstatt eingerichtet.

2

Die Augen fielen mir zu, und ich dachte daran, die Lektüre zu beenden. Bei Richard, da war ich mir sicher, musste es sich um Langhans handeln. Wie konnte es sein, dass eine intelligente Frau sich in einen solchen Aufschneider verliebt hatte? Leider brachen Hennys Aufzeichnungen an dieser Stelle ab. Es folgten Briefe, aber keine Tagebucheintragungen mehr. Und mir war plötzlich klar, welchen Schatz ich in Händen hielt. Dass diese Briefe den Krieg überlebt hatten, grenzte an ein Wunder. Die Kassetten meines Vaters kamen mir in den Sinn. Und dass Hennys Aufzeichnungen auf ihre Tochter wohl einen ähnlichen Sog ausgeübt haben müssen. Aber warum brachen die Eintragungen an dieser Stelle ab, war der Rest zerstört worden? In welchem Jahr Frankreich befreit worden war, wusste ich nicht. So gründlich ich mein Gehirn in der Rubrik *Zweiter Weltkrieg* durchforstete, mir fielen keine Jahreszahlen ein. Ich wusste ja nicht einmal, wann Hitlerdeutschland kapituliert hatte. Wie elektrisiert blätterte ich vorwärts. Die weiteren Seiten schienen nicht mehr chronologisch geordnet zu sein, Ádám musste einen schlechten Tag gehabt haben. Morgen, beschloss ich, werde ich Langhans löchern und ausfragen. Bestimmt fühlt er sich geehrt, wenn ich ihn um ein Foto von Henny bitte. Er wird nachdenken, stutzig werden, aber das konnte mir egal sein. Ich stellte mir Henny sehr hübsch vor, mit einer altmodisch nach hinten gekämmten Haartolle und strahlenden Augen. So ganz begriff ich ihren Charakter jedoch nicht, war sie nun brav oder kämpferisch oder beides. Vor allem aber verstand ich ihre Unterwerfung unter Richard, alias Langhans, nicht. Ádáms Worte fielen mir ein: Wo die Liebe hinfällt. Bestimmt war sie sich ihrer Gefühle nicht immer sicher gewesen. Hatte sie sie deshalb niedergeschrieben, selbst auf die Gefahr hin, dass die Unterlagen in falsche Hände geraten konnten. Ich fühlte mich ihr auf seltsame Art verbunden. Und ich grübelte darüber nach, ob man sich in einen fremden Menschen verlieben kann, nur weil er ähnliche Gefühle, Ängste und Sehnsüchte niedergeschrieben hatte. Staunend begriff ich, dass ich über Henny mehr wusste als über Gerda oder Sabine.

3

Mit der Enthaltsamkeit ist das so eine Sache. Durch die Umstände war ich zur Nichtraucherin geworden, durch einen Pakt mit dem Universum zur Antialkoholikerin. Mein Körper aber sehnte sich nach einem Ausgleich.

Zu viele Gedanken hatten sich in meinem Kopf zu einem schwer entwirrbaren Knäuel zusammengezurrt. Unruhig stand ich auf, ließ das Heft jedoch nicht aus den Augen, als könne es sich jeden Augenblick in Luft auflösen. In einem Schrank, neben Suppenwürfeln und Gewürzen, fand ich endlich das, wonach ich suchte. Eine dicke Schweizer Schokolade mit Trüffelfüllung. Ich nahm mir vor, nicht mehr als die Hälfte zu essen. Was ich auch schaffte. Dann las ich die Übersetzung mehrerer Briefe. Die Originale waren handschriftlich, die Übersetzungen getippt. Der erste, der etliche Jahre nach dem Krieg geschrieben worden war, enthielt keine Anrede.

Mulhouse, XII. August 1951

Daß ausgerechnet Du Dich meldest, und daß nach so langer Zeit. Und daß Du Hennys Tod dazu benutzt, Dich erneut in mein Leben einzumischen, das ist wirklich das Allerletzte. Kennst Du keine Scham? Und hast Du keine Angst, mein Zorn könnte so weit gehen, Dich anzuzeigen? Aber Tote werden nicht mehr lebendig, sosehr man auch den Rachekelch leert und wieder füllt.
Soll ich Dich Genosse nennen, wie mein Mikso es getan hat, oder Richard, wie Henny Dich nannte? Denkst Du, Dein Angebot würde die Zeit zurückdrehen und die Zweifel verstummen lassen? Mikso, ich weiß, den Namen kannst Du nicht leiden, ich hingegen konnte mit seinem Decknamen Otto nie

warm werden, mein Mikso also war kein Kollaborateur. Das weißt Du am allerbesten. Unsere Zeit war so kurz, dennoch weiß ich, er war durch und durch aufrichtig. Und er liebte Dich. Verstehst Du das?
Tagelang habe ich mit mir gerungen, ob ich auch nur ein einziges Wort an Dich verschwenden soll. Aber was schreibe ich da, ich bin nicht Gott, ich will nicht richten. Und sowieso, keine Sekunde habe ich Ruhe gefunden, seit Deine Anfrage bei mir eingetroffen ist. Hans, Du bist und bleibst unverbesserlich. Nie habe ich verstehen können, warum Henny sich für Dich entschied. Sie hatte ja so viele Verehrer. Sprachbegabt war sie, klug und mutig – nun gut, das warst Du auch –, doch Du hast keine Manieren, und sie, die Arme, sie konnte Dir auch keine eintrichtern, uneinsichtig wie Du Dich gezeigt hast. Aber gut, es war Krieg, da sah man über solche Dinge hinweg, und jetzt ist sie tot, sie kann Dir nichts mehr nachtragen.
Ich auch nicht, was soll ich sagen, ich habe keine Kraft dazu. Das Leben ist nicht einfacher geworden, seit der Krieg zu Ende gegangen ist. Nicht nur die Vergangenheit lastet wie ein Sandsack auf meinem Rücken, nein, auch die Gegenwart. Knöcheltief stehe ich im nassen Zement, wurde einbetoniert, kann mich kaum bewegen und muß doch mich und Ádám durchbringen. Wir sind nach Mulhouse gezogen, ich mußte mein geliebtes Toulouse verlassen, weil ich in Basel Arbeit gefunden habe. So bin ich auch näher bei meinen Eltern.

Mulhouse, XIII. August 1951

Gestern wurde ich unterbrochen, Ádám wurde mit Verdacht auf Meningitis ins Krankenhaus eingeliefert. Ich bin verzweifelt. Überall bin ich herumgerannt, um Penicillin aufzutreiben, vergeblich. Hast Du Beziehungen, kannst du mir helfen? Es muß schnell gehen.
Yvette

Mulhouse, X. September 1951

Da bin ich wieder.
Lieber Hans, ich danke Dir. Auch für das Geld. Wie kommst Du überhaupt an Devisen? Spar Dir die Antwort, Du warst immer schon ein Organisationstalent. So hat jeder Mensch seine guten Seiten. Wie auch immer, wir haben jeden Franc bitter nötig. Fünf Wochen lang konnte ich nicht zur Arbeit fahren, Tag und Nach habe ich bei Ádám gewacht (und auf dem harten Fußboden geschlafen). Nun wurde ich zu allem Unglück auch noch entlassen. Wie es weitergeht, weiß ich nicht. Aber so viel steht fest: Mein Ádám hätte es ohne das Penicillin nicht geschafft. Wenn es einen Gott gibt, dann hat er Dir diesmal die Hand geführt. Ich kann jetzt nicht mehr schreiben, ich bin zu aufgewühlt. Aber ich melde mich wieder.
Deine Yvette

Straubing, 12.3.50

Lieber Genosse Hans,
Du hast mir geschrieben, und ich wußte zunächst nicht, wie ich zu der Ehre komme, haben wir uns doch kaum gekannt.
Ja, Du hast recht, Otto und ich waren zur gleichen Zeit in Paris, als auch Deine liebe Henny dort arbeitete. Du weißt, daß sie meine Freundin war und daß ich gerne mit ihr zusammengearbeitet habe, wenngleich sie als Informantin leider nicht immer verläßlich war und sich viel zu wenig um die Kleinigkeiten gekümmert hat. Man soll nichts Schlechtes über die Toten sagen, deshalb komme ich jetzt zu Deinen Fragen. Von wem und wie sie verraten wurde, das weiß ich bis heute nicht. Jemand muß uns zusammen gesehen haben, denn ich wurde einen Tag vor ihr verhaftet, danach wurden alle Verdächtigen überprüft, mit denen ich zusammengetroffen bin. Eine schreckliche Zeit.
Mein Mann lebt nicht mehr und kann mich nicht trösten. Allzu viel will ich Dir nicht zumuten, aber schließlich hast Du gefragt und verdienst eine Antwort. Ihren Abschiedsbrief besitzt Du, wie Du schreibst, und wenn Du noch Fragen hast, dann melde Dich. Mündlich wäre es nicht leichter, und ich weiß ja, dass Du sowieso nicht frei reisen kannst. Wie geht es Dir denn dort in Rumänien, hinter dem Eisernen Vorhang, ist es das, wofür Du gekämpft hast?
Hennys Unglück war es, daß sie am Tag ihrer

Verhaftung eine Tasche mit doppeltem Boden bei sich trug. Und doch hätte sie beinahe Glück gehabt. Erst nahmen ihr die Polizisten die Tasche ab, in der Metro mußte sie allerdings selbst bezahlen, deshalb reichten sie ihr die Tasche zurück. Beim Aussteigen ließ sie sie dann liegen. Diese Geschichte hat sie mir selbst erzählt. Doch kannst Du es glauben, eine ehrliche Seele brachte Henny die Tasche auf den Bahnsteig hinterher. Wirklich dumm, denn in der Tasche befand sich belastendes Material. Daraufhin, das weißt Du sicher, durchsuchten sie ihre Wohnung, es wurde jedoch nichts gefunden, weil sie nicht mehr für die Zeitung arbeitete. Aber der Inhalt der Tasche reichte auch so.

Mein Mann, Du kennst ihn ja nur unter dem Decknamen Horst, war nicht mehr in der Wohnung, Gott sei Dank. Aber den Krieg hat auch er nicht überlebt. Henny wurde, so wie ich auch, an den SD ausgeliefert. Im Gefängnis Fresnes verloren Henny und ich uns aus den Augen, sie kam in Einzelhaft, ich wurde als weniger gefährlich eingestuft und blieb mit anderen Genossinnen zusammen. Das war ein großer Trost. Neun Wochen verbrachten wir dort. Über Klopfzeichen und Zurufe verständigten wir uns zwischen den Zellen. So wußte ich immer, wann sie mit der grünen Minna zur Gestapo in die Avenue Foch transportiert wurde, wann sie zurückkam. Sie war ja schwanger, das zerreißt mir immer noch das Herz, daß dieses Kindchen den Stiefeln der SS zum Opfer gefallen ist. Aber es gab auch Hoffnung, wir

hörten im August 1944, daß die Engländer und Amerikaner die Vorstädte erreicht hatten, und alle sangen wir die Marseillaise. Nun dachten wir natürlich, daß das Ende nahe wäre, aber wir hatten Pech und wurden mit dem letzten Transport aus Frankreich evakuiert. Die französischen Eisenbahner traten zwar in einen Streik, ihre Solidarität jedoch rettete uns nicht. Deutsche Lokomotivführer sprangen für sie ein. An einer Brücke hielten wir, sie war von zurückweichenden Truppen gesprengt worden, und mußten zu Fuß an der Marne entlanglaufen und sie über eine Notbrücke überqueren. Das war meine Chance. Ich tauchte unter, wurde angeschossen und stellte mich tot. Die anderen fuhren weiter, sie fuhren in den sicheren Tod. Lieber Hans, sei mir nicht böse, daß ich so ehrlich und ausführlich war. Es bleibt mir nicht viel Tröstendes zu sagen. Mein Trost sind meine herzensguten Kinder.
Sei gegrüßt, Irmi Schneider

Mulhouse, VI. Juni 1965

Nein, Hans, ich bitte Dich inständig, verschone uns mit Deiner Anwesenheit. Deine Anfrage geht zu weit. Ja, Dein Geld schätze ich. Und ja, Ádám möchte Dich gerne kennenlernen. Aber Du mußt für meine Lage Verständnis haben. Daß Du jetzt wieder ein freier Mann bist und in Deutschland lebst, macht mir angst. Ehrlich gesagt, fand ich

*Dich hinter dem Eisernen Vorhang mehr als gut
aufgehoben. Der Kommunismus dort paßt gut zu
Dir. Alle sind gleich, und Du bist gleicher. Das war
nicht Deine Devise, ich weiß, ich bin spitzzüngig,
aber ein bißchen entspricht es Deiner Wesensart.
Lassen wir es gut sein. Ich schreibe jetzt nicht
weiter. Denk nicht, daß ich nicht dankbar bin für
alles, was Du in all den Jahren für mich und
Ádám getan hast. In Deutschland wünsche ich Dir
einen guten Start und viel Erfolg, egal in welchem
Deiner zahlreichen Berufe und Berufungen Du
Dich betätigen wirst.
In Treue verbunden
Deine Yvette*

Berlin Plötzensee, 13. 10. 1944

*Mein lieber Mann, mein liebes Töchterchen,
liebste Mutti und Vati und Omusch,
meine ganze Liebe versuche ich nun in die folgen-
den Zeilen zu legen. Unverzagt und tapfer werde
ich meinen letzten Schritt tun, und meine letzte
Herzbitte an Euch und vor allem an Dich, mein
lieber, guter Mann, ist, weine nicht, trauere nicht.
Wir hatten ein kleines Glück zusammen, das mit
Gold nicht aufzuwiegen ist, niemand kann es uns
nehmen. Sei auch Du tapfer und sorge mir bitte
für unser Kind. Bedenke, sie wird es viel schwerer
haben als Du, denn sie wird lange brauchen, um
zu verstehen. Ihr alle habt mich im Leben unglaub-*

lich glücklich gemacht, seid lieb bedankt für Eure Zuneigung und Fürsorge. Mutti wünsche ich ein Wiedersehen mit Vati, Euch allen wünsche ich Gesundheit und Frieden. Das ist wohl das Wichtigste. Richard, ich bin so glücklich, daß wir uns kennengelernt haben. Ach, was schreibe ich da, ein Engel muß uns zusammengeführt haben.
Gerade ist der Gefängnispfarrer gegangen, das Gespräch hat mich aber eher durcheinandergebracht als mir geholfen.
Lebt wohl, meine Lieben. Die Gewißheit, daß ihr als Familie zusammenhalten werdet, ist mir ein großer Trost. Bitte, bitte weint nicht um mich. Es gibt nichts zu beklagen und zu bereuen, das wißt Ihr. Eure Tapferkeit wird mir eine große Hilfe sein in meiner letzten Stunde.
Für immer Eure kleine Hexe.

Sechstes Kapitel

I

Wie still es ist, dachte ich und merkte, dass ich Hennys Worte verwendete. Ich horchte nach draußen. Der Kiefernwald schlief, Langhans schlief, jetzt geräuschlos. Und mir wurde bewusst, dass ich einer banalen Erkenntnis nachhorchte. Ein Leben war ausgelöscht worden. Einfach so. Auch ich werde eines Tages wie ein Kerzenlicht ausgelöscht werden. Wenngleich nicht zu erwarten stand, dass es unter ähnlich dramatischen Umständen geschehen wird. In mir ein Gefühl, als hätte jemand Blei in mich hineingegossen. Schwer fühlte sich das an, träge und geerdet. Ich konnte nicht mehr weiterlesen, konnte nicht noch mehr verdauen. Meinen Tränen ließ ich freien Lauf, hatte längst aufgegeben, sie trocknen zu wollen. Henny war nicht nur eine Figur auf dem Papier, sie lebte in meinem Kopf weiter. Im Augenblick aber war mir egal, welche weiteren Briefe geschrieben und von Ádám sorgfältig archiviert worden waren. Otto war der Deckname seines Vaters gewesen, der Vater war tot. Bestimmt wollte er dessen Leben besser verstehen lernen. Ich war die Letzte, die das nicht verstand. Hinter dem Namen Yvette verbarg sich Ádáms Mutter. Langhans muss 1951 mit ihr, der Frau seines ehemaligen Gefährten, Kontakt aufgenommen haben.

Bereits bei gelöschtem Licht, bereits halb schlafend, richtete ich mich nochmals auf. Warum schleppt ein Mann wie Langhans die Unterlagen seiner ersten Frau mit in den Urlaub? Aber dann wurde mir klar, dass das Wort *Urlaub* nie gefallen war. Großer Denkfehler, korrigierte ich mich, er befindet sich auf einer Reise in seine Vergangenheit. Genau das war's. Langhans fuhr nicht nur so durch die Gegend, weil ihm als Rentner langweilig war, er fuhr die Etappen seines früheren Lebens ab. Und am Ende seiner Reise lag Toulouse. Aber nicht, weil Ádáms Mutter dort zufällig wohnte, sondern weil er und Henny sich dort kennengelernt hatten.

2

Als ich am nächsten Morgen erwachte, fühlte ich mich wie betäubt. Sonnenlicht stahl sich zwischen den Vorhängen hindurch. Wie ein Korken im Flaschenhals saß der Traum in mir fest, musste mit Gewalt hinuntergedrückt werden.

So real waren mir Constantin und Bettina erschienen, dass mein armes Herz im doppelten Rhythmus pochte. Die beiden hatten sich nackt in einem See getummelt, wirkten durch und durch glücklich. Da fehlte nichts und niemand. Ich, Zuschauerin, am Rand stehend, ganz bestimmt nicht.

Ich brauchte wieder eine Weile, um mich in der Wirklichkeit zurechtzufinden. Hennys Tagebuchaufzeichnungen zeigten mir, dass die Liebe nie einfach und nie ohne Bedrohung ist. Dann dachte ich an Langhans, der neben dem Wohnmobil schlief, und dass ich jetzt Dinge von ihm wusste, die ich vermutlich nicht wissen durfte. Erst da bemerkte ich, dass etwas nicht stimmte. Kühle Luft trug Stimmen zu mir herein, die Schiebetür stand bedrohlich weit offen. Bestimmt hatte ich sie während der Nacht geschlossen, bestimmt. Widerwillig erhob ich mich, strich die Bluse glatt, sah zum Fenster hinaus und erschrak. Langhans' Matte war nicht mehr zu sehen, war aufgerollt und weggestellt worden. Und sein Schlafsack, rot, weithin sichtbar wie ein Unheil verkündendes Symbol, hing zum Lüften an der Wäscheleine. Manchmal fühlt man instinktiv, dass etwas nicht stimmen kann. Langhans mochte unterwegs sein, um Brötchen zu holen, er mochte im Waschraum sein, und doch zog ich mich eilig an. Suchend drehte ich mich im Kreis. Und tatsächlich, noch während ich überlegte, wonach ich Ausschau hielt, machte ich eine schreckliche Entdeckung, jemand war an meiner Tasche gewesen. Ich dachte sofort an Langhans. Wütend leerte ich den Tascheninhalt und stellte fest: Die Ausweispapiere waren weg. Der Schlüssel vom Auto auch. Hatte Langhans Angst, dass ich mich mitten in der Nacht aus dem Staub machen würde oder während er duschte? Und verdienen Menschen, die nur Böses denken, nicht, dass man ihre Erwartungen erfüllt?

»Du Biest«, schimpfte ich und griff mir ein Shampoo aus seinem Schrank und eins seiner T-Shirts. Meine

Hose befand sich in einem schrecklichen Zustand, ich würde sie waschen müssen, oder noch besser: Ich würde Langhans bitten, beim nächsten Supermarkt anzuhalten, damit ich mir für ein paar Francs eine Hose kaufen konnte.

Ich war mit dem Duschen fertig, ich hatte den Kaffee aufgesetzt, hatte das Bett zusammengeräumt und den Tisch gedeckt, aber Langhans blieb immer noch verschwunden. Er war ein Umstandskrämer, der durchaus Stunden für eine Waschung benötigen konnte, dennoch fühlte ich erneut, dass etwas nicht in Ordnung war. Da erst kam ich auf die Idee, nach seinen Schuhen zu suchen. Drei Paar kannte ich, weil sie immer und überall im Weg herumstanden. Turnschuhe, Wanderstiefel, Sandalen. Und tatsächlich: Es fehlten die Wanderschuhe. Das war nun wirklich nicht zum Lachen. Schlimmer hätte es nicht kommen können, gestand ich mir ein. Der Mistkerl wagte es, meine kostbare Zeit zu stehlen. Und nun verstand ich auch, warum er den Wagenschlüssel eingesteckt hatte.

Um mich abzulenken, aber auch aus Wut über so viel Eigensinn, zerschnitt ich eine von Langhans' Hosen. Besser gesagt, ich ergriff eine schwarze und trennte die Seitennähte auf. Dann kürzte ich sie, verengte sie und vernähte sie auf rechts mit groben Kreuzstichen, die reichlich ungleichmäßig aussahen. Schwarzes Garn war nicht aufzutreiben, deshalb warf ich Langhans' Schlafsack ins Gras, band die Wäscheleine los und entwirrte die weißen Baumwollfäden, bis sie schmal genug waren, um durch das Nadelöhr der einzigen Nadel zu passen, die ich hatte finden können. Die Fäden wellten sich, na klar, und ließen sich nur schwer verarbeiten. Aber das Ergebnis war erstaunlich. Ich hatte aus der Not heraus einen neuen Look kreiert. Die verknoteten Stellen ließ ich extralang herabbaumeln. Mit dem Ergebnis war ich mehr als zufrieden. Bestimmt schlug meine ungewöhnliche Kreation ein. Ein Designer wird mich entdecken, stellte ich mir vor, und mir zu einem der begehrten Studienplätze an einer Hochschule verhelfen. Paris oder Mailand erschienen mir passende Adressen für meine Kreativität.

3

Pilze sammeln. Ich erfuhr es von Mathis. Langhans sei sehr früh losgezogen, er hätte ihn geweckt, hätte ihn nach den besten Plätzen gefragt. Natürlich verrate man seine Pilzplätze nicht, aber ein schöner Spaziergang wäre gut für einen klaren Kopf. Langhans hätte bedrückt ausgesehen. Die Bergluft werde ihm guttun, murmelte Mathis, und ein Grinsen zog seine Wangen auseinander. Er sah aus, als wisse er etwas, von dem ich keine Ahnung hatte.

»Berg?«, hakte ich nach. »Warum Berg? Ist er nicht in der Nähe, im Wald?«

»Nun, die Touristen kommen hierher, weil der stolze Mont Aiguille sie mit einer wunderbaren Aussicht belohnt. Keine Sorge, dein Vater hat eine Karte dabei.«

Ich schluckte verwundert.

»Wie lange ist er weg?«
»Etwa drei Stunden. Lucie hat ihn ein Stück mitgenommen, weißt du. Gegen Mittag, denke ich, wird er zurück sein. Tja, du hast zu lange geschlafen. Ist wirklich unglaublich dort oben.« Marvelous, sagte er und dass er an jedem anderen Tag mitgegangen wäre, aber ausgerechnet heute hätte er keine Zeit gehabt. Er schaute auf die Uhr. Es war eine schmale Damenuhr, die wunderbar zu ihm passte. »Zehn Uhr, komm, schau nicht so traurig drein, mach dir einen schönen Tag.«

Mach dir einen schönen Tag. Mist, wie sollte das gehen, ohne Constantin? Ich wollte auf der Stelle sterben. Obwohl kein Wölkchen das strahlende Himmelsblau trübte, sah ich nur noch grau, fühlte grau und suchte verzweifelt nach einer Möglichkeit, die Vorwärtstaste zu drücken. Constantin war meilenweit entfernt, und das nicht nur geografisch. Meine Aktion kam mir ebenso bescheuert wie sinnlos vor. Ja, tot umfallen, das war der einzig richtige Gedanke. Dann würde Langhans mich finden. Neben dem gedeckten Tisch, neben dem unberührten Frühstück. Ich, so blass und so tot, dass Langhans den Anblick nie mehr loswerden würde. An Vernachlässigung gestorben, das arme Ding. Das Gesicht meiner Mutter, die Trauerränder unter Constantins Augen, ich sah alles vor mir. Die Schuldigen würden sich nicht selbst bestrafen müssen, denn die Trauer, dessen war ich mir sicher, würde sie wie Rattengift innerlich verbluten lassen. Meine Fantasien kamen mir kindisch vor, dennoch genoss ich sie.

In Langhans' Waschbeutel fand ich, neben einem Schraubenzieher, zwanzig verrostete Rasierklingen, eine Creme gegen Akne, zahlreiche Kämme und angebrochene Medikamentenpackungen, eine Pinzette und einen Handspiegel. In Gedanken versunken, setzte ich mich an den Frühstückstisch und begann, meine Augenbrauen zu zupfen. Es gab sonst nichts zu tun. Es gab auch nichts zu denken. Dafür besuchten mich alte Geschichten.

Als wollte etwas in mir Langhans' Motivation verstehen, brachte ich mir die Spaziergänge und Familienausflüge mit Sabine in Erinnerung. Was für einen Grund sollte es geben, wandern zu gehen oder einen Ausflug zu unternehmen? Ich kam dem Geheimnis einfach nicht auf die Spur. Kein einziges Erlebnis verband ich mit Freude. Entweder stolperte Sabine bereits im Garten über den nicht zusammengerollten Wasserschlauch, und wir kehrten um. Wobei ich mir tagelang anhören musste, dass ich den Schlauch hätte aufrollen sollen.

Oder Sabine konnte die Fahrkarten nicht finden; ich saß erwartungsvoll neben dem karierten Rucksack, und nach einer halben Stunde vergeblichen Suchens wurde der Ausflug in die Pfalz abgeblasen. Selbst wenn man den Bus oder Zug erreicht hatte, fehlte immer irgendetwas Wichtiges. Geld oder Sabines Ausweis oder ihre Sonnenbrille.

Am schlimmsten war der Versuch, einen Fahrradausflug zu starten. Gerda war zu einem ihrer seltenen Besuche vorbeigekommen. Der Picknickkorb stand bereit, die Badesachen waren in Handtücher eingerollt worden und füllten die Satteltaschen. Mein Lieblingsteddy thronte vorne auf der Lenkstange. Ich war klein, hatte gerade Fahrradfahren gelernt. Damals wohnten wir in Ettlingen. Noch in der Stadt, noch keine fünfhundert Meter vom Haus entfernt, geriet Sabines Umhängetasche in die Speichen. Sie stürzte, überschlug sich, wurde ins Krankenhaus eingeliefert. Die Sonnenbrille hatte sich tief ins Wangenfleisch eingegraben. Zwei Zähne mussten ersetzt werden. Gerda war wütend, wollte zuerst nach Hause fahren, überlegte es sich dann aber anders. In meinem Gedächtnis wollte kein geglückter Ausflug auftauchen.

Mit Constantin konnte ich darüber nicht reden. Er war so verdammt normal. Ich meine, seine ganze Familie war so verflixt normal. Neben ihm kam ich mir wie eine Außerirdische vor, unerfahren und unsicher. Vor weniger als einem Monat hatte er versucht, mich zu einer Wanderung in den Schwarzwald zu überreden. Eine gruslige Situation, vor der ich mich bereits im Vorfeld gefürchtet hatte.

»Ist nicht weit zu fahren, ein paar Kommilitonen kommen mit, die Wutachschlucht, kennst du die?«

Er träumte, das wurde mir schmerzlich bewusst, und gleichzeitig spürte ich, wie mir Stacheln aus der Haut fuhren.

»Wozu das Ganze?«

»Wie meinst du das?« Sein Blick fragend, die Nackenmuskeln schienen angespannt.

»Wozu soll der Abstieg in eine Schlucht gut sein? Ich kenne niemanden, dem das Spaß macht.« Ich hatte mich einfach nicht getraut, mein Bein als Argument anzuführen. Constantins Gesicht drückte Enttäuschung aus, deshalb lenkte ich ein: »Nur wir beide, dann komme ich vielleicht mit.«

»Vielleicht, was kann ich mir dafür schon kaufen? In allen Dingen bist du unverbindlich. Echt, das klingt in meinen Ohren nach einer laschen Ausrede. Es wäre schön, wenn du zur Abwechslung einfach mal auf etwas Lust hättest. Die Schlucht ist bei schönem Wetter wirklich sehenswert.«

»Es wird regnen.«

Es hatte geregnet. Ich war nicht mitgegangen, und Constantin hatte eine Woche lang nicht angerufen.

Eine Erinnerung nach der anderen fädelte ich wie Perlen auf. Die Schnur neigte sich dem Ende zu, ich sah auf. Und erschrak. Über meinen Augen befanden sich zwei Streifen weißrosafarbener Haut. Im Spiegel erkannte ich ein junges Ding, dessen Stirn starke Ähnlichkeit mit Hühnerhaut aufwies. Der Schreck war so groß, dass ich samt Stuhl umkippte und im Gras landete. Mit der flachen Hand holte ich aus, schlug mir rechts und links auf die Wangen. Damit war nicht alles, aber doch einiges entschieden. Mein Ziel, Constantin so schnell wie möglich zu erreichen, konnte ich getrost auf Eis legen. Nun war es egal, wie lange die Anreise dauern würde, so konnte ich ihm nicht unter die Augen treten.

Um Schadensbegrenzung bemüht, kramte ich meinen Kajalstift hervor und errichtete über meinen Augen zwei Brückenbögen. Als alles nichts half, schichtete ich den Pony darüber. Hoffentlich kam kein Wind auf, denn auf Langhans' Reaktion musste ich nicht gespannt sein. Sein Gelächter würde den Campingplatz erschüttern.

Es war nach elf Uhr. Mein Magen knurrte. Rastlos durchstöberte ich meine Umgebung. Wie ein gereizter Tiger ging ich zum Waschhaus. Das Restaurant war geschlossen. Wäre mir irgendjemand, eine Ziege vielleicht, über den Weg gelaufen, ich hätte sie in Stücke gerissen. Aber niemand da, alle waren sie unterwegs, alle waren sie glücklich.

4

Aus Langeweile und um das Hungergefühl zu vergessen, hängte ich einen der dunkelgrünen Vorhänge ab. Samtig weich fühlte sich der Stoff an, ohne die Schwere von echtem Samt zu besitzen. Meine Wut war groß. Auf mich selbst, auf Langhans, auf die ganze Welt. Soll er sich wundern, soll er stöhnen. Das Grün passte wunderbar zum Schwarz meiner neuen Hose. Nur dumm, dass die Sonne den Stoff einseitig ausgeblichen hatte, beim Zusammennähen musste ich höllisch aufpassen. Dennoch, in weniger als einer Stunde hatte ich mir eine neue Bluse gezaubert. Das geliehene T-Shirt hängte ich wieder in den Schrank. Danach, ohne zu wollen, griff ich wieder zu Hennys Tagebuch, blätterte es noch einmal durch und wurde ruhig.

Der Tiger in mir schnurrte verunsichert. Bestimmt hätte ich Langhans ein paar Fragen gestellt. Zu den

Hintergründen zum Beispiel, von denen ich so wenig wusste und die mich im Geschichtsunterricht kein bisschen interessiert hatten.

Warum sollte Otto ein Kollaborateur gewesen sein, und was war das genau? Auch Langhans' Verhältnis zu Yvette, Ádáms Mutter, war mir absolut unklar. Wieso wollte er sie in Toulouse besuchen, sie mochte ihn nicht, trug ihm etwas nach. So wie ich.

Kein Wort mehr wollte ich mit ihm sprechen. Durch seine Abwesenheit, durch seinen Übergriff auf meine Tasche, hatte Langhans jede Annäherung vergeigt.

Und doch interessierte es mich, was damals passiert war und wie er Hennys Tod und den seines besten Freundes verarbeitet hatte. Wann war Otto gestorben und woran? Oder fragt man in Kriegszeiten: durch wen?

Da ich mir einen Überblick verschaffen wollte, suchte ich im Wohnmobil nach Papier, fischte einen Stift aus meiner Tasche und skizzierte einen Beziehungsbaum mit den wichtigsten Personen, die mir in Hennys Aufzeichnungen oder Langhans' Erzählungen begegnet waren. Dr. Seufzer, wie mein Geschichtslehrer seit der Achten genannt wurde, legte seine Hand auf meine Schulter, stand mir kopfschüttelnd Pate.

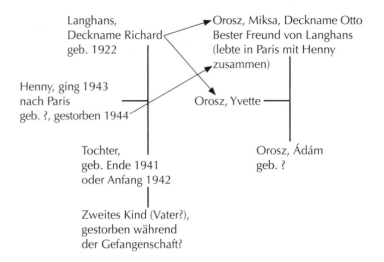

Um mir mehr Gewissheit zu verschaffen, las ich alle Einträge und Briefe ein zweites Mal, suchte nach Zahlen, vor allem aber nach Antworten. Und diesmal hörte ich nicht nach dem Abschiedsbrief auf, sondern las auch die angehängte Urteilsverkündung:

»IM NAMEN DES VOLKES – in der Strafsache gegen **Henny Oberlin** geb. Kastler ohne festen Wohnsitz, zuletzt gemeldet in Paris, Frankreich, geb. am 16.4.1923 in Saarwellingen, zur Zeit in dieser Sache in Haft wegen Vorbereitung zum Hochverrat, hat der Volksgerichtshof aufgrund der Hauptverhandlung vom 1. Oktober 1944 an welcher teilgenommen haben als Richter ... für Recht erkannt. Frau Henny Oberlin hat in der Emigration jahrelang mit Volksverrätern Kontakt gepflegt und aufs übelste marxistische Hochverratspropaganda betrieben. Aus diesem Grund wird sie bestraft mit dem **Tode**.«

Ja, es gab kein Zurück. Alles kann man in Tagebüchern erfinden, jede mögliche Heldentat erdichten, doch dieses Urteil hatte niemand gefälscht, es war verdammt echt. Dennoch wusste ich nicht, warum mich das derart tief berührte. Tiefer als Sabines Augenkrankheit, tiefer als ihre Unfähigkeit, ein glückliches Leben zu führen. Ohne nachzudenken, riss ich ein weiteres Blatt aus dem Spiralblock, schob den Campingtisch in den Schatten, setzte mich und begann zu schreiben. Es war nicht mein erster Brief an sie, aber der erste, den ich ohne Aufforderung von außen schrieb.

Liebe Sabine,

Natürlich hörte ich bereits nach den ersten beiden Wörtern auf. Es war gelogen. Ich liebte meine Mutter nicht. Sie war ein schrecklicher Mensch. Niemand würde ihr je verzeihen können. Ich jedenfalls nicht. Und trotzdem, wenn ich jetzt nicht weitermachte, ich hätte es nicht einmal versucht.

Ein neues Blatt, es musste ein neues Blatt sein.

Sabine,
ich sitze hier in Frankreich, es ist warm, es ist schön. Und doch, ich fühle mich auch sehr allein. Verzeih mir, dass ich am Telefon nicht mit Dir sprechen wollte. Es passiert so viel, und da ist Constantin, der mich nicht mehr liebt, aber den ich sehr, sehr liebe. Ich muss ihn sehen. Das verstehst Du vielleicht. Wenn ich ihn gefunden habe, werde ich Dich

anrufen. Dann geht es mir besser, bestimmt ist dann alles wieder gut. Und dann werde ich auch wieder zurückkommen, und ich werde auch wieder im Stift arbeiten. Mach Dir also keine Sorgen.

Den letzten Satz strich ich. Sabine machte sich höchstens Sorgen um sich selbst. Pflanzen haben keine Gefühle, brummte ich vor mich hin. Stattdessen notierte ich:
*Wenn Gerda anruft, sag ihr, sie soll sich keine Sorgen machen.
Liebe Grüße Viebke.*

Auch das »Liebe« strich ich durch.

5

Die ganze Zeit schon fühlte ich mich beobachtet, als würde mir jemand über die Schulter gucken. Sorgsam faltete ich den Brief zusammen und schaute mich um. Da war niemand. Der Campingplatz, so schrecklich leer, dass ich mir Sorgen um Mathis' und Lucies Einkommen machte. Ein einzelnes Zelt stand auf der unteren Terrasse verankert, aber kein Auto, kein Wohnwagen. Im Wald gab es Plätze, die ich nicht einsehen konnte, doch mir war auch niemand begegnet. Die meisten Übernachtungsgäste scheinen nur eine Nacht zu bleiben. Eine einsame Gegend. Hier kann man wirklich auf die Idee kommen, so was Blödes zu tun wie Pilze sammeln. Ich entschloss mich, den Brief rasch

aufzugeben, bevor ich es mir anders überlegen konnte. Einen Umschlag hatte ich im Wohnmobil leider nicht finden können. Dafür allerhand andere interessante Dinge. Ein Notizbuch zum Beispiel. Wem es gehörte, war unklar, die Schrift krakelig, zerfasert, schwer zu lesen. Zunächst hatte ich vermutet, dass es sich um ein Tagebuch handeln könnte. Ich wollte es nicht lesen, doch dann stellte ich fest, dass es nur Fragen und Stichworte enthielt.
- *Kann man Liebe mit kaltem Wasser aufbrühen?*
- *Ist Krieg ein Infekt, und spürt man davor ein Ziehen in den Gliedern?*

Ein Zitat aus einem Buch folgte:
- *Sie besitzt jene angenehme Verderbtheit, die aus Unruhestiftern fast ... »Jenseits von Gut und Böse«, S. 325.*

Mehr als verwundert schüttelte ich den Kopf. Was sollte das? Beim besten Willen entdeckte ich in den Aufzeichnungen keinen Sinn. Dennoch faszinierten sie mich.
- *Wo beginnt der Himmel?*
- *Wie entsteht Glück und wozu?*

Und die Antworten? Neugierig geworden, suchte ich danach, blätterte das Heft durch, durchstürmte es regelrecht, einem kalten Westwind gleich, der das Unterste nach oben dreht und nach versteckten Botschaften sucht. Die Frage nach dem Glück war genial. Was bedeutet Glück, und woran ist es zu erkennen? Hat es eine Farbe? Gelb, rot. Es könnte orange sein und für alle Menschen gleich. Aber nein, gewiss ist das nicht der Fall. Gibt es Ereignisse oder Stimmungen, die alle Menschen beglücken? Ein Sonnenaufgang zum Beispiel oder das Lachen eines Kindes? Und sollte ich dem Besitzer des Heftes ein paar Antworten spendieren? Kaum hatte ich diesen Gedanken gedacht, wurde mir klar, dass ich seine, Langhans', Wortwahl kopierte.

Nein, nichts werde ich spendieren, rein gar nichts. Ich starrte auf das Armaturenbrett, stellte fest, dass es nach zwölf Uhr war. Rasch legte ich das Notizbuch zurück und machte mich auf den Weg zur Rezeption. Bestimmt verging die Zeit schneller, wenn ich etwas Sinnvolles tat. Ich würde Mathis und Lucie nach einem Briefumschlag fragen. Eine Briefmarke brauchte ich auch.

Ganz gegen meine Gewohnheit nahm ich den Müllbeutel mit. Keine Ahnung, warum. Ich wollte aufräumen und weiterfahren, selbst wenn ein glückliches Wiedersehen mit Constantin in weite Ferne gerückt war. Die Mülltonnen standen nicht beim Waschhaus oder bei der Rezeption, sondern in der Nähe der Einfahrt. Also trottete ich den Kiesweg zur Straße hoch. Ein Blick kann nicht schaden, entschied ich, vielleicht kommt er gerade angestampft, vielleicht kommt er auf allen vieren angekrabbelt, erschöpft, ausgelaugt und muss gestützt werden. Wie Metallfische sperrten die Müllcontainer ihre Münder auf, ich warf den Beutel in hohem Bogen hinein. Dann ließ ich meinen Blick schweifen. Ein Wagen kam angebraust, fuhr langsamer, doch dann gab der Fahrer Gas, brauste vorbei. Kein Fußgänger weit und breit. Nur ein weiterer Wagen, einer, der sich nicht auf den Campingplatz gewagt hatte, stand in einer Parkbucht. Vielleicht handelte es sich um ein Reservefahrzeug von Mathis. Aus Langeweile, vielleicht auch aus Neugierde musterte ich den abgestellten Wagen. Und sah, dass es ein weißer Renault war. Das Nummernschild sagte mir nichts, natürlich nicht, aber war es Zufall, dass Ádám auch einen weißen Renault gleicher Bauart fuhr? Ohne zu zögern, ging ich auf den Wagen zu. Ich rannte nicht, ging aber schnell, als könnte ich eine Sensation verpassen. Es war heiß, Schweiß stand mir auf der Stirn, und meine neue Bluse zeigte sicher erste Flecken unter den Armen.

»Kennst du den Wagen?« Plötzlich stand jemand hinter mir, und ein Schreckensbiss traf mich im Nacken.
»Jesus, Mathis, don't do that again.«
Doch er lachte mich aus.
»Der da« – seine Schulter zuckte nach vorne – »steht schon die ganze Nacht hier.«
Ich sagte nichts, was sollte ich auch sagen? Schließlich hatte ich keine Ahnung, was die Anwesenheit dieses Autos bedeutete. War es überhaupt Ádáms Wagen? Ich versuchte, an Mathis vorbei einen Blick ins Wageninnere zu werfen, entdeckte eine Malerplane und eine einzelne Schaufel mit geborstenem Stiel.
»Was ist jetzt mit deinem Vater, er müsste längst zurück sein! Wolltet ihr nicht weiter? Ich mag euch, aber wer nicht bis zwölf Uhr bezahlt …«
»Ich weiß schon«, unterbrach ich ihn. »Er kommt bestimmt bald.«
Mit diesen Worten wandte ich mich ab. Ich hatte

vergessen, dass ich ihn um einen Briefumschlag bitten wollte, hatte vergessen, dass ich Ablenkung gesucht hatte. In mir eine merkwürdige Unruhe. Wie ein verlassenes Jungtier ging ich zum Wohnmobil zurück und kochte mir eine Fertigsuppe.

6

Ein Geräusch weckte mich. Langhans war zurück. Ich sah auf, als er gerade seinen Schlafsack aufhob. Um den Schlafsack in die Hülle zu stopfen, musste er sich hinsetzen, mit dem Gleichgewicht schien er Probleme zu haben. Ich weiß nicht, warum mich das so berührte. Unsere Blicke trafen sich durch das kleine Seitenfenster. Ich spürte Tränen hochsteigen, als ich bemerkte, dass er einen eingetrockneten Blutfleck auf seinem Hemd zu verstecken versuchte. Viel zu hastig nestelte er an den Knöpfen. Schwer zu beschreiben, aber auf meinen Oberarmen spürte ich ein Kribbeln, begriff, dass ihm etwas zugestoßen sein musste und ich das durch Glas und Metall hindurch spüren konnte. Langhans war gealtert, von einem auf den anderen Tag. Die Haare wirkten zerzaust, die Tränensäcke hingen deutlich sichtbar nach unten. Dann aber lächelte er, und der Augenblick der Schwäche schien überwunden. Er kam zu mir herein, räumte den Schlafsack weg, sah sich um.

»No, schon auf den Beinen?« Langhans hüstelte, als hätte er lange mit niemandem gesprochen. »Tut mir leid, ich dachte, ich wäre früher zurück. Hab mich verlaufen.« Mehr sagte er nicht.

»Scheißkerl«, brummte ich. Meine Lippen fühlten sich spröde an. »Du hast meine Papiere eingesteckt.«

»Hoho, nicht so grob, Prinzessin. Hab Nachsicht mit einem alten Kämpfer. Friedenszeiten sind gefährliche Zeiten. Man vertraut den Menschen, und zack klauen sie einem den Wagen und fahren damit weg. No, das wollte ich vermeiden.«

»Noch nie was von Freundschaft gehört? Apropos Freundschaft.« Ich fragte ihn nach Ádám, erzählte vom Renault. Verwundert schüttelte er die weiße Mähne. Er habe nichts gesehen.

»Wo steht der Wagen?«, wollte er wissen.

»Auf der Straße.«

Gemeinsam gingen wir hin. Der weiße Kies in der Parkbucht schimmerte im einfallenden Sonnenlicht silbern, und Reifenabdrücke zeugten davon, dass hier ein Auto gestanden hatte.

»Bist du dir sicher, dass es seiner war?«

»Nein.«

»No, siehst du. Er wäre doch nicht gefahren, ohne sich bei uns zu melden. Warum sollte er uns überhaupt hinterherfahren, sind wir etwa interessant?« Langhans lachte, zwinkerte mir zu, doch er sah aus wie jemand, der sich an einen anderen Ort wünschte.

»Was ist los?«, fragte ich.

»Ádám ist zu alt für dich, schlag ihn dir aus dem Kopf. Oder hast du dich für mich umgezogen?« Er deutete auf die neuen Kleidungsstücke.

Was redete der Alte da?

»Was ist los?«, wiederholte ich. »Woher stammt das Blut?«

Langhans wich erneut aus, sein Blick war an meiner Hose kleben geblieben.
»Du warst einkaufen?«
»Ja, da staunst du. Man kauft einen Stoff, legt ein Schnittmuster drauf, näht die Einzelteile zusammen, fertig.«
»Du hast das selbst geschneidert? Warum sollte man Zeit verschwenden, um so scheußliche Fetzen zu nähen?«
»Weil das einmalig ist. Du hast echt keine Ahnung.«
Erst jetzt stellte ich einen neuen Duft an ihm fest. Den musste er aus dem Wald mitgebracht haben. Er roch, wie frische Walnüsse riechen, wenn die inneren Häute noch hell und feucht sind.

7

Wir einigten uns darauf weiterzufahren. Auch wenn wir für zwei Tage zahlen mussten. Er schickte mich mit dem Geldbeutel los, und ich nutzte die Gelegenheit, mir Zahncreme, Shampoo und eine Gesichtscreme zu kaufen. Mit einem Lächeln überreichte ich Mathis und Lucie meine Adresse, lud sie ein, mich in Karlsruhe zu besuchen. Und sie versprachen, meinen allerersten Mutterbrief einzuwerfen. Erst jetzt sah ich, sie hatten ein Kind. Mathis kniete vor dem Kinderwagen, schubste mit seiner Wange die Hand des Kleinen an, wie eine Katze das tut, wenn sie gestreichelt werden möchte. Das Kind verstand, steckte einen von drei Schnullern in den Mund, drehte ihn in die richtige Position, dann tätschelte es gedankenverloren den Kopf des Vaters. Mathis hielt die Augen geschlossen, während er mit mir sprach. Da stand für mich fest: Ich wollte genau so einen Mann für meine Kinder haben. Meine Kinder sollten nie ohne Vater sein. Damit das vielen Kindern vergönnt sein würde, beschloss ich, Familienministerin zu werden, noch besser Eheberaterin.

»War's schön?« Seine Wanderschuhe standen wieder mitten im Weg. »Da oben, meine ich, auf dem Berg? Die Aussicht und so?« Ich plapperte wie ein Papagei, dabei wollte ich ihn etwas ganz anderes fragen: Wie war Henny in echt? Aber ich wusste nicht, wie anfangen, deshalb fuhr ich fort: »Du hättest ruhig früher zurückkommen können, finde ich.« Ich musste mich bücken, um seine Schuhe unter den Tisch zu räumen.

»Ach, schau an, willst du einem alten Mann beibringen, wie er einen Tag älter wird? Nicht nötig. Im Übrigen habe ich mich entschuldigt.«

Er musste immer das letzte Wort haben. Ungeduldig schob ich die Nahrungsmittel in den Kühlschrank. Zum Spülen war ich nicht gekommen.

»Ich habe Hennys Aufzeichnungen gelesen.« Sofort bereute ich meine Worte.

Mitten in der Bewegung hielt er inne. Langhans hatte geduscht, jetzt zog er sich vor meinen Augen an. So etwas wie Scham schien er nicht zu kennen. Aus seinen dreiviertellangen Unterhosen ragten nicht mehr wirklich schöne Beine hervor.

»Joi, es stimmt, ich bin ein Esel. Ich habe dir selbst die Unterlagen in die Tasche gelegt.«

»Und wieder herausgeholt.«
»No, sind wir quitt oder nicht? Wo sind die Briefe jetzt?«
»Hab ich zurück ins Regal gestellt.«
Einen Socken noch in der Hand, öffnete er das Bad.
»Hast du die Unterlagen an genau die gleiche Stelle zurückgelegt?« In seiner Stimme schwang Panik mit. »Du darfst meine Bücher nicht verschieben, hast du gehört.«

Da war ich mir sicher, die Bücher konnte er nur aufgrund von optischen Hilfen, Größe, Beschaffenheit und Farbe, auseinanderhalten. Er konnte nicht lesen, und er war ein Lügenweltmeister und Verheimlicher.

Gerade kaute ich den Gedanken schön weich, suchte nach einer Entscheidung, ob ich ihn dafür bewunderte oder verachtete, da holte mich seine brummige Stimme in die Wirklichkeit zurück.

»No, warum antwortest du nicht, bist du taub? Reden kostet nichts.«

Seine Launenhaftigkeit ging mir auf den Wecker. Etwas schien ihn zu bedrücken. Ich könnte ihn noch mehr bedrücken, wenn ich wollte. Wie schaffst du es, dein Analphabetentum so gut zu verstecken? Du traust dich zu behaupten, du hättest Spanisch studiert, dabei kannst du nicht einmal lesen. Meine Lippen waren bereits gespitzt. Doch ich zögerte.

Es war unser zweiter gemeinsamer Tag oder unser dritter, je nachdem, ob man den verschlafenen Nachmittag durch die Schweiz mitzählte oder nicht. Er war ein grober Holzklotz, und daran würde sich nichts je ändern.

8

So viel gestaltete Landschaft, dachte ich während der Weiterfahrt. Wer nur bestellt die Felder, wer mäht die Wiesen? Keine Menschenseele war zu sehen. Zwischen den Feldern Alleen, Langhans nannte mir die Namen der Bäume.

»Das sind Platanen, das sind Pappeln. Kiefern taugen nicht als Alleenbäume, sie wachsen, wie sie wollen, lassen sich vom Wind verbiegen. Dort hinten, ein Pinienwäldchen, dafür sind Kiefern gut, zur Holzgewinnung.«

Ich hörte zu, ohne zu antworten. Baumnamen sind etwas für Langweiler, befand ich, schließlich hatte ich nicht vor, Gärtnerin zu werden.

Irgendwann, wir waren bereits eine Weile unterwegs, hielt ich es nicht mehr aus.

»Es tut mir leid, ich meine, dass ich Hennys Briefe gelesen habe, ohne zu fragen.« Von ihm nur ein trockenes Husten als Antwort. »Vielleicht kann ich das wiedergutmachen.«

»Sie meinen?«

»Du darfst mir was über sie erzählen.«

»So also buchstabiert sich Wiedergutmachung?«

»Wenn du mich kennen würdest, wüsstest du, dass ich mich niemals für Geschichte interessiert habe, eiserne Regel. Es ist deine große Chance, etwas zu erreichen, was vor dir kein Lehrer erreicht hat.«

»Oh, ein Kompliment, mehr als das, ein Anpirschen, ein Einschleimen.«

»Du und Henny, ihr wart also Kommunisten?«
»No, klingt aus deinem Mund wie ein Schimpfwort. Aber du hast recht. Wir waren jung und haben an ziemlich vieles geglaubt, woran ich heute nicht mehr glauben kann. Den Faschismus würde ich aber immer noch überall bekämpfen, egal wo ich ihm begegne. Mensch, was schuckst du so herum. Pass auf, der überholt uns.«
Ein Kombi rauschte rechts vorbei.
»Ich muss mal. Zeit für eine Pause.« Schon setzte ich den Blinker, schon fuhr ich auf einen Parkplatz.
»Probleme mit der Blase?«
»Ne, nachdenken.«
»Joi, ich fasse es nicht, die Prinzessin wird zur Denkerin.«
»Nichts joi, das Denken ist nicht den alten Männern vorbehalten.«
»Sag ich gar nicht. Ich freue mich. Ehrlich, dass du dich für Henny interessierst, ist eine gute Wahl. Aber ich weiß nicht, ob ich der Richtige für dein plötzlich erwachtes Geschichtsinteresse bin. Zu dicht am Geschehenen dran, wenn du verstehst.«
Ich hatte den Motor abgestellt, stieg aber nicht sogleich aus, sondern wandte mich ihm zu. Mein Blick haftete an den tiefen Falten in seinem Gesicht. Keine Lachfalten. Was bedrückte ihn?
»Ádám und du, ihr habt euch gestritten, worüber? Weißt du, ich glaube nämlich doch, dass er uns hinterhergefahren ist. Und ich bin mir fast sicher, dass es mit Hennys Geschichte zusammenhängt beziehungsweise mit diesem Projekt. Habt ihr euch wieder geprügelt? Denk an letztes Mal.« Ich deutete auf den Verband an

seiner Hand, der inzwischen nicht mehr weiß, sondern grau war.

Doch Langhans ließ sich nicht aus der Reserve locken, neigte den Kopf. Neben uns, im grünen Picknickbereich, hantierte ein älteres Ehepaar. Ein kariertes Tischtuch wurde schwungvoll auf einer Waschbetontischplatte ausgebreitet. Die beiden lachten, spielten ein Spiel. Sie warf ihm aus einem Korb Käse, Baguette und Äpfel zu, er drapierte sie zu einem hübschen Stillleben. Ähnliches hatte ich im Kunstunterricht zeichnen müssen. Ein Mädchen, vielleicht die Enkelin, kam angerannt, stellte sich auf die Bank, beugte sich tief hinunter und riss ein großes Stück Brot ab. Warum hatte Langhans keine Enkelkinder, warum lebte Ádám nicht mit seiner Frau zusammen?

Als hätte Langhans ähnliche Gedanken, fragte er unvermittelt:

»No, warum ist es so schwer, den richtigen Ton zu finden? Du und ich, wir reden immer aneinander vorbei, nicht wahr? Du interessierst dich für gar nichts, dann interessierst du dich plötzlich doch. Du grapschst dir meine Unterlagen, doch dann stellst du die falschen Fragen.«

»Es gibt keine falschen Fragen. Es gibt nur die Angst vor den richtigen Antworten. Heute Nacht, nachdem ich alles gelesen habe, nun ja, die in Deutsch verfassten Seiten eben, wollte ich mit dir darüber reden, aber du hast ja geschlafen, und dann warst du den ganzen Tag weg.«

Als hätte er meine Vorwürfe überhört, trank er einen kräftigen Schluck aus der Wasserflasche, bot mir den

Rest an. Wasser rann ihm aus den Mundwinkeln, blieb an grauen Stoppeln hängen. Er hatte sich seit Tagen nicht rasiert.

»No, zuerst musst du wissen, die Unterlagen hat Ádám zusammengestellt. Ich habe sie noch nicht lange. Erst nach dem Tod meiner zweiten Frau kamen sie mit der Post angeflattert, als hätte der Himmel sich aufgetan, um mich mit der Vergangenheit zu überschütten. Dazu die Ankündigung, dass es ein Drehbuch gibt und ein Produzent gesucht wird. Kannst du dir mein Erstaunen vorstellen? Ein richtiger Schock. Dieser Kerl fährt seit Jahren herum und sammelt wie ein Spürhund Material über mich und Henny und sagt mir keinen Ton. Selbst meine Briefe, die ich in Rumänien zurücklassen musste, hat er aufgetrieben.«

»Wer hat denn das Drehbuch geschrieben?«

»Keine Ahnung. Er oder ein Profi. Hinter meinem Rücken auf jeden Fall.«

»Vielleicht probiere ich so etwas auch mal.«

»Ach, daher also dein Interesse. Jetzt verstehe ich.«

»Gar nichts verstehst du, Hennys Leben interessiert mich wirklich. Hast du sie geliebt? Warst du traurig, als ihr euch trennen musstet?«

9

Erneut überhörte Langhans meine Fragen, redete weiter, als hätte er einen Vortrag einstudiert. Ich musste aufs Klo.

»Lass uns Klartext reden. Was soll dieses Drehbuch

für eine Qualität haben? Und was kümmert die beiden Henny, frage ich dich? Selbst die Archive in Berlin hat Ádám angeschrieben.«

Es wurde unerträglich warm im Wagen, seit der Fahrtwind fehlte.

»Hennys Urteil wollte ich nie lesen, doch er hat es mir ungefragt zukommen lassen. Und weißt du, wie er an das Material gekommen ist?« Langhans kostete die Spannung aus, schnalzte mit der Zunge. Ich zuckte zusammen, als ein rabenähnlicher Vogel im Tiefflug an der Frontscheibe vorbeiflog.

»Wie?«, hakte ich nach.

»Der Kerl hat sich als mein Sohn ausgegeben. Und die Trottel verlassen sich auf seine Aussage. Und dabei hat er in seinen Augen nicht einmal gelogen. Jetzt halt dich fest, Prinzessin. Seine fixe Idee ist, dass ich und seine Mutter ein Verhältnis hatten. Keine Ahnung, wie er darauf kommt. Er ist Jahrgang vierundvierzig, hättest du nicht gedacht, nicht wahr. Er sieht wie ein Mittdreißiger aus, der Windhund. ›Erhol Dich bei mir, wir feiern Wiedersehen‹, stand in seinem Brief. Da denkt man sich doch nichts Böses. No, konnte ich früher immer mit ihm reden. Jetzt sucht er Streit, behauptet, ich sei ein Lügner, ausgerechnet ich. Wo ich doch meinen Mund nicht halten kann, nie, auch wenn ich mir dadurch selbst schade. Du bist meine Zeugin, Prinzessin, hast es am eigenen Leib erfahren.«

Langhans wischte sich die Stirn, öffnete die Tür und schnappte nach Luft, als würde ihn diese Einsicht wertvollen Atem kosten.

»Auch Jesus ist mein Zeuge, nie im Leben hätte ich

ihn aufgesucht«, kehrte er zum Thema zurück, »wenn ich gewusst hätte, was ihn umtreibt. Dieser Bastard raubt mir den Verstand. Wie soll ich dir das erklären, ohne ausfallend zu werden, denn es ist absurd, ich war 1939 bis 1944 in Toulouse und die anderen in Paris. Ich kann also nicht sein Vater ...« Neben uns klopfte es an die Scheibe.

Schade. Gedanken wurden durcheinandergewirbelt. Verzweifelt versuchte ich, sie aufzufangen. Geschichtszahlen waren mir ein Gräuel und einzig und allein dazu erfunden worden, um Macht auszuüben. Lehrer durften einen gnadenlos abstrafen, wenn man sie vergaß. Dabei konnte ich sie gar nicht vergessen, weil ich sie mir erst gar nicht zu merken versuchte. Wenn Zahlen jedoch im Zusammenhang mit Geschichten, also in Romanen und Erzählungen, auftauchten, war das etwas ganz anderes. Auch während des Lesens von Hennys Aufzeichnungen hatte ich auf die Jahreszahlen geachtet. Es war so schon schwer genug gewesen durchzublicken. Armer Langhans. Wenn Henny zum Zeitpunkt ihrer Verhaftung wirklich schwanger gewesen war, sie und Langhans sich aber nicht mehr getroffen hatten, von wem war dann das Kind? Deutlich erinnerte ich mich an eine Briefzeile: ... *daß dieses Kindchen den Stiefeln der SS zum Opfer gefallen ist.* Vielleicht log aber auch Langhans, und er war doch in Paris gewesen. Dann könnte er sehr wohl Ádáms Vater sein. Geriet er nicht stets außer sich, wenn er von dieser Zeit berichtete, wie einer, der sich rechtfertigen musste? Es klopfte erneut. Erstaunt schaute nun auch ich auf. Die Beifahrertür wurde noch ein Stück geöffnet, und ein fremdes

Lächeln schlich sich zwischen die Vordersitze. Ob wir an ein paar Resten interessiert seien, wollte der Picknick-Mann wissen. Eier- und Nudelsalat, zu schade zum Wegwerfen, aber er wolle nicht aufdringlich erscheinen.

»Natürlich, wir freuen uns.« Sofort entspann sich ein angeregtes Gespräch, Langhans stieg aus. Er kam mit mehreren Schüsseln und einem Stück Baguette zurück. Eifrig befüllte er Teller.

»Siehst du.« Langhans strahlte, wiederholte sich, »siehst du, das sind die Franzosen. Meine Güte, wäre ich doch damals nicht so blöd gewesen, nach Rumänien zurückzukehren. Ein echter Franzose hätte ich werden und im Paradies leben können. Aber nein, an den Sozialismus habe ich geglaubt, ein rechtes Rindvieh war ich. Komm, setz dich, lass uns die Pause nutzen und ins Glück beißen.«

»Du spinnst.« Nach kurzem Zögern und ein paar Probehäppchen entführte ich ihn wieder in die Vergangenheit.

»Wann bist du aus Toulouse weg?«

»Gott sei Dank spät genug, um nicht auch noch nach Russland verschleppt zu werden. Aber sag mal, hörst du mir nicht zu?«

»Doch, natürlich. Du sprichst von Rumänien. War deine Tochter bei dir?«

Zerstreut starrte er mich an.

»Sechzehn Jahre habe ich es dort ausgehalten, dann bin ich verduftet. So sah das mit dem falschen Sozialismus aus. Die Idioten schwammen wie Fettaugen oben, die Intelligenz wurde unterdrückt. Wer konnte, ist abgehauen. Lass uns ein Gläschen Wein trinken, lass mich dir sagen, dass ich mich gut an dich gewöhnt habe.«

»Ich trinke nicht, ich will noch fahren. Morgen möchte ich in Toulouse sein.«

»Morgen schon?« Er sprach mit vollem Mund. »Mein Gott, du bist die Penetranz in Person, eine Antreiberin, zielstrebig. Aber ich muss dir gestehen, ich habe noch etwas zu erledigen. Ich muss einen bestimmten Ort besuchen, der mir sehr wichtig ist. Liegt direkt auf dem Weg.«

»Und was ist mit Toulouse?«

»Langsam und der Reihe nach. No, müssen wir nicht sowieso irgendwo übernachten?«

»Wenn du jetzt sagst, es sei spät geworden, beginne ich zu schreien. Wer ist heute Vormittag wandern gewesen?«

»Schrei, mein Kind, schreien befreit. Und ich weiß ja, dass du es eilig hast, du willst zu deinem Schatz. Aber gemach, mit diesen Augenbrauen warten wir noch ein paar Tage, was meinst du?« Erneut lachte er, Nudeln fielen zu Boden, er hob sie nicht auf. Und plötzlich hörte ich mich ebenfalls lachen. Wir lachten um die Wette, bis ich Schluckauf bekam. Er hatte ja recht, an die Teilnahme an einem Schönheitswettbewerb war im Augenblick nicht zu denken. Rasch stieg ich aus und lief aufs Klo.

10

Am Vortag noch war ich felsenfest davon überzeugt, dass einer von uns das Reiseziel nicht lebend erreichen würde. Weil ich in den Graben fahren oder ihn erdrosseln würde.

»Na, sag schon, ist es die große Liebe? Und was sagt deine Mutter dazu?«, wollte er wissen, während ich mich wieder anschnallte.

»Ich rede mit ihr nicht über mein Privatleben.«

»Hoho, harter Tobak, Prinzessin. Zugegeben, meine Mutter zählte auch nicht eben zu meinen Vertrauten. Schau mich an, wäre ich nicht ein prima Onkel für dich? No, bei mir ruhen deine Geheimnisse wie in einem Grab.«

»Bestimmt nicht.«

Der Motor sprang sofort an, und ich ließ mich leiten, ließ mich erneut auf einen Umweg ein. Vielleicht aus Einsicht, vielleicht aus Angst, in Saint-Lary eine Enttäuschung zu erleben, vielleicht auch aus Neugierde.

»Wie war das damals in der Résistance?«, fragte ich ihn, drehte den Spieß um, wollte nicht weiter von Langhans ausgefragt werden.

11

»Wie war das in der Résistance? Habt ihr nur so ein bisschen Widerstand geleistet, oder seid ihr Mörder gewesen?«

Es gibt unterschiedliche Formen der Stille. Es gibt eine schwere Stille, die herkömmliche Geräusche zu verdrängen vermag, das Motorengeräusch, das Summen des Kühlschranks, das Quietschen der Reifen, wenn Unebenheiten passiert werden. Diese übergeordnete Stille trat schlagartig ein, und daher ahnte ich, dass ich gut gezielt und getroffen hatte. Neugierig drehte ich mich zur Seite, beobachtete die Regungen in Langhans' Profil, sah, wie seine Unterlippe die Oberlippe umschloss, als müsse etwas geschützt werden.

»Mörder?«, wiederholte er endlich. »Widerstandskämpfer sind keine Mörder, merk dir das. Ich habe bei Gott mehr senkrechte Schüsse abgegeben, als nötig gewesen wäre. Nenn mich also nicht Mörder! Ist man ein Mörder, wenn man ein Stück Fleisch isst, ist man ein Mörder, wenn man einen zu Tode gefolterten Freund rächt oder einen Soldaten erschießt, der dein Land besetzt hält?«

»Es war nicht dein Land.«

»No, was du nicht sagst. Ich bin Sozialist und Antifaschist. Das, woran wir geglaubt haben, hat vor keiner Landesgrenze haltgemacht.«

»Und die Antwort?«

»Wie bitte?«

»Hast du Menschen getötet?«

»Joi, bin ich nicht ein stolzer Mensch? Auf manche Dinge bin ich weniger stolz, was soll's?«

»Ach, so einfach machst du dir das?«

»Einfach? So ein Schmarren. Haben wir nicht gekämpft, damit ihr jetzt in einer Demokratie lebt? Ich habe in Spanien auf Soldaten geschossen, und ich habe während meiner Widerstandszeit in Frankreich auf einen Richter geschossen, der meinen besten Freund an die Wand stellen ließ, mehr gibt es dazu nicht zu sagen. Soll ich dir die Tafeln an den Mauerwänden in den französischen Gefängnissen zeigen, damit du begreifst? Ohne die italienischen, spanischen und französischen Faschisten hätten die Deutschen ihren Krieg nicht ausdehnen können. Ich habe nicht gerne getötet, wirklich nicht, es war eine schmutzige Arbeit. Eine Arbeit allerdings, die gemacht werden musste.«

Das Töten als Arbeit zu bezeichnen, fand ich schrecklich.

»Ich könnte das nicht. Ich meine, auf einen Menschen schießen.«

In Langhans' Stimme schwang eine unterdrückte Unruhe mit, die nicht zu seiner gespielten Gelassenheit passen wollte.

»Der da oben war immer dabei. Er hätte eingreifen können. Doch auf dem Schlachtfeld hat er sich die Ohren zugehalten.«

»Und der Unterschied? Sag mir den Unterschied zwischen dem spanischen Bürgerkrieg und der Widerstandszeit in Frankreich?«

»Pah, was interessieren dich solche Details? Krieg ist Krieg. Das eine war ein Stellungskrieg, in Frankreich aber waren es kleine Gruppen, die schnell und wendig agierten. In unserer Brigade waren wir zu fünft, Männer und Frauen. Wir bekamen Anweisungen und erhielten Waffen. Ich lernte, wie man Sprengkörper baut und harmlos aussehende Einkaufstaschen bestückt.«

»Hat Henny mitgemacht? Bei Anschlägen, meine ich?« Und wieder musste ich daran denken, dass sie anfangs kaum älter war als ich.

»Nein. Wir wohnten zusammen, aber wir arbeiteten in unterschiedlichen Zellen.«

»Auf wen hattet ihr es abgesehen?«

»Ist doch egal, längst verjährt.«

»Nein, erzähl schon.«

Er hüstelte, wehrte sich, und ich verstand nicht, warum. War er nicht stolz? Er, der Angeber, der Aufschneider. Warum musste ich ihm alles aus der Nase ziehen? Erst nachdem ich meine Frage wiederholte, knurrte er eine Antwort.

»Deutsche Soldaten standen auf unseren Listen, aber auch Franzosen, die die Besatzermacht unterstützten, Richter, Polizisten, Menschen mit Macht eben. Zivilisten wurden immer gewarnt und herausgelockt, bevor die Bombe hochging.«

»Hat bestimmt immer geklappt.«

»Höre ich da ironische Untertöne heraus, macht sich ein Grünschnabel über mich lustig? Verdammt, ich habe jahrelang mein Leben riskiert.«

»He, die Verdammts gehören verdammt noch mal mir.«

Langhans grinste, wurde aber rasch wieder ernst.

Den Oberkörper nach vorne gebeugt, schien er tief in Gedanken versunken zu sein. Eine lange Pause entstand, während der ich nichts anderes machte als geradeaus zu fahren. Es gab kaum Lastwagen, die ich überholen musste. Der Verkehr floss ruhig wie an einem Sonntagmorgen. Ich dachte an Constantin und dass er einmal den Versuch gestartet hatte, mit mir über Politik zu reden. Wen würdest du wählen, hatte er gefragt, welche Partei? Und ich hatte ihm gestanden, dass Politik mich nicht die Bohne interessierte. Langhans' Stimme holte mich in die Wirklichkeit zurück.

»In der Rue de Metz lag ich einmal sechs Stunden lang auf der Lauer. Sechs Stunden! Ein unbebautes Grundstück bot mir Schutz, ich versteckte mich unter einem Holzbrett. Kinder kamen, spielten um mich herum, ein Hund kam, hob sein Bein und pisste mir auf den Rücken. Angelockt hatte ihn wohl mein knurrender Magen. Es war furchtbar. Aber der Richter hatte meinen besten Freund auf dem Gewissen.«

»Otto?«, unterbrach ich ihn.

»Nein.« Langhans irritiert, schüttelte verwundert den Kopf. »Der ist viel später ... ach, egal. Also, als der Richter endlich erschien, kroch ich heraus. Meine Glieder waren ganz steif, und ich konnte mich vor Hunger kaum auf den Beinen halten. Doch ich nutzte die Gelegenheit, ich folgte ihm durch das Gartentor, ich stellte ihn an der Haustür, rief ihn beim Namen, und als er sich umdrehte, drückte ich ab. Wir besaßen für die Flucht keine Autos, nur Fahrräder. Aber wir waren fast immer schneller als die Gendarmen.«

»Warum nennst du Otto nicht bei seinem richtigen Namen, seinem ungarischen, meine ich?«

»Was du für Fragen stellst, wo lernt man das? Wir haben nicht viele Fragen gestellt damals. Und die wahre Identität kannte man am besten nicht, so konnte sie während eines Verhörs nicht aus einem herausgeprügelt werden. Du kannst dir nicht vorstellen, wie vollgeschissen unser Hosen waren vor lauter Angst.«

12

Aus einem kleinen Leck war eine sprudelnde Quelle geworden, aus der Quelle ein Wasserfall, der eine Felswand hinunterrauschte und hart aufschlug. Es trommelte in meinen Ohren. Langhans erzählte nicht viel, aber so intensiv, dass sich mein Körper versteifte. Ich brauchte eine Auszeit. Von ihm, vom Fahren, aber ich ließ das Gespräch dennoch nicht abreißen.

»Man kann nicht alle töten, die gegen einen sind.« Immer noch vornübergebeugt murmelte Langhans etwas in seinen Dreitagebart, schien mich vergessen zu haben. Saß nicht mehr neben mir, sondern war ganz und gar in der Vergangenheit abgetaucht.

»Die Besatzer und Helfer waren Mörder. Sie tragen die Verantwortung für unsere Taten, sie allein.« Langhans' Gesicht hatte jede Gelassenheit verloren, rote Flecken zeigten sich an seinem Hals. Ich nahm mir vor, ihn nicht mehr zu provozieren. Genau zwei Sekunden hielt ich an meinem Entschluss fest.

»Wusste Henny davon?«

Wieder antwortete Langhans eine ganze Weile nicht, und als er es doch tat, passte die Antwort nicht zu meiner Frage.

»No, vielleicht kann ich auch von dir etwas lernen. Nicht ausweichen, sondern klären. Nicht schlecht, deine Methode. Du willst mit deinem Freund Friedensverhandlungen führen, und genau das werde ich in Moustiers-Ste-Marie auch tun. Ohne es zu wissen, bin ich aufgebrochen, um von dir zu lernen.«

»Was für Friedensverhandlungen?« Es war schwer, ihm zu folgen. »Welchen Krieg hast du dort gegen wen geführt?«

»Joi, dass du alles so wörtlich nehmen musst. Hab ich etwas von Krieg gesagt? In Moustiers wohnt Elodie. Elodie Baffour. Neunzig muss sie sein, jedes Jahr schreibe ich ihr an Weihnachten. Die Post kommt nicht zurück, also ist sie am Leben. Sie hat Otto und mich damals beherbergt, als wir voller Elan und hungrig wie zwei junge Bären nach dem Winterschlaf unterwegs waren, um den spanischen Republikanern beizustehen. Grünschnäbel wir beide und sie ein junges, tolles Weib.« Langhans grinste anzüglich. Jetzt war er wieder ganz der Alte, ein Prahler, ein stolzer Hahn.

»In Wien hatte ich Otto, von dem ich weder seinen richtigen Vor- noch Nachnamen wusste, getroffen. Fest stand nur, er war ein ungarischer Kommunist. Ein ausgewachsener Ungar kann seine Herkunft nicht verleugnen, weder sprachlich noch charakterlich. Sie sind so exotisch wie Paradiesvögel. Ich mochte ihn. Und weil wir die gleichen Flausen im Kopf hatten, sind wir zusammen gewandert und haben Seite an Seite gekämpft, bis es mich in Corbera d'Ebre erwischte. Dabei hätte es ihn erwischen müssen. Er war nicht in der Lage, eine Waffe zu laden, geschweige denn zu zielen und mit leichter Hand abzudrücken. Bodenkrumen hat er abgeschossen, der Trottel. Er war Handwerker, Drucker von Beruf, später Fälscher aus Leidenschaft. Er gehörte hinter vier stabile Wände. Am besten ohne Fenster.«

»Na und?«

»Hörst du mir nicht zu? Ich kam ins Lazarett, und Otto kämpfte weiter, deshalb haben wir den Krieg verloren. Aber, Hut ab, der mickrige Kerl hat bis zum bitteren Ende durchgehalten. Erst in Toulouse haben wir uns dann wiedergesehen. Das war eine Freude, sag ich dir.«

»Und was hat das alles mit dieser Madame zu tun?«

»Das war etwas völlig anderes. Mein Freund Otto ist gestorben, ich habe überlebt, lass mich ein kleines Gebet für ihn sprechen, an einem Ort, der uns beiden viel bedeutet hat.«

»Ist er in Toulouse gestorben?

»Nein. Wir waren ja nicht immer zusammen.«

»Und wie, wie ist er gestorben? Haben die Nazis ihn erwischt?«

»Joi, was willst du von mir? Mach mir meine Haare nicht noch weißer. Erschossen wurde er, habe ich dir das nicht längst erzählt? Von den eigenen Leuten.«

»Wie meinst du das?«

»Wie meinst du das?«, äffte er mich nach. Wirkte dabei ungehalten wie jemand, der während des Fernsehinterviews von einem Journalisten bedrängt wird. »Meine Güte, das kam vor. Er war ein Agent, er hat für uns und für die Gestapo gearbeitet. Sie haben schlampig hergestellte Stempel bei ihm gefunden.«

»Ist Ádáms Mutter deshalb auf dich sauer gewesen, weil du nicht auf ihn aufgepasst hast? Ich habe einen Brief von ihr gelesen, sie wollte dich sogar anzeigen.«

»Aufgepasst, wo waren wir denn, im Kindergarten etwa?« Langhans agierte mit Armen und Beinen, als müsse er sich gegen einen Angriff schützen. »No, war er erwachsen. Keine Ahnung, was in ihn gefahren ist. Der Krieg wird ihn mürbe gemacht haben. Oder seine Identität ist aufgeflogen, er konnte ja kaum ein Wort Französisch sprechen, musste sich immer versteckt halten. Bestimmt hat die Gestapo ihn erpresst. 1944 kam sein Sohn auf die Welt, er musste sich um Ádám und Yvette kümmern.«

»Das kapier ich nicht.«

»Weil du jung und dumm bist. Wir sind alle erpressbar, das ist das Grundproblem der Menschheit. Neid kommt auch noch hinzu und ...«

Ich unterbrach ihn.

»Und warum wollte Yvette dich anzeigen?«

»Kein Kommentar, du dumme Gans. Und hüte dich davor, auf das Gerede eines eifersüchtigen Racheengels hereinzufallen. Yvette lebte damals abwechselnd in Paris und Toulouse, sie war einer unserer Kuriere, immer unterwegs. In Paris liebte sie Otto, in Toulouse liebte sie mich. Aber ich wollte nichts von ihr wissen.«

»Schon wieder lügst du.« Ich hole aus, schlug in seine Richtung, verfehlte ihn. »Du hast gesagt, Yvette und du, ihr wärt nie zusammen gewesen, Ádám könnte demnach nicht dein Sohn sein. Was stimmt denn nun?«

»Vielleicht liegt die Wahrheit irgendwo dazwischen. Schau, es ist so lange her, da kann man schon ein paar Details vergessen. Und wenn, dann war es so ein bisschen Sex im Vorbeigehen. Yvettes Beine konnte man durchaus als fesch bezeichnen.«

Seine Haltung hatte sich erneut verändert, er war jetzt wieder munter, fast übermütig. Ich ahnte, dass er mir nur die halbe Wahrheit sagte. Langhans hatte die wasserdichte Haut von Seerosenblättern, an denen alles abperlt. Kritik sowieso. Und schließlich wurde die Straße immer enger, ich musste mich aufs Fahren konzentrieren.

13

»Moustiers-Ste-Marie liegt ein kleines Stück rechts, nein, links, direkt neben der Autobahn«, hatte er vor über einer Stunde behauptet. Die Sonnenblumen- und Lavendelfelder jedoch wollten kein Ende nehmen. Wir fuhren durch eine breite Ebene, dann fuhren wir durch eine schmale Ebene, durch kleine Dörfer und Dreihüttenweiler. Jede Vogelscheuche entdeckte er, jede Vogelscheuche zeigte er mir, und wenn ich nicht hochschaute, beschrieb er sie mir.

»Die da, hast du die gesehen?«

Er war wie ausgewechselt. Überschäumend, kindlich erklärte er mir die Welt. Seine Haut wieder fleckenlos, schimmerte bräunlich matt.

»No, dort, dort, halt doch an, meine Güte, bis es Nacht wird, das dauert noch. Schau, sie haben eine

Schaufensterpuppe auf ein Fahrrad gesetzt, sie wird umfallen, ich muss sie aufrichten.«

»Findest du nicht, wir sollten anrufen? Ich meine, wir fahren irgendwohin und wissen nicht, ob sie zu Hause ist.«

»Ja, mein General, ich bin unmöglich. Mein ganzes Leben ist ungeplant, ich gebe es zu. Aber soll ich mich jetzt, als alter Sack, mit Fünfjahresplänen herumärgern?«

»Aber wir verlieren wertvolle Zeit.«

»Wenn ich das schon höre. Red mir nicht von der Zeit, du, der das Leben noch bevorsteht. Sowieso ist sie eine Illusion, deine Zeit. Jeder Tag hat gleich viele Stunden, trotzdem versuchst du, mich zu hetzen, willst, dass ich schneller rede, schneller laufe. Verdoppeln sich davon etwa die Stunden?«

Ob er mich mit jemandem verwechseln würde, wollte ich wissen. Doch er quatschte weiter, ließ sich nicht bremsen.

»No, ich für meinen Teil strebe eine Zeitsouveränität an. Was das heißt, willst du wissen?« Er lachte wie einer, der sich für sehr clever hält. »Bewegung und Ruhe bringe ich in Balance. Und packe nicht noch einen Höhepunkt in meinen Tagesablauf und noch einen.«

»Doch, genau das tust du.«

In einem ausgedehnten Sonnenblumenfeld tauchte erneut eine Vogelscheuche auf.

»Schau, wie spaßig«, unterbrach er mich. Seit er meine Mutter als Vogelscheuche bezeichnet hatte, schienen sie uns zu verfolgen. Diesmal war ein schwarzer Schirm über einer mit Stroh ausgefüllten dunkelroten Hose aufgespannt worden. Langhans wollte ein paar Fotos schießen und hieß mich anhalten. Doch er machte nur ein einziges Foto, dafür trennte er drei Sonnenblumenköpfe von den Stängeln, steckte sie als Proviant ein. Neben mir sitzend, spalteten seine dritten Zähne einen Samen nach dem anderen. Er aß schnell. Seitlich spuckte er die Schalen aus, während seine Hand nachlegte.

»Schau nicht so, das lernt man in einem armen Land wie Rumänien. Wir haben Hunger gelitten, das kann ich dir flüstern.«

Er flüsterte nicht, er sprach laut. Er war bester Laune und ich hundemüde. Als jeder Hügel von nichts anderem als einem weiteren Hügel abgelöst wurde, war ich überzeugt, dass wir Moustiers-Ste-Marie nie erreichen würden. Von Toulouse ganz zu schweigen.

14

Natürlich war Madame Baffour nicht zu Hause, natürlich fluchte Langhans, natürlich nannte er sich einen Hornochsen. Dann schwenkte er um, behauptete, das mache gar nichts, morgen sei ja auch noch ein Tag, und wir würden am Stausee St. Croix übernachten. Ich wollte aber nicht. Aus einem mir unbekannten Grund blieb ich im Vorgarten von Madame Baffour stehen, nein, ich nahm sogar Platz, auf einer kleinen dunkelgrünen Bank, die nach Bienenwachs roch und vor der ein Metalltischchen stand, als würde gleich jemand kommen, um mir den verdienten Café au lait zu servieren. Statt des Kaffees stand eine blaue Schale auf dem Tisch, sie war mit Wasser und Rosenblüten gefüllt. Ich steckte meine Nase hinein. Vielleicht nehme ich mich und die Welt zu ernst, grübelte ich, vielleicht sollte ich hier, in diesem Garten, lernen, etwas französischer zu werden. Und als könnten meine Füße Gelassenheit oder Zufriedenheit aus dem Erdreich saugen, grätschte ich die Beine weit, ich legte den Kopf zurück, schloss für Sekunden die Augen und sog den Duft von Sommer ein, bis mir schwindlig wurde. Obwohl schon spät, war da noch so viel Sommer, dass ich lachend die Augen wieder aufriss und Langhans bedeutete, sich neben mich zu setzen. Gemeinsam betrachteten wir das schmale Haus, das sich an eine Felswand drückte, als wolle es sich den Rücken wärmen.

»Da ist nicht viel Platz für Gäste«, stellte ich fest. »Dennoch hat sie euch aufgenommen. War sie verheiratet?«

»Joi, was für Gedanken dich umtreiben, aber eins hast du gut erkannt: Die Türen wohlhabender Häuser sind schwer zu öffnen, bedürfen einer Kunstfertigkeit, die ich nie beherrschen lernte. Mit einfachen Menschen jedoch bin ich immer gut ausgekommen.«

»Du hast verdammt viel Glück gehabt in deinem Leben, stimmt's?«

Verwundert starrte er mich an, seine Mundwinkel zuckten, bestimmt lag ihm eine ironische Bemerkung auf den Lippen, doch er schluckte sie hinunter, lächelte nur, als wolle er die Schönheit des Augenblicks nicht zerstören.

Die Größe des Gartens konnte mit einem Sandkasten

konkurrieren, doch jeder Quadratzentimeter war mit so viel Liebe angelegt und gepflegt worden, dass ich ein genaues Bild von Madame Baffour bekam. Klein, besser gesagt erdnah musste sie sein, dazu flink und gesellig, liebenswürdig und zufrieden. Ja, ein Wesen, das solch einen Garten anlegte, war bestimmt ein gütiger Mensch. Gärtnerin, ich beschloss, nach dem Abitur Gärtnerin zu werden.

Während Langhans den Türrahmen und diverse Blumentöpfe nach einem Haustürschlüssel absuchte, während er beim Nachbarn klingelte und Erkundigungen einholte, blieb ich sitzen und dachte an Constantin. Endlich verstand ich, warum er Jahr für Jahr nach Frankreich fuhr und warum er davon sprach, sich nach dem Studium eine Stelle in Frankreich zu suchen. Ich würde ihm folgen, und ich würde versuchen, so zu werden wie Madame Baffour.

»No, jetzt haben wir den Salat, sie kommt erst morgen zurück, sagt der Nachbar.« Langhans stand vor mir, die Sonne stand tief.

»Geh aus der Sonne!«

»Nichts da, es geht weiter. Der Hunger wird uns den Weg zeigen, wir fahren zum Stausee.«

Schöne Gegend bei Hochwasser, prahlte er wie einer, der für das Touristenbüro arbeitet. Dann lotste er mich wieder auf die Hauptstraße, und wir fuhren ewig weit, bis wir einen hässlichen Parkplatz fanden.

»Hier bleibe ich nicht«, posaunte ich und fuhr doch rechts ran. Trotz mehrsprachiger Verbotsschilder hatte sich ein wilder Campingplatz etabliert. Langhans ließ nicht locker, dirigierte mich von der Straße weg. Ich parkte neben einem alten Bus, der, wie sich herausstellte, von drei jungen Norwegern bewohnt wurde. Eine halbe Stunde später schleppten sie mich an den Strand.

15

»Wie, du bist zum ersten Mal im Ausland?«
»Habe ich nicht gesagt, aber zum ersten Mal freiwillig.«
»Was, du kannst nicht schwimmen? Kann nicht sein. Die Deutschen sind gute Schwimmer.«
»Du trinkst im Moment keinen Alkohol? Das ist ein Witz, nicht wahr?«
Erik, Jostein und Mats sprachen ein astreines Englisch. Mats und Jostein auch Deutsch. Sie lebten seit ein oder zwei Jahren in einem Internat in der Schweiz, was den Vorteil hatte, dass sie Alkohol gewöhnt waren und mich nicht drängten, mit ihnen um die Wette zu bechern. Bei Erik war das anders, er war noch vom Vortag betrunken und sah wirklich schlecht aus. Damit er sich nicht alleine elend fühlte, hielt er mir immer wieder eine Flasche Bier unter die Nase.
»Go, baby.« Die englischen Wörter schienen sich in seinem Mund quer zu legen. Sie versperrten den Ausgang, und was dann doch noch herauspurzelte, hörte sich absolut unverständlich an, selbst für seine Freunde. Wir lachten viel. Der See hatte Niedrigstand und glich einer Badewanne mit hässlichem Schmutzrand. Mir

war das egal, aber die Jungs schienen etwas Besseres gewöhnt zu sein, es dauerte eine Weile, bis wir ein Plätzchen fanden, an dem wir uns zum Picknicken niederlassen konnten. Langhans hatte mir Brot und Käse eingepackt, er hatte mich mit Tomaten und zwei hart gekochten Eiern versorgt und mir mindestens hundert gute Ratschläge mit auf den Weg gegeben.

»No, amüsier dich, aber denk dran: Mein Auge ruht fest auf dir. Um elf Uhr hole ich dich ab.« Als ich ihn auslachte, wurde er böse. »Ich bin mir nicht sicher, ob du für diese Dinge genug Verstand besitzt.« Seine Denkerfalten hatten sich in Zornesfalten verwandelt und seine Handwerkerhände um meinen Ellenbogen geschraubt.

»Du tust mir weh.«

»Dein Protest ist mir Katz wie Miez. No, bringst du mich in die Bredouille, wenn dir was geschieht, bist du minderjährig und ich für dich zuständig? Ja oder nein?«

»Blödsinn, was soll diese Bredouille? Ich kann gut auf mich selbst aufpassen.«

»Diese Arbeit nehme ich dir heute und morgen ab. Lass mich auf dich aufpassen.«

Eine kleine Bitte, vorgetragen in seinem schrecklichen Kauderwelsch, gekrönt durch einen tiefen Seufzer. Mein Mund blieb offen stehen. Das hatte noch nie jemand zu mir gesagt, oder ich hatte es vergessen. »Lass mich auf dich aufpassen.« Auf meiner Zunge sammelte sich Spucke, für die ich keine Verwendung fand. Verwundert schluckte ich und nickte. »Ei, ei, Monsieur le General.«

Endlich stellte Jostein oder Mats den Korb ab, und da erst merkte ich, wie hungrig ich war. Auf der gegenüberliegenden Seeseite verabschiedete sich die Sonne, wir sahen ihr zu und rissen das Baguette in unregelmäßige Stücke. Wir aßen eine Stunde, wir tranken eine Stunde. Die Jungs Bier, ich Saft. Wir erzählten eine weitere Stunde, dann überredeten sie mich, mit ins Wasser zu kommen.

Erik protestierte, als wir ihn an einen Baum festbanden, doch dann sang Jostein oder Mats ihm ein Lied vor, und er wurde ruhig und schlief zufrieden glucksend ein.

Mats und Jostein waren wirklich süß, sie drehten sich um, als ich mich auszog, sie ließen mich vorgehen und kamen erst ins Wasser, als von mir nicht mehr viel nackte Haut zu sehen war. Wie gelbe Bojen leuchteten ihre Köpfe neben mir im Wasser, und alles schien perfekt, bis auf die Tatsache, dass keiner von ihnen Constantin war. Zwanzig Jahre alt seien sie, eine Behauptung, die ich nicht glauben konnte, sie wirkten sehr viel jünger, undressierte Hunde, die das Herumtollen erfunden hatten. Dennoch, ich fühlte mich zum ersten Mal wirklich entspannt in diesem Urlaub, dieser Abend gehörte mir, Langhans konnte mir gestohlen bleiben. Und doch war es schön, ihn hinter den Bäumen unruhig auf und ab patrouillieren zu sehen.

»Haben wir eine Jungfrau eingefangen?«, witzelte Jostein oder Mats. Virgin sagte der eine, no experience with boys, erläuterte der andere, weil ich nicht sofort verstand. »Ist der immer so nervös, dein Vater?«

»Ja«, antwortete ich. »Jetzt macht schon, ihr wolltet mir das Schwimmen beibringen.«

Die beiden brachten es mir nicht bei. Aber ich lernte ein wehmütiges norwegisches Lied kennen, ich lernte neue Redewendungen, die Englischlehrer nicht im Programm haben. Wir lachten so viel, ich schluckte so viel Wasser, dass wir schließlich aufgaben.

Weil mir kalt war, suchten wir Feuerholz, entzündeten ein Lagerfeuer, und Jostein oder Mats holte mehrere Decken. Sie waren so nett und wohlerzogen, dass meine schlechten Erfahrungen in Annecy in den Hintergrund traten. Nur wenn sie mich zu küssen versuchten, kam sie wieder, die Angst.

»I have a boyfriend.«

»Okay, no problem for us.«

»But for me.« Ein Themenwechsel war ratsam. »Look!« Über uns ein Himmel, wie ich ihn noch nie zuvor gesehen hatte, mit einem riesigen Mond und Millionen von Sternen, die sich wie Pailletten auf einem teuren Abendkleid zusammendrängten. Es war unglaublich. Von irgendwoher kamen drei Franzosen, fragten, ob sie sich dazusetzen dürften. Die Konversation wurde schwierig, deshalb zauberte jemand eine Gitarre hervor, wir sangen Lieder. Dann wurde nur noch getrunken, und schließlich holte Langhans mich ab. Unerwartet stand er neben uns, sprengte den Kreis der entspannt hockenden und liegenden Gestalten durch seine imposante, sehr aufrechte Erscheinung. Auf Französisch, auf Englisch und auf Deutsch machte er klar, dass das einzige Mädchen der Runde sich jetzt leider verabschieden müsse. Widerstandslos ließ ich mich abführen. Obwohl mir der Gedanke kam, so sollte ich mich nicht einschränken lassen, es waren meine Ferien, es war mein

Leben. Doch das war nur einer von mehreren Gedanken. Der andere: Es ist das erste Mal, dass dich nicht die Polizei aus solch einer Runde herausholt.

Rasch sammelten Jostein und Mats ihre Habseligkeiten ein, sprangen auf. Sie wollten mich begleiten. Ihr alter VW-Bus stand quer zu unserem Wohnmobil. Ja, ich dachte tatsächlich *unser Wohnmobil*. Hatte ich nicht mein ganzes bisheriges Leben in diesem Ding verbracht? Kannte ich nicht den Inhalt fast jeder Schublade und die Reihenfolge der Schüsseltürme, damit sie in die Fächer passten? An den Fingern zählte ich nach. Nein, es war erst meine vierte Übernachtung. Und eine davon hatte ich bei Ádám verbracht. Aufgedreht erinnerten Mats und Jostein mich an mein Versprechen, morgen mit ihnen eine Paddeltour unternehmen zu wollen, sie erinnerten mich daran, dass man diese Gegend nicht verlassen darf, ohne die grandiose Verdon-Schlucht gesehen zu haben. Hier ist das Paradies, wiederholte Jostein oder Mats ein ums andere Mal. Es herrschte Mädchenmangel, das war mir klar.

»Ist gut, bis morgen.« Wieder einmal wurde mir bewusst, dass nicht Langhans allein mich aufhielt, ich selbst verzögerte die Reise.

»Good dreams.«

»Wollt ihr beiden euren Freund nicht holen?«, brummte Langhans neben mir. Er stützte mich, dabei brauchte ich keine Hilfe.

»Oh.« Jostein und Mats lachten unsicher, dann rannten sie zurück und beeilten sich, Erik loszubinden. »Morgen um elf Uhr«, riefen sie mir vorher noch zu.

Wir hatten das Wohnmobil fast erreicht, und ich dachte darüber nach, ob ich nicht doch zurück zum Lagerfeuer gehen sollte, da fragte Langhans:
»Was ist mit deinem Bein?«
So kam das. Fragen können die Welt verändern, das begriff ich in jener Nacht.
»Was soll sein?«
»Es hinkt.«
»Kriegsverletzung«, versuchte ich auszuweichen. Doch er blieb ernst.
»No, Krieg gibt es auch in Friedenszeiten, klär mich bitte auf.«

16

Wir redeten, bis die beginnende Helligkeit uns in die Wirklichkeit zurückholte, wir redeten stundenlang, ohne uns zu streiten. Mit trainiertem Gleichmut erzählte ich ihm von meinen Müttern, der großen und der viel zu kleinen und der ungarischen.

Meiner Großmutter rutschte die Hand aus, als ich sie eines Tages im Spaß mit *Große Mutter* ansprach. Ihre Augen waren drohend aufgerissen. »Meinen Namen habe ich nicht an der Krankenhausgarderobe abgegeben, als Sabine dich bekam. Ich heiße Gerda, verstanden.« Eigentlich mag ich sie. Gerda jedenfalls wohnt in Hamburg, und dort wuchs auch Sabine auf, machte ihr Abitur. Wenn man meine Mutter fragt, ob sie Fotos aus ihren Kindertagen, von ihrem Studium oder von meinem Vater besitzt, dann hat das den Effekt, als würde man eine Kühlschranktür öffnen, es wird kalt, und man möchte die Frage schnell wieder zurücknehmen.

Sabine ist ein Einzelkind, wie ich. Sie kennt ihren Vater nicht, und vielleicht durfte ich deshalb meinen auch nicht kennenlernen. Aber auch ohne Fotos weiß ich, in Hamburg war sie glücklich, zeitweise jedenfalls. Meine Großmutter liebt Kinder. Natürlich nicht alle und auch nicht lange. Sie liebt sie bis zu einem bestimmten Alter, bis sie vier oder fünf sind und eigene Gedanken entwickeln. Sabine hatte eine Katze und einen Hund, und sie durfte tun und lassen, was sie wollte. Auch das haben wir gemeinsam. Sie durfte gehen, wohin sie wollte, und nach dem Abitur ging sie weit weg, nach Süddeutschland, nach Tübingen. Nichts gegen Tübingen, doch meiner Mutter schadete die Luftveränderung. Bereits nach wenigen Wochen brach sie das erste Studium ab, sie brach das zweite Studium ab. All das weiß ich von meiner Großmutter, Sabine hat mir nie etwas über diese Zeit erzählt. Als Gerda den Geldhahn zudrehte, geriet Sabine ins Straucheln, sie zog nach Frankfurt, lebte in Kommunen, in besetzten Häusern.

Doch dann packte sie der Ergeiz, sie lernte Tauchen, sie belegte einen Schweißerkurs und verpflichtete sich für fünf Jahre auf einer Erdölplattform in der Nordsee. Da war sie knapp zweiundzwanzig. Sie verdiente ein Schweinegeld, sagt meine Großmutter, doch das Geld schwamm davon, Sabine hat nie gelernt, damit umzugehen. Meinen Vater muss sie auf hoher See kennengelernt haben oder in einem Hafen. Ich stelle mir das sehr romantisch vor. Möglicherweise war er ein Liedermacher oder auch nur Sänger. Egal, aber ich wüsste zu gerne, von wem ich diese zotteligen Haare und die ständig aufgesprungenen Lippen habe. Und ich würde meine Mutter gerne einmal sehen, und sei es nur auf einem Foto, wie sie damals war. Eine Taucherin, die unter Wasser schweißt. In der Schule habe ich mit dieser Mutter angegeben, einer Mutter, die es nicht mehr gab. Später ließ ich das Lügen, erzählte nichts mehr von ihr. Was hätte ich auch sagen sollen, Sabine putzt sich jeden Tag sechzigmal die Zähne, sie kann nicht mehr Auto fahren? Die meisten wussten sowieso Bescheid, dabei ging Sabine nie zu den Elternabenden, kümmerte sich nicht um meine Schulleistungen, verbot mir, Schulfreunde mitzubringen.

Wolltest du viele Kinder?, fragte ich sie eines Tages und erntete einen Wutausbruch. Beschimpfungen flogen mir um die Ohren wie Fallobst. Ich stand im Matsch und duckte mich. Dabei hat Sabine mich nie geschlagen. Ich war jung, in der dritten oder vierten Klasse, als ich aufhörte, Fragen zu stellen. Gerda blieb meine einzige Informationsquelle.

Noch im ersten Jahr ihrer Berufstätigkeit wurde Sabine schwanger. Sie sagte es niemandem, und es kam erst heraus, als sie nach einem schweren Tauchunfall untersucht wurde. Von diesem Unfall oder von der Geburt oder der Tatsache, dass die Beziehung mit meinem Vater nicht klappte, hat sie sich nie mehr erholt. Nein, Sabine ist keine Vogelscheuche, sie hätte es schaffen können, sie hatte alle Gaben, die man benötigt, um erfolgreich zu sein. Aber das Warten auf etwas Schönes hat sie zerbrochen. Sabine lebt in einem Kokon, ein Schmetterling, der den Tag der Entpuppung verpasst hat.

»No, wie meinst du das?«

»Jeden Tag steht sie am Fenster, oft stundenlang.« Ich stockte, mein Mund fühlte sich trocken, meine Zunge pelzig an.

»Wie sieht es mit den Finanzen aus?«

»Geld war nie ein Thema. Sabine bekommt eine satte Rente. Auch Gerda gibt uns Geld.«

Keine Ahnung, ob ich das alles laut sagte, aber ich merkte irgendwann, dass ich zum Umfallen müde war und es draußen hell zu werden begann. Als ich mehrmals trocken schluckte und meine Stimme dünn zu werden begann, stand Langhans auf, reichte mir etwas zu trinken. Einfach so, ohne dass ich darum gebeten hätte.

»Und die Sache mit deiner Kriegsverletzung?«

»Weiß nicht so genau.«

»Dann erzähl mir das Ungefähre.«

»Seit ich denken kann, verfolgt mich ein Traum.« Ich sah Langhans von der Seite an, dachte, er würde lachen, doch er blieb ganz ernst. »Nun ja, da ist ein Mann, groß und hager, sein Gesicht kann ich nicht sehen. Er und ich, wir fallen eine steile Treppe hinunter. Nein, eigentlich falle nur ich. Er steht oben und schaut auf mich herunter. Sein Gesicht verschwommen. Ein Film ohne Ton, keine Stimmen, kein Schrei, auch von mir nicht. Aber ich habe immer große Schmerzen. Davon wache ich auf. Keine Ahnung, ob das wirklich nur ein Traum ist.«

»Dein Vater?«

»Sabine sagt, mein Vater hätte nie bei uns gewohnt. Allerdings habe ich verschiedene Dinge gefunden, die von einem Mann stammen, Männerdinge eben.«

»Und was ist nun mit deinem Bein?«

»Offiziell ist mein Bein während eines Wutanfalls in eine Wagentür geraten. Ich lag mehrere Wochen im Krankenhaus, wurde oft operiert. Später kam ich in ein Heim oder eine Rehaklinik. Auch daran erinnere ich mich nicht, Gerda hat mir davon erzählt. Sie war es auch, die uns mehrere Zugehfrauen besorgte. Erzsebet war die letzte, danach kamen nur noch Frauen von der Nachbarschaftshilfe.«

»No, dann ist ja alles gut.«

»Ja, alles in bester Ordnung.«

»Außer, dass es interessant wäre zu erfahren, wie er wirklich ist?«

»Wer?«

»Dein Vater, natürlich.«

»Ich habe jetzt meinen Freund.«

Langhans blieb stumm, aber seine Augen flackerten unruhig, winzige Flammen, die dem Windzug trotzten.

»Viel Ahnung von den großen Dingen scheinst du nicht zu haben. Ein Vater, wenn es gut geht, ist immer für dich da. Ein Mann, lass dir das von einem alten Hasen gesagt sein, ist bestenfalls ein Gefährte. Bleib immer du selbst und autark.«

»So wie meine Mutter etwa?« Meine Stimme war laut, schneidend.

»Nein, anders.«

17

Als Constantin mich das erste Mal auszog, war da die pure Angst in mir, aber auch jede Menge Hoffnung. Dass ich hinkte, hatte ich nicht verheimlichen können, doch was würde er zu den hässlichen Narben sagen?

»Partieller Muskelschwund«, sagte er und dass man dagegen etwas tun könne, ein gezieltes Aufbautraining. Und dabei guckte er so neutral wie möglich. Aber das ist nicht das, was man als Freundin zu hören und zu sehen wünscht. Dabei wusste ich nicht genau, was ich mir wünschte. Ich wusste nur, dass ich lange auf einen Mann gewartet hatte, den ich für reif genug hielt und vor dem ich mich freiwillig ausziehen wollte. Constantin war gerade einundzwanzig geworden, als ich ihn kennenlernte, und somit fast vier Jahre älter als ich. Vier Jahre mehr Erfahrung.

»Hast du Zivildienst geleistet?«, fragte ich ihn und legte mich so hin, dass nur mein Oberkörper im Licht lag.

»Ne, wieso?«

»Also keine Erfahrung mit Behinderten?« Mein Witz kam nicht gut an, war ja auch nicht besonders witzig.

Eine lange Pause trat ein, in der keiner von uns wusste, was er tun oder sagen sollte. Aber unsere Körper waren klüger als wir, sie fanden eine gemeinsame Sprache. Wispernd streichelten sich Hände, hungrig fuhren Zungen über nackte Haut, lautstark pressten sich Oberkörper gegeneinander. Gegenseitig drückten wir uns die Luft aus den Lungen und konnten nicht genug voneinander bekommen. Constantin aber war ein Kontrollfreak. Als hätte er sich den Wecker gestellt, wachte er rechtzeitig aus dem Rausch auf und zog die Notbremse.

»In Frankreich, ich möchte in Frankreich mit dir schlafen, an einem kleinen Bergsee vielleicht.«

»Warum?« Ich fand es befremdlich, so etwas Einmaliges wie das erste Mal bis ins Detail zu planen.

Er hingegen fand meine Ungeduld befremdlich. »Wir kennen uns doch erst seit ein paar Wochen.«

Um mich zu besänftigen, streichelte er mich. Er streichelte meine Hände, er streichelte meine Füße, jeden Finger, jede Zehe einzeln. Dabei erzählte er mir von seinen Plänen, erzählte von seinen Geschwistern, den Eltern, erzählte von seiner ersten Liebe und dass er sich einen Hund wünschte, vielleicht auch zwei. Ich hätte auch gerne etwas gesagt, doch mir fiel nichts ein, was mit seiner klaren Sicht der Dinge auch nur annähernd hätte konkurrieren können. Hatte ich Wünsche oder Träume? Irgendwie fühlte ich mich wohl in meiner Leere. Sich nicht allzu viel zu erhoffen, fand ich gemütlich.

Vielleicht hatte Langhans recht. *Bleib immer du selbst und autark.* Dennoch wollte ich meine tief geschraubten Erwartungen nicht auch auf meine Beziehung zu Constantin ausdehnen. Ich muss herausfinden, wo meine Grenzen liegen, nahm ich mir vor, ich reise Constantin hinterher, aber ich werde ihm nicht hinterherrennen.

18

Die Verdon-Schlucht bekam ich nicht zu Gesicht. Deshalb stellte ich mir vor, dass ich Constantin in ein, zwei Jahren darum bitten würde, einen kleinen Umweg zu machen. Für mich. Für das, was war. Dann könnte ich von den norwegischen Jungs erzählen und beichten, dass ich mich verliebte, in Mats oder Jostein. Aber nur ein bisschen und nur weil die beiden ebenso blond waren wie Constantin und ich so schrecklich einsam.

Bestimmt aber erzähle ich ihm, dass Langhans mich am Morgen entführte, wie man eine Prinzessin entführt. Prinzessinnen machen sich in jeder Geschichte gut. Ihr Name ist ein Garant für etwas Besonderes. In Langhans' Augen war ich zu kostbar, um mich dahergelaufenen norwegischen Glücksrittern zu überlassen. Seine Worte. Das machte mich stolz, aber auch sauer. Dabei war ich selbst schuld, hatte wie eine Tote geschlafen, tief und fest, und die Glücksritter ebenfalls. Niemand war da gewesen, um ihn, Langhans den Gerechten, aufzuhalten.

Ich erwachte erst, als der Wagen auf einem Campingplatz zum Stehen kam. Ich fühlte mich wie narkotisiert. Vom Fenster aus fiel mein Blick auf eine Düne, stolperte weiter zum Meer. Es war nicht mein erstes Meer, aber mein erstes, über dem die Sonne wie ein lachendes Gesicht erstrahlte. Mit der Klasse waren wir von Calais nach Dover übergesetzt, ich erinnere mich an unterschiedliche Grautöne und weiße Schaumkronen. Die

Sonne hatte uns nicht besuchen wollen. Jetzt aber flutete es strahlend gelb vom Himmel. Das Gelb vermischte sich mit dem Blau des Himmels und ließ silberne Sternchen auf den Wellen tanzen. Vor mir erstreckte sich ein Postkartenstrand. Schöne Grüße aus La Palma, schöne Grüße aus Madeira. Gerdas Urlaubskarten waren stets und unmittelbar im Papierkorb gelandet. Wie falsch gebaute Papiersegelflieger. Das hier war anders. Langhans hatte für uns einen Platz ausgesucht.

»Das sind Tamarisken. Schön, nicht wahr.« Er zeigte auf struppige Sträucher mit sehr dünnen Beinen. Kinderlachen schwappte zu uns herüber.

Ja, es war ein wirklich schöner Platz. Dennoch, ich musste mich nicht dazu zwingen, wütend zu werden.

»Wo, verdammt, sind wir?«

Die hellblauen Wände des Aufwachzimmers in der städtischen Klinik kamen mir in den Sinn. Mein Bein schmerzte vom langen Liegen.

»No, kleine Besichtigungstour.« Langhans tat gut gelaunt. Dabei hatte er nichts zu lachen. Auch er schien Schmerzen zu haben. Er stand schräg, eine Hand auf den Rücken gelegt.

»Wo?« Hektisch war ich aufgesprungen, hatte die Frankreichkarte entrollt, wollte wissen, was er mit klein und Besichtigungstour meinte.

»Weiter südlich.« Er deutete mit dem Finger an, was er meinte. Dabei dehnte und wand er sich in alle Richtungen. Machte ein paar Kniebeugen und ließ theatralisch die Finger knacken. Den Verband von seiner Hand hatte er entfernt.

»Der warme Sand wird mir guttun. Erspar mir also bitte dein Schlechtwettergesicht. Freu dich. Zur Abwechslung, meine ich. Schau«, sagte er und tippte auf eine Stadt namens Sète, »neben uns direkt die Autobahn. Nur eine Nacht.« Seine Augen wichen den meinen aus.

Ohne meine Erwiderung abzuwarten, begann er mit dem Aufbau der Markise. Es war das erste Mal. Es war das letzte Mal. Über mir tauchten weiße und grüne Streifen auf, die das tiefe Blau des Himmels in Bahnen zerschnitten. Und ich fühlte mich nicht mehr wie im Aufwachraum, sondern dachte die Wörter *quadratischer Sonnenschirm* und *Eisbecher*, riesengroß, und *Liegestuhl*. Später kamen andere Wörter hinzu, exotischere, *Brise* und *Wellenkamm* und *Muschelsand*. Ich sammelte sie wie Kostbarkeiten, nach denen man sich gerne bückt, um sie in Plastiktütchen mit nach Hause zu nehmen. Aber noch war es der warme Wind, der mit meiner Bluse spielte, und noch spielte ich die Beleidigte. Es war bereits Nachmittag. Hatte er mir etwas in den Tee gekippt, hatte er mich mit einem kleinen Faustschlag in den Schlaf geboxt? Prüfend sah ich ihn an. Dem alten Mistkerl war alles zuzutrauen. Gleichzeitig ahnte ich, dass ich unter Verfolgungswahn litt, dass er auch nur ein Mensch war, dass er Bedürfnisse hatte, denen er nachkommen musste. Ich war nach wie vor auf seine Hilfe angewiesen. Ich weiß nicht, wohin meine Überlegungen geführt hätten, wenn es geregnet hätte. Ich weiß nur, dass die Sonne ihren höchsten Trumpf ausspielte. Selbst unter der Markise bestand die

Gefahr eines Sonnenbrands. Ich musste mich sofort eincremen. Und es war heiß, ich sollte mich abkühlen. Und sollte man nicht schwimmen gehen, wenn man denn nun schon da war? Am Meer, am warmen Mittelmeer? Auch die Gefangene eines Tyrannen besaß Rechte.

Mein Blick folgte Langhans. Schweiß stand ihm auf der Stirn. Er wischte ihn ungeduldig weg. Und dann sagte er den Zaubersatz:

»Wenn die Jungs dir das Schwimmen nicht beibringen konnten, dann werde ich das tun.«

Meine Stirn kräuselte sich, die Hand, mit der ich die Landkarte umklammert hielt, zitterte. Meine Gedanken flogen zu Sabine. Und zu den wenigen Malen, als sie so etwas Ähnliches wie einen Urlaub angedacht hatte. Die Ausflüge waren an Kleinigkeiten während der Anlaufphase gescheitert, die Urlaube bereits im Planungsstadium. Womit konnte man Sabines Bemühungen vergleichen? Am ehesten mit einem Mikadospiel. Nie wurde das Spiel zu Ende gespielt, nie wurde auch nur das Ziel erreicht, die erste Runde zu beenden. Geriet ein Stäbchen ins Wanken, kam der Abbruch, und alle weiteren Versuche wurden sofort eingestellt.

Langhans nutzte meine Verwirrtheit gnadenlos aus.

»No, wie kommt es, dass du noch nie am Meer warst? Das wollte ich dich schon lange fragen. Raus mit der Sprache.«

Und ich wollte noch nie antworten, ließ ich mein Gesicht erklären.

»Also gut, du musst ja nicht antworten. Aber lass dir

helfen. Meerwasser trägt besser als Seewasser, und war ich früher nicht Weltmeister im Wasserball, he?«

»Schlosser! Ich denke, du warst Schlosser.«

»Das außerdem beziehungsweise parallel.«

»Und jetzt bist du ein Mistkerl.«

»Du wiederholst dich. Aber gut, es ist nicht auszuschließen, dass ich deinen Wünschen nicht immer gerecht werde. Aber komm, sei friedlich und lass dich aufklären, weiß ich doch mehr von der Liebe und dem Leben, als ich verdauen kann, und gebe dir gerne etwas von meiner Erfahrung ab. Die Rotznasen waren nichts für dich. Constantin hat das nicht verdient.«

Die entstandene Pause war kurz, sehr, sehr kurz.

»Woher weißt du seinen Namen?« Rasch ging ich die Gespräche der letzten Nacht durch. Auch die der Tage davor. Constantins Name war nie gefallen, da war ich mir sicher. Um Langhans in die Augen zu sehen, musste ich nicht in die Knie, wenngleich ich oben stand, im Peugeot. Trotz seines Alters überragte er mich um Kopflängen. Aber er wich meinem Blick erneut aus, schaute kopfschüttelnd einem jungen Paar zu, das kichernd ein Zelt aufzubauen versuchte.

»Die sind jetzt nicht interessant«, forderte ich ihn heraus, »schau mich an! Woher kennst du seinen Namen? Hast du mit meiner Mutter telefoniert, oder hast du …?« Meine Stimme schlug einen Purzelbaum. Und wie bei einer Katze wölbte sich mein Rücken.

»Schaut, wie sie funkeln kann. Hast du nicht auch in meinen Sachen herumgeschnüffelt?« Er lachte, doch dann schien er zu begreifen, dass ich in diesem Punkt keinen Spaß verstand. Hilflos lenkte er ein. »Gottes

Zorn soll mich treffen, wenn ich dein Tagebuch angefasst habe. Es war der Brief, der mich verführt hat. No, bin ich schließlich nicht auf Diät.«

»Constantins Brief? Den habe ich weggeworfen.«

»Offensichtlich nicht weit genug.«

19

Es war später Nachmittag, als ich mich endlich ins Wasser traute. Der Strand, verwaist, glich einer Badeanstalt, die ihre Pforten verschlossen hielt. Aus Petflaschen hatte Langhans mir ein Floß gebaut und es mir um die Taille gebunden. Dann ließ er mich in See stechen. Ernsthaft und würdevoll dreinblickend, stand er neben mir, ein Priester, der dem Meeresgott sein wertvollstes Opfer darbringt. Und wie ein Opfer fühlte ich mich, schluckte salziges Meerwasser, lachte nicht mehr, paddelte wie wild mit Armen und Beinen. Es ging ums Überleben. Dabei war die Wasseroberfläche ruhig wie eine sanfte und geduldige Mutter, die ihrem Kind die Brust reicht.

»Lerne«, flüsterte Langhans mir zu, »tu es für dich. Lass keine Ausrede gelten.« Er hatte recht. Da war dieses neu erwachte Vertrauen in mein Können, und ich ahnte, dass vieles möglich war. Ein Ziel rückte in greifbare Nähe. Dennoch, die Angst legt Fallstricke aus, es ist schwer, nicht zu straucheln, egal wie sehr man sich zuredet. Und es dauerte eine Weile, bis ich begriff, dass ich nicht alleine war, dass mir jemand zur Seite stand. Vielleicht war es diese neue Erfahrung, die mir half. Obwohl Langhans natürlich in erster Linie an seine eigenen Fähigkeiten zu glauben schien.

»No, bin ich nicht einfallsreich? Das hättest du nicht gedacht. Jetzt ist es kinderleicht für dich, nicht wahr. Gut machst du das, bravo. Doppelbravo.«

Tapfer versuchte ich, trotz seiner Sprüche weiterzukämpfen. Kann man in kaltem Wasser schwitzen? Mein Körper fühlte sich überhitzt und bleischwer an. Das Bedürfnis aufzugeben war allgegenwärtig, aber der neu erwachte Wille war nicht mehr zu unterdrücken. Als wolle ich der Welt etwas beweisen, paddelte ich weiter. Statt der Flaschen, lag nun Langhans' Hand unter meinem Bauch. Zufrieden kreischte er mit den Möwen um die Wette.

»Weiter, weiter, nicht klein beigeben. Und ihr da oben, gebt Ruhe, ihr verkleideten Faschisten. Hier wird hart gearbeitet.«

Möwengeschrei werde ich für immer mit dem Gefühl verbinden, aufgehoben und getragen zu werden, von Händen, die doppelt so groß waren wie normale Hände, die ein stabiles U-Boot unter meinem Bauchnabel bildeten.

»Kannst du bald an der Olympiade teilnehmen. Jeden Tag ein Viertelstündchen, schon ist meine Prinzessin die neue Weltmeisterin.«

»Trotzdem fahren wir morgen weiter«, keuchte ich.

»Einverstanden. Aber Frühsport ist gesund, das heißt, morgen gibt es noch eine Trainingseinheit. Danach brechen wir auf. Ich lass dich jetzt los, aber nur ein bisschen. Joi, nicht aufgeben, weiterstrampeln, hast doch kräftige Beine. Vertrau dem Wasser. Das ist ja wie Fahrradfahren. Was soll nicht gehen? Natürlich klappt es, du musst nur wollen. No, die Goldmedaille hängen wir ins Wohnmobil. Stolz bin ich, das kannst du mir glauben.«

20

Da war das stete Aufschlagen der Wellen, das Rauschen des Windes, das Klack-klack der leeren Muscheln, wenn sie gegen Kiesel stießen. Ich staunte über diese geräuschvolle Stille. Alles war neu für mich, alles sah und roch und hörte ich zum ersten Mal. Die Zeit wurde zu einer Kostbarkeit, dehnte sich aus. Ich übte den Flieger, die Arme weit ausgebreitet. Todesmutig ließ ich mich rückwärts in den weichen Sand fallen und dachte an meinen Vater. Vater. Vater. Vielleicht hätte ich mich auf die Suche nach ihm machen sollen, statt Constantin hinterherzufahren.

Muschelaugen, hatte er gesungen, über hohem Jochbein. Die Frau, die ich liebe, die Dinge, die ich tun muss. Was musste er tun? Warum war er nicht bei uns geblieben? Sehnsucht schüttelte mich wie ein Fieberanfall. Wenn er jetzt da wäre? Wenn mein Leben normal wäre? Wäre ich dann eine andere? Die Antworten, es waren zahllose, ließ ich über meinem Kopf kreisen. Die Möwen pickten danach, trugen sie davon. Das war gut so, ich wollte nicht zu viel nachdenken.

Wie eine überdimensionale Wärmflasche schmiegte sich der Untergrund an meinen Körper. Meine Hände griffen in den Sand. Begeistert ließ ich die wie in einem Mörser zerkleinerten Muscheln durch die gespreizten

Finger rieseln. Dann betrachtete ich bewundernd meine Hände. Nie hätte ich gedacht, dass ich es schaffen würde. Ich war sehr zufrieden mit mir. Constantin würde staunen. Meine Mutter. So oft hatte ich vom Meer geträumt, so intensiv hatte ich die anderen beneidet, dass ich dieses große Nass zu hassen begonnen hatte. Nun hatte ich mich verliebt. Es war zu mir gekommen, es hatte mich umarmt. Von nun an werde ich jedes Jahr ans Meer fahren, beschloss ich. Ich werde richtig gut schwimmen lernen, ich will diese verdammte Medaille. Und nach dem Abi werde ich für eine Reiseagentur arbeiten und sämtliche Weltmeere erkunden.

21

Essen gehen in einem kleinen Restaurant in Sète, direkt an der herausgeputzten Hafenpromenade. Langhans sah unglaublich gut aus. Aus den Tiefen seines Wohnmobils hatte er eine Stoffhose hervorgezaubert, dazu ein schneeweißes Poloshirt und blitzende Schuhe. Nur das Palästinensertuch, das er lässig über die Schulter geworfen trug, störte den Gesamteindruck. Immer noch nicht mein Typ, aber wäre er mein Großvater, ich wäre mächtig stolz auf ihn gewesen. Den Bauch hielt er angespannt, kein Ring zeigte sich oberhalb des Hosenbundes. Es war offensichtlich, dass er sich für mich herausgeputzt hatte. Freimütig strich ich über sein Hemd, nickte anerkennend. Manchmal ist es leicht, Glück zu verschenken.

Die Wahl des Restaurants war schnell getroffen, geschützt sollte es liegen und doch offen nach allen Seiten. Nur noch ein Tisch war frei. Ich rannte los, um ihn zu besetzen. Gierig schweifte mein Blick übers Meer, jedes Detail galt es aufzusaugen und zu konservieren.

»Für mich die doppelte Portion.«

Langhans bestellte gegrillte Sardinen und Muscheln. Die Muscheln rührte ich nicht an, dafür verspeiste ich einen Berg Sardinen und zum Nachtisch zwei Crème caramel.

»Köstlich.« Begeistert leckte ich mir die Lippen und erkundigte mich, ob das Geld auch reichen würde.

Langhans schüttelte die Mähne. Seine Haut hatte in den letzten Tagen jede Menge Farbe angenommen. Das Weiß seiner Locken passte wunderbar zum Weiß des Poloshirts. Zum ersten Mal bemerkte ich das fast stechende Blau seiner Augen. Er musste sich gründlich gewaschen haben. Und noch etwas fiel auf: Sein Blick war ein anderer, Besitzerstolz lag darin.

»Ein echter Holzklotz bin ich gewesen«, begann er und bat mich, ich möge ihm verzeihen, Geld sei so ziemlich das Unwichtigste auf der Welt, nie wäre es ihm um Geld gegangen.

»Aber übers Ohr gehauen werden, bestohlen gar, das konnte ich nicht auf mir sitzen lassen. No, das verstehst du sicherlich.«

Blödmann, dachte ich, nickte aber und entschuldigte mich ebenfalls. Plötzlich mussten wir beide lachen. Mein Blick glitt beschämt zu Boden. Lächerlich, wie wir unsere Fehler, Pokalen gleich, ans Licht hielten, als gälte es abzuwägen, wer der bessere Gauner war und mehr Bewunderung verdiente.

»Lass gut sein.« Langhans winkte ab. Wir schwiegen eine Weile. Ich schaute mich um, bewunderte die sorglosen Gesichter, die uns umgaben. Ein Räuspern brachte mich in die Gegenwart zurück, Langhans schlug einen Spaziergang vor. Ich lehnte ab.

»Ja, es ist spät, aber der Tag noch voller Kraft. Vielleicht sind sie immer noch da.« Geschickt platzierte er den Köder vor meiner Nase.

»Wer?«

»Die Boulespieler, die muss ich dir zeigen.«

In Frankreich zu sein, ohne wenigstens einmal Boule zu spielen, das sei ein Verbrechen, behauptete er. Mir war das egal. Ich war glücklich, mir fehlte nichts. Constantin natürlich, aber ich versuchte, nicht ständig an ihn zu denken. Während des Aufstehens eine leichte Irritation, Langhans hielt sich am Tisch fest.

»Morgen, versprochen, morgen geht es zügig nach Toulouse.« Er sprach schnell, wie um sich oder mich auf andere Gedanken zu bringen. »Dann bist du mich alten Sack los«, plapperte er weiter, »dann kannst du tun und lassen, was du willst.«

Ich sagte nichts dazu. Mein Blick war von einem sehr jungen Kellner eingefangen worden. Er glich Constantin aufs Haar. Nur dass er viel dunkler war, auch kleiner. Der Oberlippenbart über seinem schmalen Mund lächelte.

»Jesses, dieses Leben wird immer mehr zu einer unlösbaren Rechenaufgabe.« Mühsam pumpte Langhans Luft in seine Lungen, dann richtete er sich auf.

»Aber besuchen wirst du mich. Dir zuliebe würde ich ins Seniorenheim zurückkehren. Allerdings nur, wenn ich damit rechnen kann, dass du vorbeischaust. Hörst du mir zu?« Er griff nach meinem Kinn, drehte meinen Kopf in die gewünschte Richtung. »Oder muss ich dich bestechen? Morgen also ein richtiges Dreigängemenü. Du wirst mich umbringen.«

Er sah meinen verständnislosen Blick. Deshalb korrigierte er sich. »Mein Geldbeutel wird schlappmachen, aber das kann uns wurscht sein.«

22

Langhans redete und lachte. Aber ich hatte es doch begriffen, irgendetwas weinte in ihm. Ich befreite mich endgültig aus dem Lasso des jungen Kellners und folgte ihm. Warum tat Langhans, als wäre unser letzter gemeinsamer Abend nicht vorhersehbar gewesen? Mit langsamen Schritten schlenderte er am Kai entlang. Schließlich bogen wir ins Zentrum von Sète ein. Und da passierte es: Zunächst gespielt burschikos, dann väterlich zärtlich, legte er seinen Arm um meine Schulter. Was sollte ich davon halten, so alt der Arm, so schön das Gefühl. Unerwartete Nähe löst immer Panik in mir aus. Unentschlossen wand ich mich unter seiner Berührung. Aber seine Hand blieb, wo sie war, dicht an meinem Hals. Und deshalb musste ich meine Schritte seinen anpassen, wollte ich den Druck nicht zusätzlich verstärken. Rechts und links drängten sich zahlreiche Touristen durch die Gassen, und Einheimische hasteten mit Einkaufsnetzen und Baguettestangen nach Hause. Auch Hunde überall und die dazugehörenden

Haufen. Endlich erreichten wir den Hauptplatz. Ein Springbrunnen hieß uns willkommen, und bereits von Weitem konnte man das Klack-klack der Boulekugeln hören. Über unsern Köpfen krümmten sich Platanen wie ausladende Schirme, verschluckten das letzte Licht des Tages. Doch wie um den Sommer zu verlängern, die Zeit anzuhalten, waren zusätzlich zu der Parkbeleuchtung Scheinwerfer angebracht worden, damit diejenigen, die tagsüber keine Zeit gefunden hatten, die Jungen, aber auch die unersättlichen Alten, noch ein Spielchen wagen konnten.

Langhans war unmöglich. Wie selbstverständlich gesellte er sich dazu. Er konnte nicht warten, bis er eingeladen wurde, lud sich selbst ein. Auch mich wollte er einbeziehen, doch schließlich akzeptierte er meinen Widerstand, verließ mich lachend.

»No, kannst du mir die Daumen drücken, damit ich mich nicht blamier. Aber ich behalt dich im Auge und werde dich von Zeit zu Zeit rufen. Bestimmt bekommst du bald Lust.«

Nein, ich schüttelte den Kopf, wollte nicht geholt werden, wollte nicht mitmachen. Der Platz auf der Reservebank reichte mir vollkommen. Von dort aus konnte ich mich ganz prima amüsieren. Wie die Gockel spreizten die Spieler ihre Federn, stellten die Kämme hoch und brüsteten sich lautstark nach jedem guten Wurf. Die Regeln waren einfach. Es wurde vorgelegt oder aufgeräumt, je nach Position und Können. Selbst als Laie erkannte ich, dass die meisten unglaublich geschickt spielten, mit einem Ernst und einer Konzentration, die nicht so recht zu der ausgelassenen Stimmung passen wollte. Ausgelassen warfen sie ihre Baskenmützen in die Luft, ausgelassen schlugen sie sich gegenseitig auf die Schultern. Aber sie konnten auch Schimpftiraden lostreten, wenn eine Partie nicht klappte. Immer wieder schickten die Männer einen Blick zu mir herüber, wollten wissen, ob ich noch Interesse zeigte. Wenn sie meine Neugierde einfingen, lachten sie laut.

Und dann stand ich doch auf, ließ mich locken und einfangen. Warum nicht. Es war ein besonderer Tag. Er würde nie wiederkommen. Warum sollte ich mich nicht messen, selbst auf die Gefahr hin, dass nicht ich, sondern die anderen ihren Spaß haben würden. Schwer lagen die Kugeln in meiner Hand. Man zeigte mir, wie sie zu halten und zu polieren waren, bis sie silbern glänzten. Ich tat mein Bestes. Brauchte aber nicht lange, um mir sicher zu sein, dass ich dieses Spiel nie gut beherrschen würde. Dennoch schlug ich mich tapfer und war im Vergleich zu Langhans, der sich lautstark als bester siebenbürgischer Spieler rühmte, spitzenmäßig.

»Joi, hau ihn weg!«, kommandierte Langhans während der letzten Runde. Nur noch ein Punkt fehlte den anderen. In den Knien wippend, stellte ich mich hin, nahm die gegnerische Kugel ins Visier, hatte den Profis lange genug zugeschaut, wusste, dass ich genau von oben, genau mittig treffen musste, damit die Kugel zur Seite sprang. Holte also schwungvoll aus, doch der Bogen war zu flach, Kies stob auf, ich konnte den Sieg der Gegner nicht verhindern.

»Merde«, Langhans war in seinem Element, ärgerte sich mächtig, wurde rot im Gesicht und musste erst beruhigt werden, bevor er kleinlaut verkündete, es würde schließlich um die Ehre gehen, nicht um den Sieg. Wie ein Riese stand er neben den zumeist stämmigen Franzosen, gratulierte kameradschaftlich, bedankte sich, vollführte sogar eine angedeutete Verbeugung.

Und, o Wunder, er lehnte die Einladung zu einem Gläschen Wein ab, ein anderes Mal, betonte er, heute würde er mit dieser hübschen jungen Frau feiern wollen. Und noch bevor ich ausweichen konnte, war er bei mir, holte mich mit seiner Pranke zu sich heran, drückte mich. Ich ließ ihm eine Kugel auf den Fuß fallen.

23

Deutlich sehe ich das Bild vor Augen: Langhans und ich, am Strand, auf einer Decke, fremd und vertraut zugleich, Großvater und Enkelin, die sich erst vor Kurzem kennengelernt hatten und sich neugierig beäugten. In weiter Entfernung kleine Grüppchen, die ein Lagerfeuer entzündeten, oder Pärchen, Arm in Arm flanierend. Einen Spaziergang hatte ich abgelehnt. Um mich vor dem Wind zu schützen, trug ich einen dicken Wollpullover, Langhans war kurzärmlig. Warm war ihm ganz bestimmt nicht, ab und zu fuhr er sich mit beiden Händen über die Ober- und Unterarme. Seinen einzigen dicken Pullover trug ich mit Vergnügen, genoss das Gefühl, dass er sich für mich aufopferte. Natürlich nicht wirklich, denn er hätte sich eine Regenjacke oder Decke über die Schultern legen können.

»Erzähl mir von Henny, wie hast du sie kennengelernt?«

Ein Lichtermeer aus Sternen und ein Mond, der seine Sichelform aufgegeben hatte, um sich im Eiltempo in einen chinesischen Lampion zu verwandeln. Langhans, als neu erwachter Romantiker, hatte zusätzlich Kerzen mitgebracht und entzündet.

»Es gibt Dinge, die mag man mit niemandem teilen.« Er schwieg.

»Also gut, warum bist du aus Rumänien weg. Wo hast du deine zweite Frau kennengelernt?«

»Schon wieder indiskret« – er wedelte mit seiner Hand vor meinem Gesicht – »aber ein paar Erinnerungen an Rumänien schenk ich dir. No, gab es von allem zu wenig, außer der Angst vor Denunziation. Die gab es im Überfluss, mit Quittung und lebenslanger Garantie. Aber zu wenig Klopapier, zu wenig Butter. Auch keine Kerzen.« Er sah mich an. »Und schimmern Frauenhaare nicht wunderbar ins Rötliche, bei Kerzenschein?«

Was für eine Frage. Es machte mich verlegen, dass seine Kommentare plötzlich wie Komplimente daherkamen. Dass ich seine burschikose Art vermisste, fand ich mehr als komisch, aber genau das schien der Fall zu sein.

Um sein widersprüchliches Auftreten auszugleichen, hatte ich mich erwachsener und geradliniger gegeben, als ich war. Die Rolle hatte ich mir selbst ausgesucht, ich spielte sie weiter und rückte ein Stück von ihm ab. Bereute mein Tun jedoch sofort, denn die Decke unter meinem Hintern fühlte sich kalt an.

»Warum bist du aus Rumänien weg?«, wiederholte ich.

»Hilf mir. Wann meinst du? Ich bin mit sechzehn weg, um die Welt zu retten, das zweite Mal, um meinen Verstand in Sicherheit zu bringen.«

Mehrere Sternschnuppen, vielleicht auch die Reste eines zerstörten Satelliten, fielen vom Himmel, ich erwiderte nichts, wünschte mir etwas Schönes und ließ Langhans erzählen.

»Also gut, erzählen wir vom ersten Mal, der Sozialismus hat schließlich mein Leben geprägt. Versehentlich hatte mein Vater das Manifest der Kommunistischen Partei mitgebracht, aus Italien, das war nach dem ersten Weltkrieg. Und weil ich Jahrzehnte später Tatas Stiefel erbte, fand ich das Manifest. Es hatte dazu gedient, ein Loch in der Sohle notdürftig zu flicken. Weil ich jung war, weil Bücher Mangelware waren, säuberte und glättete ich es. No, und zusammen mit einem Freund übersetzten wir es, verstanden trotzdem weniger als die Hälfte, doch wir waren infiziert.« Langhans schlug sich gegen die Stirn. »Siehst du, ich werde alt, mir fällt sein Name nicht mehr ein. Ich weiß, er war ein halber oder viertel Italiener und wohnte in der Angergasse. Macht nichts, jedenfalls war auch er von der Heiligkeit dieser neuen Bibel überzeugt, wir beschlossen, uns für die Revolution des Proletariats aufzuopfern. Da es bei uns in Siebenbürgen mit der Revolution noch nicht so weit war, mischten wir uns in die internationale Politik. Wir schnürten unsere Bündel, klauten Geld und Zigaretten, ich zudem den Ausweis meines Bruders, und los ging's. Mein Freund kam bis zur Stadtgrenze, dort wartete sein Vater auf ihn und prügelte ihn zurück, ich hingegen kam bis Spanien.«

Langhans war aufgestanden, um sich Wein nachzuschenken. Eine ganze Flasche brauchte er pro Abend, zwei Flaschen pro Tag, weil er bereits nach Dienstschluss mit dem Trinken anfing. Dienstschluss bedeutete, die Pflicht war erledigt, und alles, was man danach noch sagte oder tat, durfte dem Zufall überlassen werden. Mir fiel auf, dass er sich über seinen jugendlichen Enthusiasmus lustig zu machen versuchte. Bei anderen Gelegenheiten hatte er darauf gepocht, dass die Pflicht der Jugend im Aufbruch bestünde, dass es nichts Schlimmeres als junge Menschen ohne Visionen, Ziele und einen tatkräftigen Einsatz gebe. An eine Unterbrechung war nicht zu denken. Ich hatte seine Erinnerungslawine selbst losgetreten. Ohne Atem zu holen, erzählte er von der ersten und längsten Reise seines Lebens, vom Einsatz im Bürgerkrieg, von den Schlachten, von der Angst und den Bildern, die man nicht mehr loswurde. Vom Hitzkopf, fasste er zusammen, sei er zum Draufgänger, vom Draufgänger zum Kämpfer geworden. Den Vergleich mit einem Soldaten, der ja nur Befehlsempfänger war, lehnte er rundweg ab.

Er erzählte von seinen Verwundungen, die ich alle kannte, weil er schamlos war und überall nackt herumlief, und er berichtete von dem Glück, das mit dem Unglück reist, denn wäre er nicht verletzt worden, hätten die Anhänger Francos zwar keine Chance gehabt, er aber seine wunderbare Geliebte nicht kennengelernt.

»Ehefrau«, korrigierte ich.

»Ja, auch Ehefrau.«

Seine Gesichtszüge waren weich geworden, erst sah er mich lange an, dann den Sternenhimmel, als vermutete er Henny dort oben sitzend.

»Henny war meine große Liebe. Die Umstände aber haben uns frühzeitig getrennt.« Langhans schluckte, und wieder bedachte er mich mit einem prüfenden Blick. Die Altersflecken auf seiner Haut waren deutlicher zu sehen als sonst. »No, solche Gefühle gibt es heute nicht mehr. Heute muss alles schnell gehen, alles wird kalt angerührt, da kann nur die Qualität einer Instantliebe herauskommen.« Sein Mund entließ ein Zischen, es klang verächtlich. »Der Geschmack, der Genuss ist untergeordnet.«

»Woher willst du das denn wissen?«

Natürlich sei das Wort Liebe auch damals ein erschreckend großes Wort gewesen, milderte er sein Urteil ab, Angst habe man davor gehabt, dass es einen erwischen könnte, Angst habe man aber auch gehabt, eine Kugel könne einen treffen, bevor man die wahre Liebe erfahren habe.

»Woran merkt man, dass es die wahre Liebe ist?« Meine Frage sollte ironisch klingen, ich versuchte ein Kichern, doch es misslang. Egal, Langhans schien mich nicht zu hören, sein Bericht galt den Wellen, die im gleichmäßigen Rhythmus auf uns zurollten, um sich klatschend vor uns zu verneigen.

»No, du musst sie dir wie eine Nixe vorstellen, voller Sommersprossen und mit lockigen roten Haaren. Die Nase ein bisschen zu lang. Dazu ein Temperament wie für die Bühne gemacht, ungestüm, lebenshungrig. Nie blieb ihr Mund still stehen, nie ruhte sie sich aus, bevor nicht alles gerichtet und aufgeräumt und vorbereitet war. Joi, sie hatte Beine, so dünn wie meine Oberarme, aber wohlgeformt, das kannst du mir glauben. Zugegeben, ihre Augen waren ein bisschen zu groß, Angst hatte man, darin zu versinken. Das Grün war so klar wie ein Bergsee, und doch war nichts Kaltes an Henny, sie lachte ja immer, auch wenn es nichts zu lachen gab. Nie log sie, außer wenn sie beruflich unterwegs war. Ihre Antworten waren knallhart, man wusste stets, woran man bei ihr war und doch ...« An dieser Stelle seufzte Langhans, als hätte sich ein zentnerschwerer Stein auf seine Brust gelegt. »... Und doch habe ich ihr nicht geglaubt.«

»Was geglaubt?«

»Wie bitte?« Wie aus einem Traum erwachte er und schaute auf, sah mich, lächelte verwirrt, als hätte er mich gerade erst entdeckt.

»Du hast ihr nicht vertraut, nicht wahr?«

»No, wo sind wir hier, vor Gericht? Muss ich akkurat Bericht erstatten?« Von einem Augenblick auf den anderen wurde er ernst. »Vertrauen ist gut, Kontrolle ist besser, sie war eben wunderschön.«

Langhans lachte nach innen, in die Erinnerung hinein, wie in einen dunklen Tunnel. Dann schaute er auf.

»Prinzessin, guck nicht so griesgrämig, hätte sie länger gelebt, ich wäre ein anderer geworden, das steht fest.« Aber sei das nicht immer so, philosophierte er weiter, Menschen bestünden aus Puzzleteilen, ein Teil dort gefunden, das andere dort gestohlen, das dritte aus der Vereinigung entstanden.

»Was redest du da?« Meine Gedanken waren bei dem Wort *Vertrauen* hängen geblieben, bestimmt war es schwer für die beiden gewesen, so lange voneinander getrennt zu sein. Sie hatten sich mit anderen Partnern getröstet. Langhans mit Yvette und Gott weiß wem und Henny mit …? Otto fiel mir ein, Langhans' bester Freund. Er und Henny hatten in Paris eine Wohnung geteilt. Da konnte man schon auf dumme Gedanken kommen. War Ádám deshalb so hinter der Vergangenheit her, weil er nicht wusste, wer nun wirklich sein Vater war? Aber würde da ein Vaterschaftstest nicht reichen?

»Menschenskind, von Henny erzähle ich, immer noch. Sie war so, wie ich werden wollte, ein guter Mensch, ein Engel. In mir steckt der Teufel, warum soll ich es verheimlichen, und wir haben uns oft gestritten. Sie war ein bisschen wie du, Sabotage war mehr als ein Zauberwort für sie.« Gespannt schaute er mich von der Seite an, lauernd. »No, wieder weißt du nicht, wovon ich rede, gib's zu. Du kennst das Wort nicht, le sabot, der Holzschuh. Französische Weber schmissen ihre Holzschuhe in die Textilmaschinen, um die Produktion zu verlangsamen. Aber es waren zu viele Maschinen und zu wenige Holzschuhe. Da sieht man es mal wieder: Steine, die ins Rollen geraten, kann man nicht aufhalten.« Langhans seufzte erneut, holte aus den Tiefen seiner Hosentasche eine Pfeife hervor, die ich noch nie zuvor zu Gesicht bekommen hatte, stopfte Tabak hinein und begann zu rauchen. »Im Widerstand war es nicht anders. Zu viele Nazis und zu viele Richter und Staatsanwälte, die ihnen zuarbeiteten, dazu jede Menge

Holzköpfe, die zuschauten. No, und wie ist es heute? Genauso! Nichts hat sich geändert, nichts. Jeder denkt an sich selbst, jeder hofft auf einen feinen Posten, jeder will weiter und höher hinaus. Die Welt vergleicht sich. Mit dem Maßband wird Schönheit, Macht und Reichtum abgemessen. Nur das Glück vergessen sie dabei.«

Er fing an, sich zu wiederholen. Vielleicht rührte daher dieses Gefühl der Vertrautheit. Vieles hatte er mir mehr als einmal erzählt. Ich spürte auch die Zuneigung, wusste, ich sollte sie nicht mehr übersehen, sollte ihm zeigen, dass ich mit ihm litt, dass ich ihn mochte, dass ich froh war, in seinen Wagen eingestiegen zu sein. Dadurch war sein Leben bei mir eingezogen, wie in einen leer stehenden Stall. Trotzdem konnte ich nicht über meinen Schatten springen.

»Vielleicht solltest du weniger Wein trinken.« Komisch, diese Bemerkung hatte er sofort gehört, wie zum Trotz leerte er sein Glas in einem Zug und schüttete nach.

»Ohne Wein lässt es sich nicht aushalten. Ihr Frauen macht uns verrückt.« Seine Stimme war von jeder Ironie leer gefegt. »Seid ihr doch so schön, dass man blöd wird im Kopf.«

Mir war nicht klar, warum er mich dabei ansah, von mir konnte er ja wohl kaum sprechen. Aber ich spürte eine ungewohnte Härte in seiner Stimme. Bitterschokolade, kam mir in den Sinn, außen vielversprechend, innen jedoch widerborstig. In mir wuchs der Verdacht, dass er Henny mehr geliebt hatte als sie ihn.

24

Dann war plötzlich die Idee da.

»Können wir hier schlafen, am Strand?« Es war unsere letzte Nacht. Er brummte, und ich hakte nach. »Ich brauche dich als Aufpasser.«

Das gefiel ihm. Seine Gesichtszüge wurden sanft, öffneten sich wie eine Seerose. Ich wartete. Doch er sagte nichts. Deshalb bat ich: »Holst du die Decken und deinen Schlafsack? Ich gehe Zähne putzen.«

Da lachte er herzhaft.

»No, ist das nicht ein Aufwasch? Bring alles mit, was du tragen kannst, es wird kalt.« Er war angetrunken. Er würde einen lausigen Bewacher abgeben.

»Dass Henny dich freiwillig geheiratet hat, halte ich für ein Gerücht.« Murrend erhob ich mich. Sand klebte an meinen Händen, an den Füßen, ich streifte ihn ab und fühlte mich herrlich leicht. Auch anders. Ein neues Körpergefühl war in mir erwacht. In den letzten Jahren hatte ich viel getrunken und geraucht. Ich vermisste die Drogen. Doch eigentlich ging es mir ohne sie besser. Dass ich hinkte, machte mir nichts aus.

Gut gelaunt marschierte ich zum Platz. In den Tamariskensträuchern zirpte es einsam. Klar werde ich Langhans im Altersheim besuchen, beschloss ich, und Constantin wird mich begleiten. Morgen musste ich ihn anrufen. Kaum angedacht, krampfte sich mein Magen zusammen. Das lag sicherlich nicht am Abendessen. Wie wird er reagieren, grübelte ich, wird alles gut werden?

Noch hatte ich das Wohnmobil nicht erreicht, da querte eine dunkle Gestalt meinen Weg. Dunkle Hose, dunkles Oberteil, dunkle Haare. Ein hochgeschossenes Wesen. Ich schaute mich nach allen Seiten um. Die ganze Zeit über war mir niemand begegnet, es musste verdammt spät sein. Neben mir flackerte eine Laterne, das Licht war abgedämpft, glich dem Notlicht in einem Krankenhausflur. Unmittelbar vor unserem Wohnmobil blieb das Wesen stehen. Es war ein Mann. Offensichtlich hatte er mich nicht gesehen. Langhans schloss das Wohnmobil nie ab. Und nun machte dieser Mensch sich an der Tür zu schaffen. Was sollte ich tun, rufen oder leise zurückschleichen? Mein Herz begann kräftig zu schlagen. Hatte ich eine Chance gegen den Riesen? Genau in dem Augenblick, ich hatte mich zum Rückzug entschlossen, drehte der Mann sich um. Ich war stehen geblieben, gelähmt wie von einem Schlangenbiss. Der Mann sah mich und hielt inne. Ádám. Ich konnte es nicht glauben. Ádám hatte uns bis hierher, bis in den Süden Frankreichs verfolgt. Den Rücken gebeugt, die Haare lang und strähnig, glich er einem heruntergekommenen Hippie auf der Suche nach Bargeld. Ohne Hast kam er auf mich zu.

»Wo ist er?«, wollte Ádám wissen. »Lebt er?« Französische Vokabeln flogen mir um die Ohren, er schien vergessen zu haben, mit wem er sprach. *Bâtard*, wiederholte er immer wieder, und *sacrément*, scharf ausgesprochen. Sein Gesicht, das sah ich auch im schummrigen Licht der Laterne, hatte sich vor Wut verfärbt. Alles klar, dachte ich, der will nicht warten, bis Langhans in Toulouse angekommen ist, um dort in Ruhe mit ihm zu sprechen, was auch immer es zu besprechen gibt, nein, er will ihm hier und jetzt und auch mir den Urlaub vermiesen. Soll er doch. Das scheint eine Sache zwischen Männern zu sein. Selbst Yvette soll ausgeschlossen werden.

»Dort«, gab ich also zur Antwort und zeigte zum Strand. »Natürlich geht es ihm gut, was soll auch sein?« Erst jetzt sah ich, Ádám hielt einen Umschlag in Händen, schon wieder. Trotz der Erleichterung, dass er mich nicht auf seine Seite zu ziehen versuchte, rief ich ihm hinterher:

»Ádám, bleib stehen!« Die Zikaden waren so laut, dass ich meine Stimme erheben musste. »Willst du nicht zuerst mit mir sprechen?«

Blöder Einfall, dachte ich sofort. Was soll er mir schon erklären, ich bin für ihn nichts weiter als eine Zuschauerin. Der ganze Ärger hat etwas mit diesem Film zu tun. Dadurch ist herausgekommen, dass Ádáms Mutter und Langhans ein Verhältnis hatten. Egal was Langhans erzählt, die weite Reise nach Toulouse unternimmt er nicht nur, um Yvette zu sehen. Er will sie auf seine Seite ziehen, sich mit ihr absprechen. Noch während ich auf diesen Gedanken herumkaute, ahnte ich, dass dies Indizien waren, keine Beweise. Im Grunde genommen hatte ich keine Ahnung, was wirklich vor sich ging. Ádám würde mir nicht antworten. Längst war er zwischen den Zelten verschwunden. Und auch aus Langhans würde ich nicht die Wahrheit herausbekommen. Eine ganze Weile blieb ich grübelnd an meinem Platz zwischen den Tamarisken stehen, und erst als ich mir sicher war, dass niemand mehr in meiner

Nähe war, ging ich weiter zum Waschraum. Aus einem der Zelte war ein leises, beruhigendes Schnarchen zu hören, eine Frau seufzte. Ging mich das Ganze wirklich nichts an? Woher kam mein Interesse an Henny, woher mein plötzliches Mitleid mit Ádám? Ist es, weil auch er früh seinen Vater verloren hatte? Aber er war ein erwachsener Mann, mehr als das, alt schon. Konnte er Langhans nicht in Ruhe lassen? Da war auch ein Mitleiden, ein Mitfühlen und -denken mit Langhans. Dieser verhasste Griesgram hatte seinen Anker in mein Herz geworfen.

Die Wörter Vaterschaftsklage und DNA-Test begleiteten mich auf dem Rückweg und dass ein Mensch ohne feste Arbeit ein Interesse daran haben könnte, als rechtmäßiger Erbe eingetragen zu werden. Ádám wollte Langhans in die Knie zwingen. Allerdings stand zu befürchten, dass man bei Langhans nicht viel holen konnte. Vor drei Tagen hätte mich das alles nicht interessiert, vor fünf erst recht nicht. Fünf Tage, ich hielt die Luft an. Seit fünf Tagen war ich mit Langhans unterwegs. Davor kannte ich ihn eine Woche. Mir aber kam es so vor, als hätte ich mein halbes Leben mit ihm verbracht. War ich nicht dazu verpflichtet, ihm zu helfen? Nein, war ich nicht. Langhans war ein Kämpfer, er war ein Siegertyp, und mit Ádám würde er alleine fertig werden.

25

Als ich schwer beladen an den Strand zurückkehrte, war Langhans nicht alleine. Ein Mann leistete ihm Gesellschaft. Seiner Silhouette nach zu urteilen, war er mittelalt, hochgeschossen. Wären die kurzen Haare nicht gewesen, ich hätte auf Ádám getippt. Ein Feuer war entzündet worden, das die beiden plaudernd mit kleinen Mengen Schwemmholz fütterten.

Zuerst war da Neugierde, wer der Fremde war, und zu der Neugierde gesellte sich Erleichterung, dass das schwierige Gespräch zwischen Langhans und Ádám offenbar nicht stattgefunden hatte oder glimpflich verlaufen war. Als ich Langhans fragte, ob noch jemand da gewesen wäre, schaute er erstaunt auf, schüttelte verständnislos den Kopf. Recht bald merkte ich jedoch, dass ich nicht Langhans schonen wollte und ihm Erholung wünschte, sondern dass ich keine Eindringlinge wollte. Warum es nicht zugeben, obwohl ich es nicht verstand: Ich wollte Langhans für mich alleine haben. Weder Ádám noch dieser Neue sollten uns stören.

Beim Nähertreten erkannte ich, der mittelalte Mensch war ein alter. Nicht ganz so alt wie Langhans, aber nicht weit davon entfernt. Der Hinterkopf war dunkel, vorne jedoch umrahmten weiße Stoppelhaare ein faltiges Gesicht. Eine tiefe Furche teilte sein Kinn in zwei gleichmäßige Hälften. Ich mochte den Kerl vom ersten Augenblick an nicht.

»No, das ist meine Prinzessin«, Langhans plusterte sich auf, zeigte mit einem freundlich lachenden Gesicht auf mich. Es wurde Deutsch gesprochen. Später wurde gelacht, über Witze, über die kein weibliches Wesen lachen kann. Langhans war mir so fremd wie ein beliebiger Planet am Sternenhimmel. Wieder trug er die Maske des Alleinunterhalters und benutzte mich, um dem Abend Farbe zu verleihen. Als er dazu anhob, über meine Schwimmversuche zu berichten, stand ich auf. Wie aus Versehen trat ich gegen sein Weinglas und freute mich, dass der Sand die rote Flüssigkeit gierig aufsog. Es war ein teurer Wein, das wusste ich.

»Was soll das, gönnst du mir nichts mehr?«, trällerte Langhans. Doch er schaute auf und verstand meinen Blick. »Joi, Entschuldigung.« Der Fremde fragte lachend, ob das immer so sei, ob man sich in dieser Familie dafür entschuldigen müsse, wenn der andere ...?

Weiter kam er nicht. Auch Langhans erhob sich, zog seine Jogginghose hoch, sortierte alles, was darin in Unordnung geraten war, und sagte, dass es spät geworden sei. Ohne große Umstände verabschiedete er den Fremdling, dann ging er zwischen die Dünen zum Pinkeln.

»No, verstehst nicht viel Spaß, nicht wahr?«, versuchte Langhans mich aufzuheitern.

»Von welchem Spaß redest du?«

»Lass uns nicht streiten, schau« – er deutete zum Himmelszelt – »das Universum schickt sich an, einen aufregend neuen Tag für uns zu kreieren.« Seine Wortwahl schlug einen Salto rückwärts. Ich antwortete nicht, wartete auf den rechten Moment, um ihm die Fragen zu stellen, die mir seit der Begegnung mit Ádám durch den Kopf gingen. Doch Langhans versuchte immer noch, sein Gewissen reinzuwaschen. »No, warst du nicht ewig lange weg, als hättest du erst ein Schaf scheren, die Wolle spinnen, die Decken weben müssen? Da kam mir dieser Peter gerade recht. Zum Holzschleppen und Anstoßen war er nicht schlecht, oder?« Lachend legte Langhans ein letztes Holzscheit ins Feuer, wickelte sich in ein paar Decken und klopfte auf das vorbereitete Decken-Schlafsack-Gebilde neben sich. Es war zur Selbstverständlichkeit geworden, dass ich seinen roten Daunenschlafsack benutzen durfte. Wegen mir fror er. Ausgiebig gähnte er, und ausgiebig verzieh ich ihm.

»Na, komm schon, meine weiße Taube, lass uns Frieden schließen. Nichts kann so wichtig sein, dass wir uns ernsthaft streiten. Ich bin ein alter Elefant, aber schau, ich werde dich von der einen Seite wärmen, von der anderen Seite wärmt dich das Feuer. Und wenn dir danach ist, darfst du mich umarmen. Die ganze Nacht wirst du wunderbare Träume haben. Saug diesen Geruch in dich ein, Muscheln, Fische, Salz und Kohle, es wird dich stark machen.«

Nichts kann so wichtig sein, dass wir uns ernsthaft streiten. Ich lachte über seine Naivität, aber vielleicht lag doch ein Funken Wahrheit in seiner Einschätzung. Vorsichtig verstaute ich meine Fragen unter meinem Kopfkissen. Was gingen mich Ádáms Probleme an? Und stand nicht sowieso zu befürchten, dass er bereits morgen früh wieder auftauchen würde?

26

Es wurde unsere kürzeste und schönste Nacht. Woran ich mich deutlich erinnere: an eine Grenzenlosigkeit, die mir neu und beängstigend erschien. An die Sehnsucht nach einem Gitterbett und einer Mutterhand, die zwischen den Holzstäben durchgreift, an unbekannte Geräusche, die mein Herz vor Anstrengung stolpern ließen, an das Wunder, dass ich angesichts des Anblickes von Milliarden verbrannter Sonnen empfand, die ihr Licht verschwenderisch zu uns schickten.

So schrecklich kalt, dachte ich, als ich das erste Mal wach wurde, doch eigentlich musste ich nur die Nase tiefer in den Schlafsack wühlen, dann wurde mir wieder warm. Zu hart, dachte ich beim nächsten Mal, doch der Sand war nachgiebig, durch eine geringe Körperdrehung rechts, links konnte man sich in eine passende Mulde eingraben. Erst beim dritten Aufwachen wusste ich, woher meine Unruhe rührte, über mir befand sich zu viel Himmel und um mich herum zu viel Freiheit. Immer enger schmiegte ich mich an Langhans, wünschte mir, dass Constantin auf der anderen Seite liegen würde. Geborgen zwischen zwei Männerkörpern, hätte ich keine Angst gehabt. Das Plappern des Meeres und das Flüstern des Grases hätten mich nicht beunruhigt. Aber was, wenn ein Tier mich von oben oder von hinten angreifen wollte? Eine Eule, ein Schwan, eine Eidechse. Bestand nicht auch die Gefahr, dass dieser Peter zurückkam? Bestimmt hielt sich Ádám in der Nähe auf. Wie konnte Langhans so seelenruhig schlafen? Ich hätte ihm vielleicht doch von ihm erzählen sollen. Wenn ich es nicht besser gewusst hätte, ich hätte Langhans' Gelassenheit auf sein gigantisches Alter schieben können. Aber er war bereits als junger Mensch sehr viel mutiger, vielleicht auch nur verwegener gewesen, als ich je sein würde. Ich bewunderte ihn sehr.

Man erwacht früh, wenn man kein Dach über dem Kopf hat. Obwohl ich bereits etliche Male in Autos übernachtet hatte, war diese Stranderfahrung neu für mich. Aber Mut zahlt sich aus, merkte ich, das bestandene Abenteuer schmeckte süß und ließ mich übermütig werden.

»Meister, sollen wir schwimmen gehen?«

Langhans sah müde aus, seine Augen, kaum sichtbar, lagen unter tiefen Falten. Ein Bügeleisen hätte gute Dienste leisten können, ein Dampfbügeleisen. »Komm schon!«, flehte ich. »Es ist noch niemand auf den Beinen, außer ein paar Fischen vielleicht, jetzt trau ich mich.«

In Wahrheit musste ich pinkeln. Ich wollte aber auch die Gunst der Stunde nutzen. Wie ein aufgekratztes Huhn sprang ich auf die Beine, wischte mir den Schlaf aus den Augen, begrüßte die Helligkeit hinter dem Horizont. Die Sonne hatte ihre Bettdecke noch nicht abgestreift, erst langsam, orangerot, kündigte sie ihr Aufstehen an.

»Jesus, was für eine unkommode Eile.« Langhans' Stimme klang, als hätte er Sand verschluckt. »Du bist wie diese Singvögel, der ganze Tag liegt noch vor ihnen, trotzdem haben sie mich bereits um vier Uhr geweckt. Ein fürchterlicher Radau, sag ich dir, du hast ja tief und fest geschnarcht. Zwei Ohren sind in solchen Augenblicken zu viel für einen Menschen.«

Ich verweigerte einen Kommentar, suchte nach seinem Fotoapparat und schoss dreißig Sonnenbilder, nahm auch ihn ins Visier, obwohl er sich wehrte.

»Lass das!«, winkte er ab, als gälte es, eine lästige Fliege zu vertreiben. »Mit mir kannst du keinen Preis mehr gewinnen.«

»Doch, gerade.« Ich sagte ihm nicht, dass sein Gesicht einer Backpflaume glich. »Lass die Haare so, das passt.«

Wir gingen schwimmen, stürzten uns todesmutig ins eiskalte Meer, das herrlich glitzerte. Tausend Kerzen schaukelten auf den Wellen. Wünscht euch was, wisperte das Meer uns zu, für jede ausgeblasene Kerze habt ihr einen Wunsch frei. Langhans und ich schwammen nackt, weil wir beide zu faul gewesen waren, die Badesachen von der Leine zu holen. Mein Meister musste mich nicht mehr halten, ich schwamm neben ihm. Wenn ich müde war, legte ich meine rechte Hand auf seine Schulter. Seinen breiten Rücken, gebaut wie ein Boot, stabil, ausladend, spüre ich immer noch in meinen Fingerspitzen. Er sah wieder glücklich aus, und mir wurde klar, dass sein Strahlen etwas mit mir zu tun haben könnte.

27

Beim Zusammenräumen rutschte es mir heraus:

»Ádám ist hier irgendwo. Er wollte mit dir sprechen, gestern Nacht.«

Ich hätte meinen Mund halten sollen, ich tat es nicht. Im Gegenteil, obwohl ich sein erschrockenes Gesicht sah, baute ich mich fordernd vor ihm auf, verlangte Klarheit.

»Was habt ihr miteinander, Ádám und du? Du sagst mir nur die halbe Wahrheit, das ist sicher. Was willst du wirklich in Toulouse? Es muss schon sehr wichtig sein, wenn du so viel Geld ausgibst. Und für Ádám muss es auch wichtig sein, sonst würde er uns nicht hinterherfahren. Er ist arm wie eine Kirchenmaus. Sag jetzt nicht, er will seine Mutter besuchen und dies sei der kürzeste Weg, um Toulouse zu erreichen.«

Die Neugierde war plötzlich übermächtig. Und es galt zu beweisen, dass ich nicht begriffsstutzig war. Aber der Ton macht die Musik, ein Großmutterspruch, den Sabine an mich weitergegeben, nein, in mich eingepflanzt hatte, und der Ton war eindeutig daneben. Die Wirkung trat unmittelbar ein. Langhans griff sich ans Herz, als hätte ihn ein Pfeil getroffen.

»Du hast mit Ádám gesprochen?«, wollte er wissen. »Wann?«

Damit verwandelte er meine Frage in eine Gegenfrage, zwang mich, von der gestrigen Begegnung zu erzählen. Dabei sollte er mich aufklären, fand ich. Gerade weil es unser letzter Tag war, gerade weil wir uns bald trennen würden.

»Du hast nichts gesagt!« Sein Vorwurf, eine stabile Mauer, die uns trennte.

Natürlich wehrte ich mich, erklärte, dass sich keine passende Gelegenheit gefunden habe, schließlich könne er nicht für fünf Sekunden den Schnabel halten, schließlich sei er am Abend reichlich angetrunken gewesen. Langhans hatte sich immer noch nicht von dem Schreck erholt. Ungläubig starrte er mich an, wirkte wie einer, der unschuldig vor Gericht sitzt.

»Warum erst jetzt?«, wiederholte er.

Für Sekunden schloss ich die Augen, hörte es reißen. Ratsch, das dünne Band unserer Freundschaft. »No, die ganze Nacht liegst du neben mir und sagst kein Wort. Das nenne ich Vertrauen aufbauen.«

Wir waren ein Spinnenpärchen, knüpften ein Netz, jeden Tag aufs Neue, wir wollten das Gemeinsame in eine Waagschale werfen, doch immer wieder zerstörte eine unachtsame Bewegung unsere Bemühungen.

»Hast du die Zunge verschluckt, oder was? Erzähl, was habt ihr beiden gestern beredet? Stellst du dich jetzt auch gegen mich?«

»Wie kommst du darauf? Ich habe doch keine Ahnung, was vor sich geht.«

»Warst du nicht auffallend lange weg?« Sein Gesicht nahm wieder diesen fleckigen Farbton an. »Natürlich, hinter meinem Rücken habt ihr euch verbündet.«

Langhans drehte sich um, gab auf, und das war schlimmer als der zu erwartende Streit. Mit hoch erhobenem

Kopf, ein Bündel unter dem Arm verließ er den Strand. Eigentlich verließ er mich. Zurück blieb die Erinnerung an ein Nest, eine Doppelkuhle im Sand. Dazu ein dunkler Aschefleck, den ich hastig mit den Füßen zuscharrte. Meine erste Nacht im Freien. Gerne hätte ich mich vom Meer verabschiedet, mit einer besonderen Geste, einem Lächeln vielleicht oder indem ich ein paar Muscheln zu einem Herzen zusammenlegte. Aber ich musste mich beeilen, Langhans war zuzutrauen, dass er ohne mich weiterfuhr oder irgendwo auf Ádám stieß, die beiden sich die Köpfe einschlugen und ich nie mehr hier wegkommen würde. Bestimmt hatte Langhans recht, es war echt scheiße, dass sich die Vergangenheit ständig in die Gegenwart einmischte.

Siebtes Kapitel

1

Man kann auch schweigend reisen, man kann auch beleidigt schweigen. Der Straße schien das egal zu sein. Schnurgerade zog sie sich an der Küste entlang, streifte mal eine Stadt, mal ein Dorf. Langhans saß am Steuer, weil er der Kapitän war, ihm gehört das Schiff, das hatte er vor der Abfahrt deutlich gemacht.

»Wir fahren, aber nicht ohne Pause.« Das war das Letzte, was von ihm zu vernehmen gewesen war. Ausgedehnte Maisfelder begleiteten unseren Weg, die Sonne stieg schneller als ein Heißluftballon, stand bald schon hoch oben am Himmel, erhitzte alles, auch mein Gemüt. Verdammt, was hatte ich verbrochen? Weniger als nichts. Dennoch wollte er, dieser Langhans, der neue Weltmeister im Beleidigtsein werden. Alles, was er tat, tat er gründlich. Furzen, nackt sein, lachen, sich und andere unterhalten, schweigen.

Hatte er nicht gestern noch gefordert: Komm, lass uns wild sein, weg mit der Hausschweinmentalität, die sie uns anerzogen haben. Eine Aufforderung, der ich nachgekommen war. Seine Wildheit jedoch kuschte vor der Vergangenheit. Es war schwer, seine Ablehnung zu ertragen.

»Können wir uns nicht endlich wie normale Menschen verhalten?« Ich hatte mich so lange in Rage gedacht, dass es ausgesprochen werden musste. »Wann und wo und wieso ich schlechte Laune habe, bestimme immer noch ich«, warf ich ihm an den Kopf. »Du hast nicht über mein Befinden zu bestimmen. Wenn du dich auf den Schlips getreten fühlst, dann ist das nicht mein Problem, verstanden. Ich habe nichts Unrechtes getan. Ádám wollte mit dir sprechen, ich habe ihm gesagt, wo du bist, warum also …?« Nein, rechtfertigen mochte ich mich nicht. Ich verschloss den Mund, schluckte den Gedanken hinunter und griff ihm ins Lenkrad. »Bleib bitte stehen, ich muss mal.«

Langhans hatte mich nicht unterbrochen, das war ungewöhnlich. Auch ein hämisches Lachen hätte ich akzeptiert, nicht aber dieses Schweigen. Er sah zu mir herüber. Und erst da erkannte ich die Verzweiflung in seinem Blick. Etwas hatte ihn zutiefst aufgewühlt. In dem Moment begriff ich, dass es nicht mein Verhalten sein konnte. War es die Angst vor Ádám? Oder schlechte Gedanken, die ihm die Magenwände aufweichten, die ihn blass und alt wirken ließen? Grübelnd betrachtete ich die Straßenschilder. Noch hundertachtzig Kilometer bis Toulouse. Ein Katzensprung. Die Autobahn war wunderbar ausgebaut, wir würden in weniger als zwei Stunden da sein. Es hätte ein guter Abschied werden können.

»Wollten wir nicht essen gehen? Du hast es versprochen.« Erschrocken hörte ich mir zu. Was sollte das?

Warum zögerte ich meine Ankunft in Toulouse künstlich hinaus? Mir fiel ein, dass ich Constantin nicht angerufen hatte. Am Campingplatz hätte es alles gegeben: Telefonzellen und Telefonkarten. Meine Gedanken wurden unterbrochen, Langhans fuhr auf einen Parkplatz.

2

Ermahnungen: Der Müllsack steht mitten im Flur, und immer wieder trittst du darüber, als würdest du ihn nicht sehen. Sabine schaffte es immer, einen beleidigten Ton zu treffen. Auch Langhans zeigte auf den Müllsack.

»Mitnehmen!«

Mir war klar, dass ich mich zwischen den Vordersitzen durchzwängen und nach hinten gehen musste. Ich musste seinen Ärger entsorgen.

Aber so einfach wollte ich es ihm doch nicht machen.

»Was ist los mit dir?«

»No, wunderschöne Parkplätze bauen sie hier.« Er starrte geradeaus. »Scheint, als hätten sie die erste Silbe des Begriffes von Park abgeleitet, nicht von parken, wie die Deutschen. Schau dir das an, auf französischen Raststätten wird nicht nur angehalten und rasch ein Brot verspeist, man kann spazieren gehen, picknicken, grillen. Aber willst du nicht endlich los, Pipi machen?«

»Und mit dir reden.«

»Also, hier nicht.«

Es war mir nicht klar, was er meinte. Konnte oder

wollte er nicht über das reden, was ihn bedrückte? Oder konnte er es nur nicht mit mir? Ich warf ihm einen verächtlichen Blick zu. Soll er doch an seinen Geheimnissen ersticken, dachte ich und zog los. Auf dem Rückweg begegnete mir ein Hundebesitzer, der Hund, so groß wie ein Kalb, zerrte an der Leine. Zärtlich redete der Mann auf das Tier ein. Plötzlich riss sich der Hund los, hatte etwas gesehen, gerochen, der Besitzer rief, versuchte zu folgen, fluchte. Die Liebe war von kurzer Dauer. Und die Flüche wollten kein Ende nehmen.

Langhans saß immer noch hinter dem Lenkrad. Wie ein Fels, unbeweglich. Zögernd stieg ich ein. Ich hätte mit dem Hundebesitzer weiterfahren sollen.

»Was morwelst du?« Das war seine Art.

»Wir können wieder«, sagte ich. Wenigstens hatte er sein Schweigen gebrochen. Und war nicht mehr zu bremsen. Begeistert deutete Langhans auf eine Gruppe Kiefern, berichtete von ihrer Bedeutung für das Klima. Er zeigte auf ein angrenzendes Schilfgebiet und unterstrich dessen Wert für die Landwirtschaft. Und weil er gerade dabei war, lamentierte er auch über die sich verändernde Landschaft im Allgemeinen.

»Hast du mir alles schon tausendmal erzählt.«

»Egal. Dein Schädel ist jung und dehnbar. Sind dir die Weinreben aufgefallen? Im Languedoc wird ein Drittel des französischen Weins produziert. Viel zu viel, wenn du mich fragst, schlimme Folgen für das Klima. Auch gute Weine sind darunter, freilich, wenngleich ich gute Bordeauxweine mehr schätze.«

»Nur noch hundertachtzig Kilometer bis Toulouse.«

»No, dann hast du es bald geschafft.« Ein heftiges

Ausatmen folgte seinen Worten. Lange schaute er mich an, dann lächelte er. Die Mundwinkel weit nach oben gedrückt, als habe er beschlossen, seine schlechte Laune über Bord zu werfen. »Wie kommst du von da weiter?«

»Ich werde Constantin anrufen, vielleicht kann er mich holen.«

»Das ist noch eine gute Strecke für ihn.«

»Wenn er mich zurückhaben will, wird er mich holen.«

»Optimistin?«

»Rosaroter Realist!«

»Du kannst auch das Wohnmobil haben.«

»Und du?«

»Joi, ich komme schon durch, ich krieche bei Yvette unter.«

»Die lebt in einem Altersheim, schon vergessen?«

»No, passe ich da nicht akkurat hinein? Sie wird mich unter dem Bett verstecken oder in ihrem Schrank, sie wird ihr Essen mit mir teilen und, wenn die Putzfrau mich entdeckt, mit silberfarbenen Pantoffeln nach ihr werfen, um mich zu verteidigen.« Langhans grinste, legte eine Pause ein, lachte schallend. Jetzt saß ihm der Schalk wieder im Nacken. »Oder ich werde sie entführen, wir werden uns in Toulouse ein kleines Hotel suchen, und dort warte ich in weiblicher Gesellschaft, bis du mich auf deinem Rückweg wieder abholst.«

»Du würdest mir tatsächlich deinen Bus geben?«

»Natürlich nicht. Ich bin alt, nicht blöd.«

»Mistkerl!« Ich schlug ihn mit dem, was ich in der Hand hielt, einer Klopapierrolle.

Ja, da war er wieder, der alte Langhans. Kichernd

klopfte er sich auf den Oberschenkel, wieherte wie ein Pferd. Und dennoch, wie er sich immer wieder zur Seite drehte, damit ich sein Gesicht nicht sehen konnte, wie er zusammenzuckte, ich traute ihm nicht. Er spielte mir etwas vor, ein Clown, der Manegenluft atmete und deshalb den Schmerz unterdrückte.

»Jetzt mach schon, geh endlich auf dein Klo, sonst mache ich mir wegen dir in die Gatschen, was bei euch Hosen heißt.«

»Ich war schon. Das hast du wohl verpeilt. Aber ich werde die Gelegenheit nutzen und mit Constantin telefonieren. Da hinten haben sie ein Telefon. Hast du ein paar Münzen für mich? Und du haust nicht ab?«

»Bin ich der Chef oder du?«

3

Wie sollte ich mich verhalten, wenn Constantin nicht bereit war, mich abzuholen? Bislang hatte ich diesen Gedanken verdrängt, doch jetzt, so nahe am Ziel, zitterten meine Beine, mein Mut, kleiner als ein Spatz, taumelte getroffen zu Boden.

Zum ersten Mal versuchte ich, mich in Constantins Lage zu versetzen, und überlegte, wie ich auf einen unerwarteten Anruf reagieren würde. Würde ich, während eines Grillabends oder nach einer anstrengenden Bergtour, alles stehen und liegen lassen und losfahren, um jemanden abzuholen, von dem ich mich offiziell getrennt hatte?

»Bonjour.«

»Sprechen Sie Deutsch?« Ich verlangte nach Constantin. Doch die heisere Männerstimme teilte mir mit, ich solle später anrufen. Ich rief später an. Zwei Minuten später. Die gleiche Männerstimme fragte, ob ich dumm sei? Ich verneinte und wiederholte mein Anliegen.

»Geht nicht«, schnorrte die Stimme.

»Warum nicht?«

»Du fragst wie eine Mutti. Bist du seine Mutti?«

»Nein, seine Freundin.« Ich nannte meinen Namen. Es sei wichtig, sehr wichtig, betonte ich, und er solle sich beeilen, er solle Constantin wecken.

»Woher weißt du, dass er schläft?«, fragte der Mensch amüsiert.

»Verdammt egal. Hol ihn!« Ich war so nervös, dass ich stotterte. Mein Geld, besser gesagt Langhans' Geld, rauschte durch den Münzsprecher.

»Hallo?« Das war nicht Constantin. Meine Beine ergriff ein bleischweres Gefühl. Eine Frau war an den Telefonapparat gekommen.

»Wo ist Constantin?«

»Kann er dich zurückrufen, er steht unter der Dusche.«

Ich legte auf.

4

Sehr viel später als geplant aßen wir dann doch in einem kleinen Restaurant zu Mittag. Langhans war wahnsinnig und folgte dem Schild Carcassonne, der Touristenhochburg schlechthin.

»No, vorbeifahren wäre eine Sünde. Liegt ja praktisch auf dem Weg.« Mehr musste er nicht sagen, um mich in Alarmbereitschaft zu versetzen. Natürlich wunderte ich mich nicht, dass wir in einen dicken Stau gerieten und nur mit knapper Not den letzten Parkplatz ergatterten. Vor den Toren der Burg war der Andrang so groß, dass ich Langhans kurzerhand stehen ließ. Er folgte mir mürrisch, folgte mir über die Fußgängerbrücke Richtung Innenstadt. Und lachte erst wieder, als ich in der Altstadt vor einem kleinen Lokal mit hellblauer Markise stehen blieb. Französische Chansons hatten mich angelockt, zogen schließlich auch ihn in Bann. Wir setzten uns an einen kleinen Tisch. Lediglich zwei schmale Pflanzkübel trennten uns vom Verkehr.

»Aber die Bilder musst du dir unbedingt anschauen, damit du einen Eindruck gewinnst.« Aus der Hosentasche zauberte Langhans einen Katalog hervor, der die mittelalterliche Anlage von innen zeigte. Es war mir entgangen, dass er an einem Kiosk stehen geblieben war. Bezahlt hatte er den Katalog ganz bestimmt nicht. »Ein paar Stichworte zur Geschichte darf ich dir bestimmt nennen, denn schau, Carcassonne war einst die Hochburg der Katharer, und über die sollte jeder Bescheid wissen. Zudem kannst du mit dem Wissen im Religionsunterricht prahlen.« Mit Begeisterung erzählte er: »Die Katharer waren in Südfrankreich beliebt, es gab damals in diesem Landstrich keine übergeordnete Autorität, außer ein paar kleineren Fürsten. Zudem musste die Bevölkerung in den von den Katharern kontrollierten Gebieten keinen Zehnt als Kirchensteuer entrichten. Aber während des vierzehnten Jahrhunderts wurde die Bewegung zu einer Untergrundkirche und …«

»Interessiert mich nicht.« Ich war mir nicht sicher, ob ich je wieder nach Hause fahren würde, und der Schulalltag erschien mir ewig weit weg. »Reli habe ich gleich nach meiner Geburt abgewählt.«

Langhans schlug sich begeistert auf den Oberschenkel und vergaß darüber alle weiteren Bildungsversuche.

5

Zwischen Holländern und Spaniern eingeklemmt, versuchte Langhans standhaft, eine französische Insel zu errichten. Nicht nur mit dem Kellner redete er Französisch, sondern auch mit mir. Ich lachte ihn aus, schimpfte ihn einen Narren. Kein Wort verstand ich von dem, was er auch in meinem Namen bestellte, wurde aber mit herrlich aussehenden Speisen belohnt.

Wir aßen langsam, bedächtig, als würde es sich um unsere Henkersmahlzeit handeln, ich hatte aber auch noch nie etwas Köstlicheres serviert bekommen. Nach und nach forderte ich die Übersetzung für die Speisen, die auf großen, sehr aufwendig dekorierten Tellern vor uns abgestellt wurden.

»Vorspeise« – Langhans streckte den Hals, betonte jede Silbe einzeln – »Straußen-Pâté an einer Brombeersauce, gedünstet mit roten Zwiebeln. Erster Gang: Tomaten-Creme mit Kresse, was eine Suppe ist. Zweiter Gang: Lachsforelle, gekocht, mit Petersilienkartoffeln. Dritter Gang: Lammhüfte, gebraten, dazu grüne Bohnen mit Lachsgrieben.«

»Und kein Nachtisch?« Wir lachten uns an, und ich beschloss, nach dem Abitur eine Lehre als Köchin zu beginnen, in Frankreich, Carcassonne.

»Willst du jetzt endlich mit mir reden?«
»Um Gottes willen nein, du verdirbst mir den Appetit.«
»Das schaffe ich bestimmt nicht. Gegen wen hast du dich am zweiten Tag in Celles zur Wehr setzen müssen? Deinen Sturz glaube ich dir nicht. War es Ádám?«
»Schluss, habe ich gesagt.« Er fasste sich ans Herz. »Du bringst mich um.«

Wie um sein Unglück zu krönen, bestellte Langhans zur Vorspeise und zum Fisch einen eiskalten Weißwein, den ich nicht probierte, zum Lamm, und diesen Namen habe ich mir gemerkt, orderte er einen Château Palmer 1990 Margaux (3e cru classé).

»Joi, dieser Wein, eine Wölkchen produzierende Explosion auf sämtlichen Papillen.« Dieses Fremdwort musste er mir buchstabieren. Ich hatte es nie zuvor gehört. Kapillare kannte ich, das war aber wohl etwas anderes. Langhans zwang mich, mit ihm anzustoßen.

Da ich Alkohol nicht mehr gewöhnt war, fühlte ich mich bereits nach dem ersten Glas leicht benebelt. Nur so kann ich es mir erklären, dass ich mich plötzlich nach Langhans' Meinung zur gerade stattfindenden Tour de France erkundigte. Ein Plakat hing auf der gegenüberliegenden Straßenseite, und Constantin hatte mich für dieses Thema mehr als einmal zu begeistern versucht.

»No, sehe ich etwa aus wie ein Mann, der sich für den Radsport interessiert?«

»Tony Rominger wird das Rennen machen«, krähte ich begeistert. Ich wusste nicht viel über die Tour, aber das wenige teilte ich bereitwillig mit. »Der hat letztes Jahr ein großartiges Rennen gefahren, und dieses Jahr die Vuelta a España gewonnen.« Langhans war nicht bei der Sache. Gelangweilt und gequält drehte er mir sein Profil zu.

»Constantin fährt bei jedem Wetter Rad. Bei schönem Wetter aber fährt er lange Touren. Fast jedes Wochenende.« Meine Stimme brach ab. Ich hatte nicht über ihn sprechen wollen, plötzlich aber war er da. Constantin setzte sich zwischen uns. Ich wurde hellwach. Tränen hatten sich in meinen Augen gesammelt. Lange schaute Langhans mich an, während der Kellner den Nachtisch servierte.

»Du kannst immer nur an ihn denken, stimmt's«, brummte Langhans. War das Eifersucht, die ich da heraushörte? »Siehst aus wie ein aufgelassener Weinberg.«

Das Essen war teuer. Bestimmt bereute er es, mich eingeladen zu haben.

»Beim besten Essen also spukt er dir durch den Kopf«, erläuterte er prompt. »Nun, kümmere dich.

Wegen mir brauchst du dich nicht zu kaprizieren. Geh und ruf ihn an. Hast du noch Geld?«

»Was soll das schon wieder sein, ein aufgelassener Weinberg? Ich rufe ihn später an, auf dem Weg zum Wagen.«

6

Der Kellner kam, der Kellner brachte die Rechnung, er lächelte bescheiden und zufrieden. Die Rechnung jedoch war alles andere als bescheiden, und als Langhans sie aufschlug, veränderte sich sein Gesicht, nahm eine hellgrüne Farbe an, wie man sie von unreifem Obst kennt. Die Zeit zur Nachreife war knapp. Längst hatten die Holländer das Restaurant verlassen, längst waren die Spanier am Nebentisch zu ihrem Wagen oder Hotel zurückgekehrt. Wir saßen alleine, und die Mitarbeiter signalisierten durch Aufräumarbeiten, dass sie über die Nachmittagszeit schließen wollten. Aus einem mir unbekannten Grund redete Langhans jetzt Deutsch, er redete auf den Kellner ein, bis auch dessen Gesichtsfarbe sich veränderte, gelb wurde. Langhans' Stimme, laut und eindringlich, betonte, dass das Essen ungenießbar gewesen sei, der Wein viel zu warm, das Brot vom Vortag. Wut vortäuschend, schnellte er hoch, stieß den Stuhl um, schüttete den restlichen Wein auf den Gehweg, schlug mit dem übrig gebliebenen Brot auf die Tischkante. Es klang tatsächlich hölzern, dabei hatte ich es vor einer halben Stunde mit Genuss probiert. Wie die Geschichte weiterging, weiß ich nicht, denn ich erhob mich, langsam, schnappte mir meine Tasche und ging davon. Nichts, nichts wollte ich mit diesem Menschentier zu tun haben, und doch wartete ich eine Häuserecke weiter, drückte beide Daumen tief in die Handinnenflächen ein, bibberte und bangte und bat das Universum, Langhans möge heil aus der Sache herauskommen. Die Zeit, sie lief mir wieder einmal davon. Nur fünfundsiebzig Kilometer waren es bis Toulouse. Und nur achtzig Kilometer von Toulouse nach Saint-Lary. Die Straßen stellte ich mir kurvenreich und doch gut ausgebaut vor. Eine knappe Stunde würde Constantin brauchen, um mich abzuholen. Sollte er hierherkommen müssen, die Anfahrt würde sich ganz schön verlängern. Wenn schon.

7

»No, so eine bescheidene Welt«, brummte Langhans, als er eine Viertelstunde später um die Ecke bog und sich vor mir aufbaute. Ein Jäger mit lang gezogenem Gesicht und ohne Beute im Gepäck. »Unser letztes Essen wollten sie uns verderben, aber keine Sorge, so nicht.«

»Haben sie dich einfach springen lassen?«

»Wer sollte mich aufhalten?«

Er war ein Aufschneider, ein Angeber. Ich hatte nicht damit gerechnet, ihn je wiederzusehen.

Wir waren bereits beim Wagen angekommen, da erst erfuhr ich die Wahrheit. Als ich nach der Uhrzeit fragte, zuckte Langhans mit den Schultern.

»Egal, befinden wir uns nicht im Urlaub?«, wehrte er ab.

Sein linkes Handgelenk war leer, nur ein weißer Streifen zeugte davon, dass dort einmal das goldene Armband einer Uhr ihren Platz gefunden hatte. Nein, es war nicht mein schlechtes Gewissen, das sich sofort meldete, sondern die Angst, die letzten Meter könnten sich als die schwierigsten erweisen. Hoffentlich, so betete ich leise vor mich hin, reicht der Sprit, bis wir Toulouse erreicht haben. Danach kann mir alles egal sein.

8

»Constantin, bist du's?« Seine Stimme zu hören war so unglaublich schön, dass mir Tränen in die Augen traten.

»Weiß schon Bescheid.«

»Ich habe bereits heute Vormittag angerufen.«

»Ja, das hat man mir gesagt. Michael und ...«

Er sprach den Namen nicht aus, und ich war ihm sehr dankbar dafür.

»Dann weißt du vielleicht, dass ich nicht mehr in Deutschland bin. Ich bin fast schon in Toulouse.« Und bevor er etwas erwidern konnte, fragte ich rasch: »Kannst du mich in Toulouse abholen, am Bahnhof zum Beispiel. In einer oder in zwei Stunden zum Beispiel?«

»Das ist unglaublich.« Nun sprach er mit Vaterstimme. Ich würde mich daran gewöhnen müssen. So war er nun einmal. Atemlos gestand ich ihm, dass ich abgehauen war, erzählte, wo ich mich befand und mit wem ich unterwegs war. Immer wieder stellte er Zwischenfragen. Nur die eine Frage stellte er nicht, warum? Deshalb sagte ich es ihm.

»Ich liebe dich.«

Am anderen Ende der Leitung war es mucksmäuschenstill. Constantins Atem gleicht einem Saiteninstrument, weich schwingen die Töne nach. Diesmal aber gab es keinen sanften Ausklang. Meine größte Sorge war, dass er auflegen würde. Die Glaswand neben mir war dreckig, wies Lippenstiftbemalungen und Reste von zerdrückten Fliegenkörpern auf. Dennoch lehnte ich mich an. Eine ganze Weile kaute ich auf einer Haarsträhne. Erst als ich Seifenreste schmeckte, zog ich die Haare zwischen meinen Lippen hervor. Seit zehn Jahren hatte ich nicht mehr auf den Haarspitzen gekaut.

»Du bist verrückt«, antwortete Constantin endlich. Langhans ging im Schatten einer Häuserreihe auf und ab. Er tat so, als würde er nicht zu mir hereinschauen, doch immer wieder blieb er stehen, drehte sich zu mir um. Die Hände hatte er nach Altmännermanier hinten auf dem Rücken verschränkt. Wie gut er es hatte, alle Liebessorgen lagen hinter ihm, ich beneidete ihn sehr. Und fragte mich gleichzeitig: Was hätte er gesagt? Hätte auch er seine Liebe eingestanden?

»Ich liebe dich!« Fast unmöglich, diesen Dreiwortsatz glaubhaft auszusprechen, wenn einem die Furcht die Kehle verengt. Kein Sicherheitsnetz war unter mir aufgespannt worden, ich stand vor dem blanken Abgrund.

»Kannst du?«, bettelte ich, versuchte dennoch fordernd zu klingen. Mit dem Klickklack der Münzen im Ohr wartete ich auf ein Wunder.

»Okay, ich komme. Bahnhof Matabiau.«

»Danke, dass ...« Er unterbrach mich.

»Am Bahnhof gibt es einen Zeitungskiosk, rechts neben dem Seitenausgang. Es wird zwanzig Uhr werden. Ich muss noch was vorbereiten. Und, Vieb ...« Pause.

»Ja?«

»Versprich dir nicht zu viel.«

9

»Weißt du, wo der Bahnhof in Toulouse ist?« Mit zittrigen Beinen blieb ich vor Langhans stehen. Der pulte sich mit einem abgebrochenen Zweig Essensreste aus den Zähnen.

»Dort also kommt er hin?« Mit einem Zwinkern schubste er mich an. Der Tonfall jedoch wirkte grob: »No, das wird ein Freudenfest. Aber vorher bringst du mich zu Yvette, nicht wahr.« Keine Bitte, ein Befehl. Aus den Augenwinkeln sah ich, wie er einen Zettel aus seiner Brieftasche fischte und entrollte. »Komm!« Schlurfend setzte er sich in Gang, ging um den Wagen herum, öffnete die Tür und zog sich auf den Beifahrersitz hoch. Von innen winkte er mir zu.

»Zu faul zum Fahren?«, neckte ich, doch Langhans ging nicht darauf ein. Blass sah er aus und müde, als hätte er die ganze Nacht Wache gehalten. Bestimmt kostete ihn jede Auseinandersetzung mehr Kraft, als er zugeben wollte. Abwartend legte ich den Kopf schief. Aber da kam nichts mehr.

»Warum sitzt du nicht am Steuer?« Langhans hatte zwar ein paar Gläser Wein getrunken, doch bei ihm konnte man den Eindruck gewinnen, dass er besser funktionierte, wenn er nicht ganz nüchtern war. »Wenn es sein muss, fahre ich, aber eigentlich dachte ich, du setzt mich einfach am Bahnhof ab. Ich mag keine Abschiedspartys.«

»No, schau, endlich haben wir etwas gemeinsam.«

Wie ein Film flitzte die Landschaft an uns vorbei, Obstplantagen wechselten sich mit Pappelplantagen ab, Sonnenblumenfelder mit dicht begrünten Weinrebenhängen. Keine Vogelscheuchen. Die Sonne hatte ihren Zenit längst überschritten, bündelte ihre Strahlen im Seitenspiegel, und ich musste die Augen zusammenkneifen. Nach einer Weile hielt ich es nicht mehr aus.

»Warum?«, versuchte ich doch noch eine Antwort zu erhalten.

»Dachte, vielleicht willst du sie kennenlernen.«

»Ich meinte, warum fährst du nicht?«

»Yvette erinnert mich ein bisschen an Henny.«

Also gut, er wollte nicht. Ich konzentrierte mich wieder auf die Straße, akzeptierte, dass Langhans lieber mit sich selbst redete. Doch jetzt kamen mir wieder Constantins Worte in den Sinn, diesmal mit Zensor. »Du bist verrückt«, konnte positiv gemeint sein. Er war ein Langweiler, bestimmt fand er es gut, dass ich anders war. Aber was meinte er mit: »Versprich dir nicht zu viel«? War es richtig, dauernd zu wiederholen, dass ich ihn liebte? Ich sehnte mich nach ihm, das stimmte, aber liebte ich ihn wirklich? Konnte es nicht sein, dass ich ihm nur hinterherfuhr, weil ich seine Zurückweisung nicht akzeptierte und beleidigt war? Unsere Beziehung verdiente eine Chance. Aber war ich nicht auch ohne ihn klargekommen? Meine Gedanken wurden jäh unterbrochen, denn neben mir erklang ein zischendes Ein- und Ausatmen wie von einem Blasebalg. Langhans beugte sich nach vorne, sein Körper, massig, schwer, lehnte auf dem Armaturenbrett.

»Ist was? Ist dir das Essen nicht bekommen?« Wie eine Brücke krümmte sich sein Körper. »Sag doch was.«

»Ja, nein.« Er richtete sich wieder auf, schüttelte den Kopf.

»Hast du Schmerzen?«

»No, alles ganz wunderbar. Was soll schon sein? Du hast dich in mein Leben gestürzt, du hast alles durcheinandergebracht, du hast mich arm gemacht. Heute werden wir uns trennen. Kann ich mehr vom Leben erwarten?« Mit einer theatralischen Pose legte er sich die Rechte aufs Herz.

»Du redest dummes Zeug, und das weißt du.«

Als er nicht antwortete, lachte ich ihn an, versuchte, ihn aus der Reserve zu locken. »Eine Schatzkarte wäre doch schön. Am Anfang unseres Lebens kriegen wir sie in die Hand gedrückt, dort gibt's Glück, dort gibt's Geborgenheit, dort Abenteuer. Man schaut sich die Etappen an und läuft sie ab. Stell dir einfach vor, ich wäre die Etappe für eine gute Tat gewesen. Die hast du erfüllt.«

Jetzt war es wieder da, sein Lächeln.

»Woher hast du das?«

»Gerade erfunden. Ich wusste, dass es dir gefällt.«

Langhans stöhnte ein bisschen, er grunzte ein bisschen.

»No, hast schon recht, keinem Menschen begegnet man vergebens, und von jedem Menschen kann man etwas lernen. Auch aus dir wird wohl etwas werden.«

Zufrieden lehnte er sich zurück. Dann wurde er ruhig, schlief ein, mit entspannten Gesichtszügen. Sein linker Mundwinkel hing schief nach unten. Ich gönnte ihm sein Nickerchen, aber in der Stadt weckte ich ihn. Erst pfiff ich, dann rüttelte ich an seinem Arm. Feiner Speichel lief ihm über das Kinn.

»He, wach auf. Wo wohnt jetzt deine Yvette?«

Er schüttelte sich schlaftrunken, blinzelte.

»Lass mich überlegen. Nicht so schnell. Weg vom Gas. Das Seniorenheim liegt im Zentrum, Rue Larrey. Die Garonne, was ein Fluss ist, muss sich rechter Hand befinden, nein, links. Ein Gewässer ist für die Orientierung immer gut. Langsam, hab ich gesagt.« Er wirkte nervös, zerfahren. So kannte ich ihn nicht. Ich hätte ihn früher wecken sollen.

»Und dann, gibt's von dort aus einen Bus? Vom Altersheim aus, meine ich.«

»Bestimmt. Oder du gehst zu Fuß.«

»Du bist unmöglich. Ich kann mich in Städten nicht orientieren.«

»Nun, so unbescheiden, hast du nicht auch das Schwimmen gelernt.«

10

Er behielt recht. Toulouse war weit weniger schrecklich als befürchtet. Breite Straßen leiteten mich erst auf den äußeren Stadtring, dann Richtung Zentrum, ich fühlte mich sicherer als erwartet. Dennoch wuchs meine Nervosität mit jedem gefahrenen Kilometer.

»Wohin?« Schneller als erwartet befanden wir uns auf dem Innenstadtring. Weil ich nicht auf alle Schilder achten konnte, sollte Langhans mich leiten. Auf der Karte hatte ich mir den Aufbau der Stadt angeschaut, sie erinnerte mich, mit ihrem Geflecht aus kreis- und sternförmig angeordneten Straßen, an eine halbierte Zitrusfrucht. Meiner Meinung nach lag der Fluss rechts von uns, und instinktiv suchten meine Augen nach einer Brücke, über die ich fahren konnte. Doch Langhans lotste mich nach links.

»Warum? Wo, verdammt, ist denn diese …?« Verunsichert drosselte ich erneut das Tempo. »… diese Garonne? Hilf mir doch. He, warum antwortest du nicht!« Ich war erregt, und er benahm sich wie ein Anfänger. In hastigem Eifer drängten die Autos an mir vorbei, hinter uns wurde gehupt. Gerade hatte ich beschlossen, bei nächster Gelegenheit zu halten, gerade hatte ich ein großes Gebäude mit einem Parkplatz davor erspäht, da sah ich, dass Langhans sich erneut ans Herz griff. Wie aus Angst vor einem Schlag duckte er sich, und kurze Zeit später hing sein Oberkörper erneut auf dem Armaturenbrett.

»Was zum Teufel?« Panik stieg in mir auf. »Ich warne dich.«

Seine Augen starrten ins Leere, sein linker Arm hing leblos herab. Langhans reagierte nicht. Um mich herum brauste der Feierabendverkehr einer dicht bevölkerten Stadt, und ich fand keine Möglichkeit zu halten, der Parkplatz vor dem Gebäude erwies sich als gesperrt. Meine Hände, feucht vom Schweiß, lösten sich vom Lenkrad. Meine Beine, immer schon zu kurz für diesen Wagen, konnten die Pedale kaum erreichen. Ich musste ganz nach vorne rutschen, dann erst erreichte ich die Kupplung. Hektisch schaltete ich herunter und fuhr mitten auf den Gehweg.

Danach zerreißt die Chronologie meiner Erinnerung. Ich sehe, wie ich in Panik Passanten anspreche, mehrere und gleichzeitig und in verschiedenen Sprachen. Bestimmt aber habe ich vorher Langhans' Zustand überprüft. Er atmete röchelnd, und ich musste mir eingestehen, dass er den Zusammenbruch nicht spielte. In Deutsch oder Französisch flehte ich die Vorbeieilenden an, mir zu helfen, gemeinsam oder allein öffnete ich die Beifahrertür. Das Kopfschütteln um mich herum zeigte mir, man hielt mich für verrückt. Ich war verrückt vor Angst. Langhans war so alt, aber er war auch kräftig, er war ein Bär. Lieber Gott, flehte ich, lass ihn bärenstark sein. Immer wieder kehrten meine Gedanken zu Constantin zurück. Ich wollte das hier nicht alleine durchstehen, und deshalb bat ich ihn, wie ein Engel aufzutauchen und mir zu helfen. Doch keine Wunder traten ein. Langhans kam nicht zu Bewusstsein, Constantin fiel nicht vom Himmel. Aber eine junge Frau hielt ein Taxi an, jemand sagte, ein Krankenhaus sei ganz in der Nähe. Namen schwirrten wie Brieftauben auf.

Hôpital Joseph Ducuing, sagte jemand. Nein, das Gérard Marchant sei besser, widersprach eine tiefe Stimme.

Irgendjemand schob mich in das Taxi, Langhans kauerte, nein, lag bereits darin, ein schwerer Sack, gefüllt mit ein bisschen Leben.

»Meine Tasche«, rief ich. Jemand kam und legte mir die Tasche in den Schoß, kurz danach den Wagenschlüssel in die Hand.

»Merci beaucoup«, murmelte ich, und dann fuhren wir auch schon an.

Doch statt ruhiger zu werden, wurde ich immer panischer. Schwer lehnte Langhans an meiner Seite, ich versuchte, ihn, so gut es ging, zu stützen, als das Taxi abbog. Sein Körper erschien mir zentnerschwer, wurde immer schwerer, stieß mich gegen die Fensterscheibe, mein Magen rebellierte, und ohne nachzudenken, sprudelten Sätze aus mir heraus:

»Die Fahrertür, ich habe die Fahrertür offen stehen gelassen.« Und erst später dachte ich: Wo steht der Wagen, wo sind Langhans' Papiere? Sie werden ihn nicht aufnehmen, kein Mensch wird behandelt, wenn er sich nicht ausweisen kann. »Monsieur, wir müssen zurück«, forderte ich vom Taxifahrer. Er war klein, verschwand hinter seinem Sitz, ich konnte ihn kaum sehen. Gespenstisch. Der hereinbrechende Abend machte alles noch viel schlimmer. Ich wusste, dass ich ihn nicht bezahlen konnte, noch ein Grund, meine Aufforderung zu wiederholen, wir mussten Langhans' Geldbeutel finden. Doch der Fahrer winkte mit einer Hand ab, redete beruhigend auf mich ein, machte keine Anstalten zu wenden.

Inzwischen hatte ein dritter oder vierter Gedanke alle anderen verdrängt: Constantin würde demnächst am Bahnhof auftauchen. Ich aber fuhr irgendwohin. Wie sollte ich rechtzeitig bei ihm sein? Wie quengelnde Kinder umzingelten mich die Gedanken. Ich schickte sie fort. Tränen stiegen in mir hoch. Immer wieder starrte ich auf das Armaturenbrett, versuchte die Uhrzeit zu erkennen, unmöglich. Deshalb beobachtete ich den Verkehr, immer noch herrschte Feierabendstimmung, jeder überholte jeden, jeder versuchte sich vorzudrängeln. Ein Straßenschild huschte an mir vorbei, Rue Valade, entzifferte ich mühsam. Waren wir mehr als einmal abgebogen? Es war wichtig, den Wagen wiederzufinden. »Monsieur«, wiederholte ich meine Bitte: »Sie müssen umkehren.« Der Fahrer kehrte nicht um, er blieb stehen.

11

Blaulicht, grelles Deckenlicht und Krankenschwestern in weißen Sandalen, Dreadlocks und mit roten Bäckchen, Kaugummi kauend. Der Taxifahrer, der von mir Geld forderte. Ungeduldig zeigte er auf meine Umhängetasche. Während ich den Kopf schüttelte, fischte er Langhans' Geldbeutel heraus, holte sich seinen Anteil. Jemand musste mir den Geldbeutel zugesteckt haben. Vielleicht war ich es selbst gewesen. Filmstreifen setzten sich zu einer neuen Realität zusammen, ich wurde weggeschoben, ich wurde mitgezerrt, ich sollte dort Platz nehmen, ich sollte mich dort melden, ich sollte langsamer reden, ich sollte meinen Namen aufschreiben, ich sollte eine Versicherungskarte vorlegen, ich sollte erklären, was passiert war. Mein Mund war so trocken, dass ich lediglich ein heiseres Krächzen zustande brachte. Es wurde erst besser, nachdem sie mir ein Glas Wasser reichten. Ein junger Arzt kümmerte sich um Langhans, eine junge Krankenschwester um mich. Umgekehrt wäre es mir lieber gewesen, der Arzt war hübsch, er war unglaublich schwarzhaarig, unglaublich groß und schlank. Seine dichten Wimpern hätten gut zu meinen Augen gepasst. Welch eine Verschwendung. Warum dachte ich das jetzt? Dann fiel mein Blick auf eine Wanduhr. Es war kurz nach halb acht. Wie eine Furie sprang ich auf, ich rannte zur Liege, ich stieß den Arzt zur Seite, ich zerrte an Langhans' Hemd, ich suchte in seinen Hosentaschen. Weil er so blass aussah, sprach ich besonders laut mit ihm.

»Wo hast du den Zettel, du musst doch den Zettel haben?« Aber Langhans war ohne Bewusstsein, weiße Stoppeln standen auf seinem Kinn wie auf einem unregelmäßig abgeernteten Feld. Seit wann hatte er sich nicht mehr rasiert? Nur am Zittern der Augenlider konnte ich erkennen, dass er noch lebte, seine Haut schimmerte grau, und ich wollte nur noch fliehen. Da endlich fand ich das Gesuchte. Der Zettel lag neben einer Packung Pfeifentabak in seiner Tasche. Langhans hatte ihn so heftig bearbeitet, dass er löchrig geworden war. Etwas stimmte nicht mit dieser Yvette, aber ich würde sie trotzdem anrufen. Um Zustimmung bittend, drückte ich Langhans' Hand. Sie lag wie ein toter Vogel in meiner.

»Ich rufe sie an, bist du einverstanden?«, fragte ich. Da erst merkte ich, dass ich mit meinem vollen Gewicht auf Langhans lag und ihm die Luft abdrückte. Dabei wollte ich nur eine einfache Antwort. Ja! Ich konnte die Verantwortung nicht länger alleine übernehmen. Ein zweiter Arzt kam, sie hoben mich an, lockerten die Feststelltasten des Bettes und riefen sich kurze Anweisungen zu. Eine Tür wurde geöffnet, und Langhans verschwand in einem Flur, der auch ein Tunnel hätte sein können, der Zugang zur Unterwelt. Zurück blieb ich.

Ungeduldig schüttelte die Krankenschwester den Kopf, als ich ihr den Zettel reichte. Rufen sie doch bitte dort an, bat ich. Doch ich musste sie anflehen, ich musste weinen, damit sie reagierte. Ich wusste, dass Yvette ausgezeichnet Deutsch sprach, dennoch wollte ich nicht mit ihr telefonieren.

»Eine Freundin«, schluchzte ich, »sie wird kommen, und sie wird sich um den Patienten kümmern. Ich muss leider gehen.«

»Nein, Sie bleiben! Sie stehen unter Schock!« Choc, sagte sie und dass die Polizei nach mir fragen würde, »falls ...« Der Satz wurde nicht beendet. Mit Gewalt drückte sie mich auf einen Stuhl, doch ich sprang wieder auf. Es war kurz vor zwanzig Uhr.

12

Der Weg zum Bahnhof war weit. Freundliche Menschen wiesen mir den Weg. Ich überquerte die Pont Saint-Pierre. Waren wir durch eine Straße gleichen Namens gefahren? Ich wusste es nicht mehr. Die Garonne drückte ihre breiten Schultern gegen die Pfeiler, spiegelte das Licht der Straßenlaternen wider. Toulouse war schön. Es war Hennys Stadt. Es würde Langhans' Grab werden. Plötzlich wurde eine Ahnung zur Gewissheit. Langhans war an diesen Ort gekommen, um Abschied zu nehmen. In meinem Hals saß ein Kloß, ich drückte ihn hinunter.

Eine Minute vor der vereinbarten Zeit erreichte ich keuchend den Bahnhof. Ich war vom Laufen nass geschwitzt und empfand das Gebäude als kalte, mittelalterliche Burg, mich fröstelte. Immer wieder strauchelte ich. Meine Tasche war so schwer, dass sie gegen mein Bein klatschte. Alles war darin. Hennys Aufzeichnungen, mein Tagebuch, das Skizzenheft und Constantins Abschiedsbrief. Ich hatte ihn von Langhans zurückgefordert. Doch nicht der Briefinhalt, sondern Constantins letzter Satz lähmte meine Schritte.

»Versprich dir nicht zu viel.« Warum sagte er so etwas? Wie ein Graben hinderte mich dieser Satz am Weitergehen. Aber hatte seine Stimme nicht auch Freude ausgedrückt, eine erstaunte, fast kindliche Freude, als hätte er das nicht für möglich gehalten, dass es jemanden geben könnte, der ihm quer durch Frankreich folgte.

Den Zeitungskiosk fand ich mühelos. Zwischen Hunderten von Reisenden zeigte mir eine Kompassnadel den Weg. Ich ging langsam, aber zielstrebig. Dann die Enttäuschung. Constantin war nicht da. Nicht draußen, bei den Zeitschriftenständern, wie ich gehofft hatte, auch nicht drinnen, wo mich eine unglaublich große Zahl von Comicheften begrüßte. Ich kaufte ein Wasser, verließ den Laden und lehnte mich an die Fensterscheibe. Mit guten Worten versuchte ich mich aus dem Sumpf zu ziehen. Er wird kommen. Gleich wird er kommen. Er ist fast schon da. Jetzt wird sich die große Flügeltür öffnen. Sie öffnete sich. Constantin aber war nicht zu sehen. Zwischen Trauer und Hoffnung hin- und hergerissen stellte ich meine Tasche ab, nahm einen Schluck aus der Wasserflasche und versuchte, an etwas anderes zu denken. An die Sonne, die mich und Langhans tagelang verwöhnt hatte. An den Erfolg beim Schwimmen. Es klappte mäßig.

Das Leben fremder Menschen huschte an mir vorbei. Ich merkte, wie der Neid mir unter die Haut kroch, einem Wurm, einem Parasiten gleich. Schick angezogene Frauen wurden von gut aussehenden Männern begleitet, kichernde Kinder äfften coole Teenager nach. Für all diese Menschen, dessen war ich mir sicher, war dies ein Tag wie jeder andere, ein Tag der vorübergehen würde, ohne Spuren zu hinterlassen. Für mich aber gab es kein Morgen, kein Gestern, nur dieses Jetzt. Mein Leben, so glaubte ich in dem Augenblick, hing davon ab, ob Constantin kommen würde. Über jede Gestalt legte ich eine Folie, Constantins Folie. Nie passten die Umrisse. Entweder waren die dahintersteckenden Figuren zu groß, zu klein, zu dick oder zu gebeugt. Und niemand verlangsamte seine Schritte, niemand drehte sich zu mir um. Diese Stadt, dieser Bahnhof schien das Wort Zielstrebigkeit erfunden zu haben.

Mein Mut sank, und gleichzeitig wurde mein Körper schwer, ich ließ mich auf den Boden sinken. Die nicht mehr weißen Hosenbeine färbten sich noch eine Spur dunkler. Erst jetzt stellte ich fest, dass ich seit über einer Stunde wartete. Constantin würde nicht mehr kommen. Nur eine Sekunde später meldeten sich meine optimistischen Anteile. Tauchte er nicht stets verspätet auf? Etwas war ihm dazwischengekommen, Bettina hatte sich an ihn geklammert und ihn aufzuhalten versucht. Er aber hatte sie abgeschüttelt, hatte ihr klipp und klar erklärt, dass es nur eine einzige Frau in seinem Leben gab, mich. Tief durchatmen, nahm ich mir vor. Doch das war keine gute Idee. Ein neues Bild schob sich vor mein inneres Auge. Plötzlich wusste ich, was geschehen war. Constantin hatte einen Unfall gehabt. Nicht Bettina und auch kein Stau waren schuld an seiner Verzögerung, nein, er lag schwer verletzt in seinem Wagen. Es gab keinen Zweifel, Constantin selbst hatte einen Unfall verursacht, weil er zu schnell gefahren war. Und alles nur, weil ich ihn darum gebeten hatte. In meinem Magen krampfte sich etwas zusammen. Ich sprang auf, lief zum Ausgang, lehnte mich an einen Fahnenmast und schloss die Augen. Über mir klapperte es, ich dachte an ein Segelboot, ich dachte ans Meer. Es war ein wunderbarer Abend, und die Luft zeigte sich kompromissbereit, kühlte meine Wangen. Die Frau, die mich antippte, war kleiner als ich, aber unglaublich breit.

»May I help you?«, fragte sie in einem akzentbeschwerten Englisch, legte schützend eine Hand auf meinen Arm. Überall sind wir auf die Hilfsbereitschaft anderer angewiesen, ging es mir durch den Kopf. Stammte dieser Satz von Henny oder von Langhans? Und musste nicht auch ich Langhans helfen? Ich dankte der Frau, holte sogar ein Lächeln aus der Vorratsschublade und winkte ab. Kopfschüttelnd ließ sie mich stehen. Es dauerte nicht lange, da betrat ich erneut das Bahnhofsgebäude, suchte einen Stift und schrieb Constantin eine Nachricht, die ich an einen der Postkartenständer beim Kiosk klemmte. Rasch verließ ich den Bahnhof.

13

»Impossible!«, sagte die Schwester. Langhans lag auf der Intensivstation, und ich durfte ihn nicht besuchen.

Deshalb rief ich nochmals im Lager an. Da in Langhans' Geldbeutel Ebbe herrschte, musste ich mir ein paar Francs bei der Empfangsdame leihen. Sie verbuchte den Betrag auf seiner Rechnung.

Ja, Constantin sei bereits vor zwei Stunden aufgebrochen. Ja, man werde ihm sagen, wo ich zu finden sei, wenn er sich melden würde. Diesmal klang die Männerstimme verständnisvoller.

Ich saß alleine. Im Flur, neben einer verstaubten Grünpflanze, in einem Aufenthaltsraum, in dem es so stark nach Rauch roch, dass ich alle Fenster aufriss, in einer Cafeteria, in der man nichts mehr bestellen konnte. Aus einem Automaten hatte mir der Arzt, bei dem ich mich nach Langhans' Zustand erkundigte, einen Kaffee gezogen. Ich trank langsam, während ich die Heizkörperrippen zählte. Zentimeterdicker Staub lag darauf. Und ich ertappte mich bei dem unsinnigen Gedanken, dass ich mir einen Putzlappen herbeiwünschte. Gerne hätte ich etwas Sinnvolles getan.

Offensichtlich war ich eingeschlafen, denn ich wachte vom Duft frisch angebratener Zucchini auf, vielleicht auch von einer Berührung. Ich schaute auf. Vor mir saß eine Frau. Nein, sie stand, denn sie war winzig. In der Hand hielt sie eine Tasche und einen bunten Keramikteller, auf dem Gemüse in einer Öllache schwamm. Die Frau hatte die Figur eines Schulmädchens. Ihre Beine konnte ich nicht betrachten, sie trug einen gelben Adidasanzug. Vorne auf der Brust waren mehrere Flecken, hellrot, wie Spuren zerdrückter Erdbeeren. Die Krönung aber war eine grüne Mütze, die wie ein Sahnehäubchen auf gefärbten Haaren thronte. Sie sah süß aus, als wäre sie einem Kuchenteller oder Obstkorb entstiegen. Ein Lächeln fand ich nicht in ihrem Gesicht, aber sehr schöne hellblaue Augen. Erst nachdem sie Platz genommen hatte, betrachtete ich erneut die Beine. Langhans schaute bei Frauen stets auf die Beine, das wusste ich inzwischen. Von Yvette hatte er zu berichten gewusst, dass sie fesche Beine gehabt hatte.

»Madame Yvette?«, fragte ich. Sie antwortete nicht, sah mich nur prüfend an, dann den Teller mit dem gebratenen Gemüse, dann wieder mich.

»Haben Sie Hunger, mein Kind?«
»Wie spät?«
»Sie haben recht. Ich hätte mir die Mühe sparen können. Es ist viel zu spät geworden. Natürlich wollte ich gleich kommen. Ach, warum lüge ich, ich wollte überhaupt nicht kommen. Zunächst. Aber wenn, dann so schnell wie möglich. Um es hinter mich zu bringen, verstehen Sie. Aber dann kam dies und jenes dazwischen, und dann wollte die Leiterin mich nicht gehen lassen, und dann hielt kein Taxi. Wie geht es ihm?«
Ich schüttelte den Kopf, sagte, dass ich keine Ahnung hätte, dass ich aber sehr froh sei, dass sie endlich da sei. Dann könne ich gehen, dann wäre ich jetzt frei. Mir rutschte das Wort tatsächlich heraus, was auch egal war, denn wir kannten uns nicht, wir würden uns nie mehr wiedersehen. Irritiert schaute sie mich an. Ihre Wimpern waren extrem stark getuscht, wie bei einer Opernsängerin, deren Aufschlag man auch von der letzten Reihe aus sehen sollte.
»Sie sind die Kleine, die er aufgegabelt hat, ich weiß Bescheid. Er hat Sie adoptiert, das macht er gern. Ádám, den hat er auch ...« Sie schaute sich um, als erwarte sie ihren Sohn. »... und jetzt wollen Sie ihn im Stich lassen, einfach so?« Ein Lachen, tief und kehlig entfuhr dem winzigen Menschen, und ich zuckte zusammen. Viel zu laut war dieses Lachen, passte nicht zu dem schmächtigen Resonanzkörper. So lachen Hexen, dachte ich, und tatsächlich fuhr sie fort: »Gut so, Mademoiselle, sehr gut, der Alte verdient kein Mitleid, er kommt nie zu kurz, nimmt sich, was er braucht, gibt nur das Nötigste. Sie sind doch nicht etwa auf seine Art

hereingefallen, wie soll ich es sagen, seinen altmodischen Charme, seine vorgetäuschte Unbekümmertheit. Gebt mir Applaus, und ich spiele euch, wie heißt das, ich spiele für euch den Helden, den Sieger?«

Wie ein getrockneter Stockfisch saß ich da, den Mund weit aufgerissen. Träumte ich? »Egal also, wie es ihm geht, so einer kommt immer durch. Wenn nicht hier auf Erden, dann an anderer Stelle. So einer bekommt einen Ministerposten in der Hölle angeboten oder avanciert zu Gottes Chefsekretär und ...« Die Stimme erlosch mit einem heiseren Aufschrei. Yvette, bis vor einer Sekunde noch eine kokette Alleinunterhalterin, verdrehte die Augen, ihr Kinn fiel herab, sie hielt sich an der Tischkante fest, begann herzzerreißend zu schluchzen.

»Ádám, wo bleibt er nur?«, fragte sie wispernd. »Alles wäre anders gekommen, wenn sein Vater damals nicht nach Paris geschickt worden wäre.«

Ich wusste nicht, ob ich mir das anhören wollte, bestimmt würde jetzt ein sentimentales Gejammere folgen, das Wort *damals* hallte wie ein Echo in meinen Ohren nach, doch Yvette verstummte. Sie litt, sie litt furchtbar, aber warum?

»Was ist damals passiert?«, hörte ich mich fragen. Und wunderte mich darüber, wie hart meine Stimme klang. Zahlreiche Gesprächspuzzleteile lagen ausgebreitet auf meinem Erinnerungstisch, doch ich fand keinen Anfang, nichts passte zueinander.

»Warum hassen Sie ihn?«, provozierte ich die kleine Dame. Doch sie antwortete mir immer noch nicht. Vielleicht hörte sie mich auch nicht, so theatralisch laut war ihr Schluchzen. Dann endlich, nach einer kleinen Ewigkeit, war der Spuk vorbei, sie putzte sich ausgiebig die Nase. Dazu fischte sie aus den Tiefen ihres Ausschnitts eines dieser reinweißen Stofftaschentücher mit gehäkelter Spitzenbordüre hervor, wie man sie auf Flohmärkten finden kann. Ihre Wimpertusche, weich geworden, lief ungehindert in tiefe Falten, marmorierte die dünne Gesichtshaut. Nun sah sie verbraucht aus, abgekämpft. Da halfen die aufwendig gefärbten Haare nicht und auch nicht die dicken Goldohrringe.

Unruhig rutschte ich auf meinem Sitz hin und her, wog ab, ob ich gehen oder bleiben sollte. Der Bahnhof war der einzige Ort, an dem Constantin mich mit Sicherheit finden würde.

Nach einer mir endlos erscheinenden Pause erklärte sie schließlich: »Ich sage nichts mehr.« Und es war klar, dass sie sich unter dem Schirm meiner Neugierde unwohl gefühlt hatte und das wenige, was gesagt worden war, bereits bereute.

Ich stand auf.

»Nicht«, brach sie dann doch ihr Schweigen, »essen Sie auf, mein Kind, das habe ich extra auf der Stationsküche gekocht. Man soll nie mit leeren Händen gehen ...« Erneut weinte sie, und mir wurde klar, sie hatte die von Öl triefenden Scheiben für Langhans mitgebracht.

14

Genau in meine Gedanken hinein, genau in das erneute Schnäuzen von Yvette hinein, tauchte Ádám auf, ein Geist, man brauchte ihn nicht, man rief ihn nicht, trotzdem war er da.

»Bonsoir, Maman, und du, freust du dich, mich zu sehen?« Er wirkte ausgeruht. Sein Haare, frisch gewaschen, zeigten eine hellere Farbe, als ich sie in Erinnerung hatte.

Ich zuckte unentschlossen mit den Schultern, seine Mutter zuckte zusammen, starrte ihn an. Dann suchten ihre feucht schimmernden Augen die Wanduhr. Sie zeigte darauf.

»Dreiundzwanzig Uhr«, wisperte sie auf Französisch. »Der Arzt hat mir versprochen, mich zu holen, wenn sein Zustand das zulässt. Aber ich will jetzt nicht mehr.«

»Ich habe auch nach ihm gefragt.« Ádám schaute abwechselnd von einer zur anderen, sprach Deutsch, dann wieder Französisch. Ich verstand nicht alles. »Wieso bist du überhaupt hier, Maman? Das hier kostet dich zu viel Kraft. Im Heim sind sie sehr aufgebracht. Sie haben mich im Hotel angerufen, weil die Nachtschwester ein leeres Bett vorfand.«

Nur aufgrund der Gebärden und des vorwurfsvollen Tonfalls verstand ich den Zusammenhang.

»Warum hast du mir nicht Bescheid gesagt, ich hätte dich abgeholt und hierhergebracht. Nur gut, dass wir in deinem Zimmer den Notizzettel gefunden haben.

Sonst hätten wir dich von der Polizei suchen lassen müssen. Wer hat dich angerufen, war es Langhans oder sie?« Erneut traf mich sein Blick. Er spaßte nicht, benahm sich, als wäre ich sein Feind.

Ein Plustern war zu hören. Es kam von Yvette, die sich aus ihrem Stuhl erhoben hatte, die sich aufrichtete, wie um ihrem Sohn die Stirn zu bieten. Sie reichte ihm ziemlich genau bis zum Bauchnabel. Unmöglich, dass dieses winzige Wesen das Rieseninsekt geboren haben sollte.

»Vielleicht machst du alles unnötig kompliziert. Vielleicht sagt man dir am besten nichts, auch nicht, wohin man geht.«

»Können Sie bitte Deutsch reden.« Ich kam mir dumm vor, doch wenn ich mir das schon anhören musste, dann wollte ich wenigstens alles verstehen. Okay, ich hätte gehen können, ich wurde nicht mehr gebraucht, doch Tatsache war, ich blieb wie festgezurrt auf meinem Stuhl sitzen.

Erstaunt drehte Yvette den Kopf, schaute, als hätte sie vergessen, dass es mich gab.

»Niemals hätte ich dir die Bilder geben sollen. Mit den Bildern hat alles angefangen. Danach hast du keine Ruhe gegeben, musstest immer weiterbohren. Und jetzt gehst du sogar so weit, dich an seine Fersen zu heften, wie ein Detektiv. Was willst du hier? Reicht es nicht, dass er krank geworden ist? Wie sagt man, er ist das Schwein, nicht wir.«

15

Vielleicht, weil ich schrecklich müde war, vielleicht weil Langhans' Zusammenbruch mir stärker unter die Haut ging, als ich mir eingestehen wollte, kann ich mich nicht mehr an alles erinnern, was Ádám und seine Mutter besprachen. Eigentlich besprachen sie gar nichts, sie stritten sich, und immer wenn einem von beiden die Luft ausging, fiel ich ihnen wieder ein, sie erhielten neuen Aufschwung und versuchten, mich von ihrer Meinung zu überzeugen. Ohne mein Zutun hatte ich mich in einen Billardtisch verwandelt. Ich war zur Bande geworden, die man benutzte, um so viele Kugeln wie möglich zu versenken.

»Schon wieder schützt du ihn. Du stellst dich vor ihn. Wozu soll das gut sein?«, begann Ádám die Eröffnung. »Und warum darf ich ihm die Wahrheit nicht vor die Nase halten?«

»Weil du rabiat bist und über das Ziel hinausschießt. Bring deine Filmidee zu Ende.«

»Von Mensch zu Mensch, unter vier Augen, habe ich ihn zur Rede stellen wollen«, verteidigte sich Ádám, »doch er ist handgreiflich geworden, mehr als einmal. Schläge hat er einstecken müssen, der Idiot, aber das war ihm gerade recht.« Ich hörte zu und merkte gleichzeitig, wie sich mir die Ohren verschlossen. Niemand außer mir durfte schlecht über Langhans reden. Ich wollte das nicht hören.

»Zweimal hat er sich verdrückt. Und, voilà, sie hat er als Schutzschild benutzt« – er zeigte auf mich – »da konnte ich ihn gar nicht so hart anfassen, wie ich wollte. Und in Sète hat er mich genau eine Minute zu Wort kommen lassen. Das wird sich jetzt ändern, denn ich werde ...«

»Was?«, keuchte Yvette heiser. Was, fragte auch ich mich, wenngleich mein *Was* größer, allumfassender war. Als hätte Ádám mich gehört, sah er mich an.

»Er ist schuld am Tod meines Vaters«, erklärte er mir. »Ich habe es am Anfang auch nicht glauben wollen. Das kam alles erst während der Recherchearbeiten zum Film heraus.«

Ich holte tief Luft, wog die Argumente gegeneinander ab. Die Waagschale für Langhans' Tapferkeit wog schwer. Und dennoch: Mindestens zweimal hatte er mich bewusst angelogen. Einmal, indem er behauptete, Ádám könne nicht sein Sohn sein, und ein anderes Mal, als er mir verschwieg, dass er und Ádám in Sète aufeinandergetroffen waren. Langhans hatte am Morgen ein Riesentrara veranstaltet und sich hintergangen gefühlt, weil ich ihm nichts von meiner Begegnung mit Ádám berichtet hatte. Ungläubig schüttelte ich den Kopf, dachte angestrengt nach. Was genau war wohl während der Recherchearbeiten herausgekommen? Und wie und warum sollte Langhans am Tod seines besten Freundes schuld sein? Nur weil der eine gewisse Zeit mit Henny in einer Wohnung zusammengelebt hatte? Ich traute Langhans so ziemlich alles zu, und doch ...

Ádám spürte die Neugierde in meinem Blick. Ohne mich aus den Augen zu lassen, setzte er sich, drehte den Stuhl um, benutzte die Lehne, um seine langen

Arme aufzustützen. Seiner Mutter machte er ein Zeichen, sich ebenfalls zu setzen.

»Wenn du nicht gehen willst, dann nimm wenigstens Platz«, sagte er auf Französisch.

»Ich gehe, wenn du gehst«, erwiderte sie zornig. Für eine kleine Person wirkte sie kämpferisch. Die späte Uhrzeit schien ihr weniger auszumachen als mir. »Du hättest ihm nicht hinterherfahren sollen. Zeig ihn bei der Polizei an, wenn du unbedingt willst, aber hör auf …«

»Du hast ja keine Ahnung, Maman. Die Affäre ist verjährt. Denunziation ist kein Mord. Er hat ja schließlich nicht selbst Hand an Papa gelegt, so dumm war er nicht. Dennoch, er ist schuld am Tod meines Vaters.« Ádám bäumte sich wie unter einem Stromschlag auf. Eine Frau vom Reinigungspersonal drehte sich um. Wir waren nur zu viert in dem großen Raum, doch die Spannung war so groß, als würden zwanzigtausend Fußballfans auf den entscheidenden Elfmeter warten. Und mir wurde klar: Langhans hatte mich eine weiteres Mal belogen, Ádám schien keine Sekunde lang daran zu zweifeln, wer sein Vater war.

»Das Leben ist kurz, wir wollen es nicht vergiften«, argumentierte Yvette.

Obwohl Ádám seine Mutter nicht ansah, sprach er zu ihr. Er sei uns hinterhergefahren, erläuterte Ádám, und seine Stimme wurde etwas gedämpfter, weil zu befürchten stand, dass ein in die Enge getriebener Hund beißen würde. Le chien méchant, schimpfte er mehrmals.

»Ich wollte nicht, dass er dich besucht, Maman. Vor

allem aber dachte ich, ein Gespräch wäre möglich, vielleicht sogar ein Verstehen, aber Hans ...«

»Hans würde mir nie etwas tun.« Yvette brauste auf. Rostrote Locken lösten sich unter ihrer Mütze, verdeckten ihre Wange, sie schien es nicht zu bemerken. »Lass die Vergangenheit ruhen, er hat bezahlt.«

»Ja, mit Geld, aber das reicht mir nicht.«

»Verdammt«, mir war der Kragen geplatzt. »Was hat er denn gemacht?« Große Augen sahen mich an.

Ádám griff sich in die Haare, strich ungeduldig einzelne Strähnen hinter die Ohren.

»Du hast es immer noch nicht verstanden? Bon, auf einem der Bilder, die Maman mir gegeben hat, ist sie mit Langhans zu sehen. Die beiden stehen in Paris. Sommer 1944, steht auf der Rückseite.« Ádám legte los. Wie einer, der sich freute, ein offenes Ohr gefunden zu haben. Und o là là, eiferte er sich, welch großer Zufall, genau in dieser Zeit wurden bei seinem Vater schlampig hergestellte Stempel und Ausweispapiere gefunden. Papiere, die jeden in Gefahr brachten, der sie benutzte. Ich nickte, das Gleiche hatte Langhans mir auch erzählt, und war er dabei nicht merkwürdig einsilbig gewesen?

»Die genauen Geschehnisse kennt meine Mutter nicht, ich natürlich auch nicht, aber mein Vater wurde kurzerhand liquidiert.« Für eine Stellungnahme, eine Verhandlung, fuhr Ádám fort, wäre damals keine Zeit gewesen. Der leiseste Verdacht hätte gereicht, um sich von Genossen zu trennen, auch wenn sie jahrelang gute Arbeit geleistet hatten.

»Aber wer soll die Stempel und Papiere hergestellt

haben? Das kann doch nicht jeder machen, man braucht Material und Zugang zur Werkstatt ...« Ich blieb mitten im Satz stecken. »Und wenn man einem Fälscher so etwas unterjubelt und der Organisation einen Tipp gibt, dann wäre das ja, als würde man einen Mord begehen.« Im Stillen fügte ich hinzu: Und niemand würde sich fotografieren lassen, wenn er so etwas plant.

»Mord, exakt richtig. Kapierst du endlich?« Ádám wiederholte sich, redete wie auf ein begriffsstutziges Kind ein. Selten sah er auf, starrte seine Hände an, die nicht ruhig bleiben wollten, die auf der Tischplatte oder auf der Lehne kleine Tänze aufführten, die zu fliehen versuchten, als sei jemand hinter ihnen her.

Wozu waren solche Finger in der Lage? Würde Ádám sich an Langhans rächen? Wäre er imstande, lebenserhaltende Schläuche zu kappen, wie man das in Filmen zu sehen bekam?

Unruhig hörte ich ihm weiter zu.

»Von seinen eigenen Kameraden liquidiert. Maman, nein, widersprich mir nicht, ich weiß inzwischen, dass du noch während des Krieges mit Hans über deinen Verdacht gesprochen hast. Das war mutig, es hätte sonst was passieren können.« Ádáms Augen streiften nur kurz seine Mutter. »Zunächst hat Hans die Vorwürfe weit von sich gewiesen, später jedoch kam er von sich aus auf uns zu. Er wollte seine Schuld begleichen.«

»Aber das sind doch keine Beweise.«

»Oui, das sind keine Beweise«, sprach Yvette mir nach. Sie erhob sich, strich mehrmals über ihren Trainingsanzug, rückte die Mütze zurecht. Die Handtasche hatte sie die ganze Zeit fest an ihren Bauch gedrückt gehalten. Jetzt klappte sie sie auf, ergriff ihren Geldbeutel, fischte einen Schein heraus, gab ihn mir. Ihrem Sohn machte sie ein Zeichen, es war klar, sie wollte aufbrechen. »Sagen Sie Hans, dass er zur Hölle fahren soll.«

»Was soll ich mit dem Geld?«

»Sie müssen doch irgendwo übernachten, Kindchen.«

Ich wollte lachen, stattdessen verließ ein heiseres Gurgeln meine Kehle. Ich kniff die Augen zu, überließ mich für wenige Sekunden meiner Müdigkeit. Bestimmt war das hier alles ein Albtraum. Doch als ich die Augen wieder öffnete, stand das ungleiche Paar direkt vor mir. Ádám stützte seine Mutter, die weiter in sich zusammengesunken war. Leicht hätte er sie sich unter einen seiner Arme klemmen können.

»Ich bringe sie zu einem Taxi. Du wartest auf mich?«

»Nein, ich warte nicht auf dich, ich warte auf einen Arzt. Bevor ich gehe, will ich wissen, wie es um Langhans steht. Und das mit deiner Angst habe ich verstanden. Aber vergiss es, Langhans wird deiner Mutter nichts tun!« Ich erhob mich, schüttelte mich wie nach einem kalten Regenguss.

»Yvette, danke für das Geld.«

»De rien.« Die alte Dame drehte sich um, zog ihren Sohn mit sich. Keine Ahnung, woher ich die Gewissheit nahm, dass Langhans dieser kleinen Frau nichts antun würde. Ich wusste nur, sechs Tage lang war ich mit ihm kreuz und quer durch Frankreich gefahren. So viel Zeit an einem Stück hatte ich noch mit keinem Menschen verbracht, Sabine ausgenommen.

16

Als Ádám wiederkam, brachte er Kaffee mit. Während ich mit gierigen Schlucken trank, fragte ich, was sich in dem Umschlag befunden habe, den er Langhans in Celles überreicht hatte? Und was in dem, den er in Sète dabei…?

Er unterbrach mich. Seine Stimme war rau, wie von einem, der es nicht gewohnt war, so viel zu sprechen. Auch schien es ihn sehr anzustrengen, mit mir Deutsch reden zu müssen.

Briefe, erzählte er, von Hans an Henny. »Aber das geht dich nichts an.«

»Ich weiß es sowieso«, knurrte ich, »Hans ist und war ein eifersüchtiger Mensch, er hat Henny nicht vertraut. Egal, ich werde ihn jetzt selbst fragen.« Ich sah auf die Uhr und wunderte mich, dass erst eine Stunde vergangen war, seit Yvette mich geweckt hatte.

»War der Arzt da?«

»Ja«, log ich, »aber es darf nur einer zu ihm.« Rasch stand ich auf. Das hätte ich schon viel früher tun sollen. Ich konnte Ádám nicht mehr ertragen.

Dabei lag er mit seinen Behauptungen möglicherweise näher am Zentrum der Wahrheit, als ich mir eingestehen wollte. War Langhans nach der Begegnung in Annecy nicht wie ausgewechselt gewesen, hatte er nicht alles unternommen, um ein Geheimnis zu hüten? Ich musste mit ihm sprechen.

Vom langen Sitzen taten mir die Knochen weh. Stöhnend stützte ich mich an der Lehne ab.

»Von wem war das zweite Kind?«

Ádám verstand nicht. Und ich verstand nicht, warum er nicht wusste, wovon ich sprach. »Henny war schwanger, als die Gestapo sie gefangen nahm. Das geht aus einem der Briefe hervor. Es kann tatsächlich sein, dass Langhans sie in Paris besucht hat. Das Kind kann aber auch von einem anderen sein.« Ádám reagierte nicht.

17

Als ich zögernd am Eingang zur Intensivstation stehen blieb, den Finger bereits auf der Klingel, wurde die Tür mit einem Ruck aufgestoßen. Erschrocken wich ich zurück, stieß mir den Kopf an der Wand an. Der diensthabende Arzt erkannte mich sofort.

»Monsieur Langhans ist jetzt wach«, sagte er auf Französisch. Nachdem er meinen fragenden Blick richtig gedeutet hatte, fügte er auf Englisch hinzu: »Sein Zustand ist leider nicht stabil, wir müssen die Nacht abwarten. Es war kein Schlaganfall, morgen wissen wir mehr. Wollen Sie ihn sehen?«

Ja und nein, hätte ich gerne geantwortet. Doch zum Überlegen blieb keine Zeit. Hinter mir hörte ich näher kommende Schritte, Ádám war mir gefolgt. Nur einer, stellte der Arzt klar und wollte mich durchwinken. So einfach ließ Ádám sich jedoch nicht abschütteln.

»Die da«, sagte er und zeigte mit seinem spitzen Kinn auf mich, »ist nicht mit dem Patienten verwandt. Ich hingegen« – er klopfte sich theatralisch auf die Brust – »kenne ihn seit Kindertagen und kann …«

»Wer sind Sie?«, unterbrach ihn der Arzt. Sein Gesicht, vor wenigen Stunden noch ebenmäßig schön, wirkte eingefallen, erschöpft. Hinter den dichten Wimpern hatte sich die Augenfarbe verändert, war jetzt nicht mehr dunkelbraun, sondern hellgrün. Ein Disput entbrannte, komplizierte Satzgebilde flogen wie Bälle hin und her, doch schließlich gab der Arzt nach, fünfzehn Minuten, betonte er, länger dürfe man den angeschlagenen Mann nicht belasten.

Eine magere Krankenschwester trat aus einem Zimmer. Der Arzt murmelte eine Anweisung, dann verschwand er in dem Raum. Die Krankenschwester übernahm die Führung. Bestimmt legte der Arzt sich hin. Meine Beine wollten ihm folgen, auch ich fühlte mich erschöpft, mehr als das, es kam mir vor, als wäre ich seit Tagen ununterbrochen wach.

Langhans lag in einem großen Mehrbettzimmer. In einem Raum, in dem es süßlich und säuerlich roch. Keksgelb kam er mir vor, die Wangen wirkten eingefallen, und seine Augen erinnerten an die eines Teddys, Knopfaugen, die tief ins weiche Plüschmaterial eingenäht worden waren. Heute Morgen noch, nein, gestern waren wir zusammen im Meer geschwommen, ein Schwimmpaar. Er mit stolzgeschwellter Brust, ich still und voller Staunen über mein Können. Dann, am Nachmittag, hatte Langhans eine Flasche besten Weins geleert und sich mit dem Ober angelegt. War das wirklich erst gestern gewesen? Wo war der starke und randalierende Langhans jetzt? Die Abdrücke des Kopfkissens hatten Spuren auf seiner Gesichtshaut hinterlassen, verliehen ihm das Aussehen eines Greises. Der große, stolze Baum war gefällt worden. Ein paar gezielte Axthiebe und fertig. Langhans lag steif wie eine Mumie in seinem Bett, sein Atem ging flach. Doch er schien auf mich gewartet zu haben, ein erkennendes Lächeln huschte über sein Gesicht.

»Prinzessin, hast du was zu trinken dabei, etwas Kräftiges?« Dann aber entdeckte er Ádám, und das Lächeln verwandelte sich in ein zorniges Zucken.

»Joi, musstest du diesen Halbkretin mitbringen?«

»Wie bitte?« Ádám beugte sich über das Bett. Absichtlich leise wiederholte Langhans das Schimpfwort. Ich schaute mich um, wollte wissen, wie viel die anderen Patienten mitbekamen. Aber niemand interessierte sich für uns. Schläuche und Apparaturen, wohin mein Auge fiel. Die dazugehörenden Monitore zeigten den Grad der jeweiligen Patientenbefindlichkeit an. Auch Langhans war an ein solches Gerät angeschlossen. Gerade schnellten die Ausschläge in die Höhe. Was das zu bedeuten hatte, wusste ich nicht, dass man einen Kranken aber nicht aufregen sollte, das war mir sehr wohl bekannt. Es war ein Fehler gewesen, Ádám den Zutritt zu gewähren.

»Er möchte, dass du uns kurz alleine lässt«, log ich, pflanzte ein Bittebitte in meine Mundwinkel. Ádám schüttelte zunächst den Kopf, doch dann trollte er sich. Bereits an der Tür drehte er sich noch mal um, hielt die Hand hoch, fünf Finger zählte ich, fünf Minuten, wisperten seine Lippen.

Erleichterung bei mir, bei Langhans. Zahllose Fragen reihten sich wie Wäschestücke auf einer Leine, doch ich stellte nur die naheliegendste: »Wie geht es dir?«

»No, ich bräuchte jemanden, der mir die Angst nimmt, aber ich fürchte, du bist es nicht.« Ein Stöhnen beendete seine Äußerung, er drehte sich zur Seite, hustete.

»Hast du Schmerzen?«

»Schön wär's. Stattdessen erleide ich die Rekonvaleszenz. Die Ärzte wollen den alten Zustand wieder herbeiführen, dabei wissen sie, das Paradies liegt auf der anderen Nilseite.« Sein unverbesserlich ironischer Tonfall ließ nichts zu wünschen übrig. So schlecht konnte es ihm also nicht gehen. Dennoch machte sein Geschwätz mir Angst. »Hörst du die Glocken, der Chef ruft nach mir. Vielleicht benötigt er einen Assistenten.«

»Du glaubst an Gott?«, neckte ich ihn, und mir fiel auf, dass Yvette Ähnliches gesagt hatte.

»Gott oder Teufel, was spielt das für eine Rolle? Aber wer möchte angesichts des Todes alleine vor der Kellertreppe stehen. Abwärts geht's, da bin ich mir sicher. Ich will ja nur, dass unten jemand steht und mich angemessen begrüßt, verstehst du?«

Klar verstand ich. Obwohl der Tod für mich weit weg war. Das Wort unerreichbar, lag mir auf der Zunge, aber das war natürlich Blödsinn. Der Tod begleitet uns auf Schritt und Tritt. Wieder flogen meine Gedanken zu Ádám und zu dem Gespräch, das wir geführt hatten. Ich hatte Langhans nach der Wahrheit fragen wollen. Aber was spielte angesichts der Bedrohung, der Langhans ausgesetzt war, die Wahrheit für eine Rolle? Wem half sie? Und war es meine Angelegenheit, danach zu graben? Mein Herz setzte kurz aus, als Langhans seine Hand auf meine legte. Erschrocken zog ich sie zurück. Wie gut ich ihn verstand, wer wollte schon alleine sein. Mit dem Sterben hatte ich mich nie auseinandergesetzt. Mein Vater lebte ja, davon war ich überzeugt. Ich würde ihn finden, irgendwann, bestimmt. Dass Sabine ständig damit drohte zu erblinden, richtig krank zu werden, noch vor Jahresende zu sterben, nahm ich nicht ernst. Doch das hier war etwas anderes. Langhans war Langhans. Er war die letzten Tage so real für mich gewesen, so nah, so handfest. Zum ersten Mal stellte ich mir ernsthaft die Frage, was auf das irdische Leben folgte, ob da überhaupt etwas sein konnte.

Langhans stöhnte. Es war auch mein Stöhnen. Seine Schmerzen berührten mich wie erhitzte Eisennadeln. Ich entschloss mich, dennoch zu fragen. Ádám sollte sich nicht wie ein Hund auf Langhans stürzen.

»Du weißt, warum Ádám da ist?«

»Joi, lass mich mit dem Schnüffler in Ruhe. So viele Jahre ist das her. Zweiundfünfzig, um genau zu sein. Glaubst du, ich hätte nur eine einzige Nacht ruhig schlafen können, all die Jahre.«

»Lügner!« Jetzt wurde ich wirklich böse. Er sprach wie ein Wolf, der Kreide gefressen hatte. Der unverstellte Wolf aber war mir tausendmal lieber gewesen. »Wunderbar hast du geschlafen, geschnarcht hast du und die Nacht zersägt.«

»No, weil ich Wein getrunken habe, deshalb. Was willst du?«

»Du hast seinen Vater auf dem Gewissen, stimmt das? Mitten im Krieg, ich meine im Widerstand, hast du nichts Besseres zu tun gehabt, als deine Eifersucht zu pflegen. Und mir und der Welt gegenüber spielst du den Helden.«

»Joi, es gibt nichts mehr zu rechtfertigen. Meine Ambitionen auf Vergebung kann ich getrost versteigern. Nimm du sie, wenn es dir wichtig ist. Da, wo ich hingehe, hängt ein Schild mit einem roten Balken. Ich habe bezahlt.« Ein Husten unterbrach seine Erklärung, und Speichel sammelte sich in seinen Mundwinkeln. Rasch suchte ich nach einem Taschentuch, konnte jedoch keins finden. Wo war meine Tasche? Stattdessen zog ich die Bettdecke hoch und tupfte die feuchten Stellen um seinen Mund trocken. Ich schaute mich um, sah ein Wasserglas, griff danach, blickte ihn fragend an, er nickte. Sein Kopf war schwer, ein Dickschädel, ich hob ihn an, half ihm trinken. Sein Kinn zitterte.

»Ich hätte mich fast an dich gewöhnt«, hörte ich mich plötzlich seufzen. Sein Kopf sank zurück. Und ich strich ihm die Silberlocken aus dem Gesicht. Er sollte mich sehen. »Du hast alles kaputt gemacht.«

Ein letztes Mal wollte ich seine Hand berühren, wollte ihm zeigen, dass es mir leidtat, aber meine Finger verweigerten den Befehl. Langhans merkte es, seine Augen, unglaublich tief liegend, fast schon begraben, weiteten sich, folgten hungrig meinen Bewegungen.

»Bitte«, flüsterte er.

Wie so oft verstand ich ihn nicht, wusste nicht, wofür dieses *bitte* stand. Für Vergebung oder eine Berührung oder beides. Wie auch immer, entschlossen schüttelte ich den Kopf und stand auf. Er hatte recht, da gab es nichts zu rechtfertigen, nichts zu vergeben. Möglicherweise schuldete ich ihm etwas, aber Vergebung war es nicht.

»Soll ich deine Tochter anrufen?«, fragte ich und dachte: Schade. Es hätte auch anders kommen können. Wir hätten uns in Karlsruhe wiedersehen können. Bestimmt hätte ich ihn im Altersheim besucht und ihm von meinen neuen Berufsplänen erzählt. In zehn Jahren oder zwölf wäre ich mit meinen Kindern angerückt, einem kleinen Mädchen, einem kleinen Jungen, wir wären mit Opa Langhans im Park spazieren gegangen, wir hätten Kuchen gegessen, und die beiden hätten Wörter wie *joi* und *no* kennengelernt, die kein vernünftiger Mensch je verwendet.

Wie auf Kommando murmelte er: »No, es war wohl nicht klug, so viel junges Leben zur Tür hereinzulassen.«

Gerade wollte ich ihm ein letztes Kopfschütteln schenken, da begann der Patient am Fenster laut zu würgen, einer Katze gleich, die ihr Gewölle loszuwerden versucht. Es hörte sich schrecklich an. Ein Gerät erwachte lautstark zum Leben, bewirkte, dass hohe Signaltöne die Friedhofsruhe durchtrennten und nur wenige Sekunden später die Tür aufflog. Eine Krankenschwester und Ádám stolperten herein, bald danach auch der Arzt, mit müdem und zerknautschtem Gesicht. Zahlreiche Stimmen wirbelten durcheinander, vermischten sich mit dem Piepsen der Apparaturen, ein Konzert der Hilflosigkeit. Ádám redete auf Langhans ein, das Krankenhauspersonal redete aufeinander ein, und ich floh. Die chaotische Situation kam mir wie ein Punkt am Ende eines sehr langen und komplizierten

Satzes vor. Als die Tür hinter mir ins Schloss fiel, spürte ich Erleichterung. Alles, was gesagt und getan werden sollte, war gesagt und getan worden. Oder etwa nicht? Musste ich ausharren? Zweifelnd blieb ich stehen, drehte mich im Kreis. Um mich herum keine Menschenseele. Ich war auf dem Mars gelandet.

18

Krankenhausflure haben die Eigenschaft, trostlos und einsam auszusehen. Auch ich fühlte mich einsam. Der Schlüssel kam mir in den Sinn, ich musste den Schlüssel fürs Wohnmobil abgeben. Auch Hennys Briefe und Tagebuchaufzeichnungen wollte ich dalassen, sie würden mich sonst immer an diesen schrecklichen Tag, besser gesagt, an diese verpatzte Abschiedsnacht erinnern und an die Frage, ob ich richtig gehandelt hatte. Wie spät war es? Ich musste weinen, es waren so viele Tränen, dass ich stehen bleiben musste, mitten im Flur. Er war vollgestellt mit Servierwagen und Rollstühlen. Hinter mir hörte ich eine Tür zuschlagen, doch ich drehte mich nicht um. Vielleicht war es Ádám. Müde setzte ich mich in einen Rollstuhl, wollte mich ausruhen und nach einem Taschentuch suchen. Und erneut stellte ich fest, dass ich meine Tasche irgendwo liegen gelassen hatte, im Restaurant oder im Wartezimmer, keine Ahnung. Ich fror erbärmlich. Also drehte ich mich doch um, vielleicht konnte Ádám mir helfen. Doch da war niemand, ich hatte mir das Geräusch eingebildet. Umständlich schälte ich mich aus dem Rollstuhl.

Auf der Toilette gab es kein Klopapier, nicht einmal ein Fisselchen. Ich musste mir die Nase mit Wasser putzen. Frankreich war mir plötzlich unglaublich zuwider, alles hier konnte mir gestohlen bleiben. Ich wollte heim. Nein, ich wollte zu Constantin. Und dann war mir klar, dass alles verloren war. Constantin war bestimmt stinksauer auf mich. Und er, Langhans, war schuld an meinem Elend. In Sekundenschnelle dachte ich mich in Rage. Langhans hatte mir absichtlich die Verabredung mit Constantin versaut. Er hätte sich auch zusammenreißen können, fand ich. War er nicht ein gemeiner, eifersüchtiger und hinterhältiger Kerl, war ihm nicht alles Mögliche zuzutrauen? Auch dass er absichtlich zusammenbrach. Warum hatte er mir diese Nacht nicht erspart? Unser Abschied hätte auch nett sein können.

Mitten im Denken, ich war bereits an der untersten Treppenstufe angelangt, erkannte ich eine Gestalt, mit der ich so wenig gerechnet hatte, dass ich erschrocken stehen blieb. Constantin saß im Foyer, schräg gegenüber von der Rezeption, auf einem der zehn Plastikstühle, die, wie ich wusste, erfolgreich jeder Bequemlichkeit trotzten. In seinem Schoß lag meine Tasche, wie ein kleines Tier, das gestreichelt werden wollte. Unsicher trat ich näher, auf Zehenspitzen: Den Kopf hatte Constantin seitlich auf die Schulter gelegt, blonde Haare verdeckten sein Gesicht.

So leise wie möglich setzte ich mich neben ihn, als gälte es, die Zeit anzuhalten, bevor Fragen und Antworten sich die Klinke in die Hand geben würden. Ich hatte ganz vergessen, wie gut er aussah. Seine Haut schimmerte hell wie immer, aber seine Frisur hatte sich verändert, eine ungewohnte Wildheit ließ ihn interessanter erscheinen. Der Schlaf verändert alle Menschen. Langhans' Züge wurden sanft, wenn er schlief. Er war oft eingenickt, im Auto, auf einer Parkbank, am Strand. Wieder stiegen mir Tränen in die Augen, ich wischte sie nicht weg. Stattdessen steckte ich gierig meine Nase in Constantins Haare, sog den Duft wie ein Narkotikum ein. Zwischen dem dritten und vierten Rippenbogen, wir hatten oft darüber gelacht, roch Constantin besonders gut. Meine zweite Lieblingsstelle. Schweinerippchen, hatte ich ihn geneckt, können nicht besser riechen. Einem spontanen Einfall folgend, zog ich an seinem Hemd, rollte es nach oben, rieb meine Nase an seiner Haut. Aber da war nichts. Er war mir fremd. Hungrig legte ich meine Lippen auf seine Haut. Er zuckte zusammen, und sein Körper drehte sich ruckartig zur Seite. Meine Nase wurde getroffen, pochte beleidigt.

»Hallo!«

Erschrocken blickte er auf. »Vieb?«, fragte er. Wieder benutzte er diese Verkürzung meines Namens, die er mir vom ersten Tag an zum Geschenk gemacht, später aber nicht mehr benutzt hatte. Ich erinnerte mich an unsere Anfangszeit, als ich voller Hoffnung war, meistens jedenfalls.

»Keine Fata Morgana, sondern total echt. Jetzt wäre ein Bier schön, oder?«

Natürlich verstand er nicht, ich musste es ihm erklären. »Ein Schwur«, sagte ich, »kein Alkohol, bis ich dich wiedergefunden habe. Hab's nicht durchgehalten, aber das zählt nicht. Ich wurde genötigt. Heute, nein, gestern, haben Langhans und ich auf unseren Abschied angestoßen, das war in Carcassonne. Doch jetzt ist alles ganz anders gekommen.«

»Ich weiß.«

»Was weißt du?« Neugierig starrte ich ihn an. Meine Hand auf seinen Arm oder Schenkel zu legen, traute ich mich nicht. Stattdessen strich ich mir eine Strähne aus der Stirn. Ich ahnte, dass ich unmöglich aussah. Eine ganze Weile sagte keiner von uns etwas, wie Fremde beobachteten wir uns aus den Augenwinkeln. Erst jetzt registrierte ich, dass er ein Hemd trug, das ich ihm genäht hatte. Der vordere Bereich war aus blau gemusterten Resten zusammengesetzt. Einmalig, hatte er damals gesagt und mich lachend in den Arm genommen. Es tat weh, an diesen Moment zurückzudenken. Ich wünschte mir nichts sehnlicher, als die Zeit zurückzudrehen. Allerdings hätte es diese Reise durch Frankreich dann nicht gegeben. Vielleicht aber bekam ich eine zweite Chance. Nicht ich, korrigierte ich mich, eventuell gibt es für uns eine zweite Chance.

»Ich habe mit deiner Mutter telefoniert«, sagte er in unser Schweigen hinein.

»Warum?«

»Ich konnte dich ja nicht erreichen. Unterwegs hatte ich eine Panne, ich wollte wissen, ob du dich regelmäßig bei ihr meldest, dann hätte sie dir Bescheid sagen können, wegen der Verspätung.«

»Du weißt, dass ich ungern mit Sabine spreche.«

»Echt, ihr seid euch so ähnlich, sie hat genau die gleichen Worte verwendet. Du weißt, dass ich nicht gern mit Viebke spreche, das war ihr erster oder zweiter Satz. Dafür wurde sie aber jeden Tag von diesem Hans angerufen.«

Was redete er da?

»Du meinst Langhans?«

»Ist das sein Nachname?« Constantins Wangen hatten sich dunkel verfärbt, er wirkte jetzt hellwach. Mit hochgezogenen Augenbrauen schaute er mich an. Um uns herum war es still, ich hätte es nie für möglich gehalten, dass das in einem Krankenhaus möglich sein könnte.

»Was willst du sagen?«

Bevor Constantin meine Zweifel entschärfen konnte, breitete er jedoch das nächste Rätsel vor mir aus.

»Irgendwann ist deine Mutter auf die Idee gekommen, seine Tochter ausfindig zu machen.«

»Langhans' Tochter. Warum, ich meine, warum mischt Sabine sich ein und ruft diese Wildfremde an?«

»Fang jetzt nicht gleich an zu zicken. Sie wollte sich Klarheit über euer Verhältnis verschaffen. Aber er soll ja uralt sein. Auf jeden Fall wusste sie bereits, dass Hans ins Krankenhaus eingeliefert worden war. Echt, sie hat sich große Sorgen um dich gemacht.«

»Wer?« Ich fühlte mich wie vor den Kopf gestoßen. Dabei ahnte ich die Antwort. Es war völlig normal, dass eine Mutter sich um ihr Kind sorgte. Aber Sabine sorgte sich doch immer nur um sich selbst.

»Geht's dir gut?« Constantin schaute mich prüfend an, hob den Arm. Es sah so aus, als wolle er mich schlagen. Oder streicheln. Mitten in der Bewegung hielt er inne. Dicke Schmutzränder hafteten unter seinen Fingernägeln. Das war neu. Und am Unterarm erkannte ich rote Striemen. Also doch, also hatte er doch einen Unfall.

»Was ist das?«

»Hab versucht, das Reserverad loszubekommen, aber da war nichts zu machen. Deshalb bin ich getrampt. Der Wagen steht bei einem Bauern, sogar unterm Dach.«

»Und wie kommen wir jetzt weiter?«

»Willst du mir nicht erst sagen, wie es ihm geht?«

»Später, ich will hier weg.«

»Echt, vielleicht solltest du einmal über deine Situation nachdenken. Du kannst nicht mit mir nach Saint-Lary kommen.«

Da war er wieder, der Stacheldraht, den er zwischen seinem Leben und meinem Leben entrollte. Kilometer schien er auf Vorrat gekauft zu haben. Und da war auch wieder die Lehrerstimme, die mich daran erinnerte, dass er zu alt für mich war, vielleicht auch nur zu anders. *Du solltest erst einmal über deine Situation nachdenken.* So redete kein Freund, erst recht keiner, der verliebt war. Dazu dieses distanzierte Gesicht, wie aus einer Zeitung für Börsenkurse ausgeschnitten. Es war so offensichtlich, er wollte mich auf Abstand halten. Aber warum war er dann da?

»Vieb, jetzt lauf doch nicht gleich weg.« Sofort war er neben mir, hielt mich am Arm fest, drehte mich so, dass ich ihn ansehen musste. Seine Rechte blieb auf meiner Schulter liegen. Ich atmete tief durch. Spürte die Hand mehr, als dass ich sie sah. Und noch bevor ich wusste, was ich tat, ließ ich meinen Kopf darauf sinken, hob auch die Schulter an, klemmte dieses bisschen, was er mir zu geben bereit war, ein.

»Deine Mutter hat mit dem Leiter des Seniorenheims gesprochen, wie heißt der Mensch?«

»Unwichtig, vollkommen unwichtig.« Ich wollte jetzt nicht reden. Liebst du mich noch?, wollte ich fragen, aber mein Mund war wie verklebt. Ich spürte den Puls durch seine Hand an meinem Ohr. So viele Zweifel waren plötzlich da, sie gebaren Kinder in meinen Kopf, verhöhnten mich. Eine wuselige Schar, denen es an nichts fehlte. Ich würde nicht noch einmal sagen, dass ich ihn liebte. Kein Betteln mehr, nahm ich mir vor. Dennoch ließ ich mich zurück zur Stuhlreihe ziehen. Wie ein braves Mädchen nahm ich Platz. Und wie ein braves Mädchen hörte ich ihm zu.

»Jedenfalls hat sie ihm versprochen, dass du die Arbeit so bald wie möglich wieder aufnimmst. Im Gegenzug wurde die Anzeige zurückgezogen. Das dürfte deine Mutter jede Menge Überredungskunst gekostet haben. Und ehrlich, es war keine gute Idee abzuhauen.« Mein Blick fiel auf Constantins Adamsapfel. Eine Kette verdeckte ihn, Holzperlen, braun und weiß. Die Kette war neu.

»Wieso bist du hier? Ich dachte … Ist die von ihr?« Meine Stimme brach weg. Kein langsames Abflachen, kein Stottern, nein, ein Hang war ins Rutschen geraten. Ich musste mir in die Knöchel beißen. Constantin sah es, legte seine Hand auf mein Knie.

»Echt, du machst es einem nicht leicht.«

»Seit wann sagst du immer echt? Benutzt Bettina diesen Ausdruck?«

Das war der Punkt, ich musste es mir eingestehen. Nicht Langhans war wichtig, auch meine Mutter nicht, die Sozialstrafe, die Schule oder so, mir ging es einzig und allein um die Anerkennung durch Constantin. Auf ihn projizierte ich all meine Wünsche und Erwartungen. Er durfte nichts tragen, nichts sagen, was mich an die andere erinnerte. Das war ja schrecklich. Hatte ich Langhans nicht wegen seiner Eifersucht verurteilt? Ich schämte mich und sah zu Boden.

Constantin schien zu verstehen. In seinen Augen erkannte ich widersprüchliche Gefühle. Nicht alle konnte ich deuten, aber so viel stand fest: Er wäre nicht gekommen, wenn ich ihm total egal gewesen wäre. Und mit Sabine hatte er erst telefoniert, nachdem der Unfall oder die Panne passiert war, sie konnte ihn also nicht geschickt haben.

Mit neu erwachtem Mut ergriff ich Constantins Hand, legte sie mir gegen die Wange, drückte mein Gesicht gegen die Handinnenfläche.

»Entschuldigung«, hörte ich mich stottern, »ich bin völlig fertig. Wenn ich nicht bald irgendwo schlafen kann, dann breche ich zusammen.«

»Ihr habt doch ein Wohnmobil.« Mir fiel auf, dass er *ihr* gesagt hatte. »Deine Mutter hat was von einem Wohnmobil erzählt. Morgen können wir dann weitersehen, beziehungsweise übermorgen, ich habe mir einen Tag freigenommen.«

Unglaublich, das war mein erster Gedanke, kein Geheimnis konnte ich mein Eigen nennen. Langhans schien meiner Mutter alles erzählt zu haben. Erst zwei oder drei Sekunden später begriff ich die Bedeutung von Constantins letztem Satz. *Ich habe mir einen Tag freigenommen.* Was war das denn? Konnte man auf diesem Fundament nicht ein ganzes Hoffnungshaus errichten? Es bedeutete doch, dass er an mich glaubte. Und mir blieb etwas Zeit, um zu prüfen, ob unsere Beziehung eine zweite Chance verdiente. Das Bett im Wohnmobil war schmal, die Nächte kühl. Wir würden zusammenrücken.

Die Eingangshalle war immer noch menschenleer, glich einem aufgelassenen Bahnhof. Keine Notfälle, die hektisch hereingeschoben wurden, keine unruhigen Patienten, die keinen Schlaf fanden, selbst die Pforte war unbesetzt.

Gar nicht mehr müde erhob ich mich, schob alle störenden Gedanken beiseite, griff nach meiner Tasche, suchte den Schlüssel und streckte meine Hand aus.

»Komm!«, forderte ich ihn auf.

»Zum Wohnmobil?« Ohne meine Hand zu ergreifen, stand auch er auf, folgte mir.

»Vielen Dank, dass du gekommen bist«, flüsterte ich und unterdrückte einen Seufzer. »Es ist ein toller Wagen, so einen hätte ich auch gerne. Er hat mich damit fahren lassen.«

»Ich weiß«, erwiderte Constantin.

Von der nahen Garonne stieg Nebel auf, herrlich feuchtfrische Luft, die ich gierig einsog.

Es war eine milde Sommernacht, dennoch fror ich. Mit der Zunge fuhr ich mir über die aufgesprungenen Lippen. Zum Küssen nicht geeignet, grübelte ich, und doch ist es schön, nicht mehr alleine zu sein.

Nur eine Sekunde später fing ich wieder jede Menge unerwünschter Gedanken ein: Wo ist Ádám abgeblieben? Wird er Langhans vor Gericht zerren? Und sollte ich nicht doch besser umdrehen, um Langhans zu beschützen? Ungeduldig schüttelte ich mich, streifte alle Zweifel ab. Mein Blick fiel auf den Eingang einer Bar, allerletzte Gäste, allesamt jung wie wir, taumelten nach draußen, versammelten sich unschlüssig auf dem Gehweg.

»Sollen wir noch was trinken gehen?« Ich deutete auf den Eingang. Meine Frage machte mir klar, dass es mir schwerfiel, die Nähe zum Krankenhaus aufzugeben. Ein Zeitungsverkäufer schob sich in die Gruppe junger Menschen, versuchte ein Geschäft abzuwickeln, doch er wurde wie ein Hund verscheucht.

»Ich denke, du bist müde.«

»Bin ich. Aber ich friere auch. Und ich bin mir nicht mehr sicher, ob wir das Wohnmobil überhaupt finden. Ich weiß nur noch, dass es irgendwo da hinten steht.« Mit dem ausgestreckten Arm zeigte ich in eine unbestimmte Richtung. Tiefschwarz war das Tuch, das sich über die Stadt spannte. Kein einziger Stern, keine einzige Sternschnuppe ließ sich blicken. Ich konnte mir verdammt nichts wünschen.

In Filmen legen Männer ihren Freundinnen bei ähnlichen Gelegenheiten Jacken und Mäntel um. Constantin tat nichts dergleichen. Liebte ich ihn wirklich? Wortlos versuchte er, seine Schritte den meinen anzugleichen. Bestimmt war ich ihm zu langsam. Bestimmt würde ein Neuanfang schwer werden.

»Es war schrecklich ohne dich«, sagte ich in die Stille

hinein und war über alle Maßen überrascht, als ich eine Antwort erhielt.

»Erzähl!«, forderte er mich auf.

Eine Antwort wie ein Sonnenstrahl, der zwischen Aprilwolken hindurchschaut, unverhofft und strahlend. Es dauerte eine Weile, bis ich etwas sagen konnte.

»Leider sind viele Fragen offen geblieben«, begann ich. »Ich weiß zum Beispiel nicht, von wem Henny schwanger war, und ich weiß auch nicht, ob Langhans und Yvette etwas miteinander hatten oder ob er mich in einer seiner Angeberlaunen angelogen …«

»Wer ist Henny?«, unterbrach mich Constantin. »Wie wärs, wenn du der Reihe nach erzählen würdest?«

In dieser Nacht schliefen wir nicht miteinander und auch später nicht. Er wollte nicht, und später wollte ich auch nicht, und sowieso hatte ich viel zu viel mit mir zu tun und mit dem, was während der Reise passiert war.

Ende

Langhans starb im Herbst. Ich habe ihn nicht wiedergesehen. Hennys Unterlagen besitze ich immer noch, denn während ich im Altenheim arbeitete, tauchte er dort nicht auf. Die wildesten Gerüchte waren über ihn im Umlauf. Er hätte sich geweigert, nach Deutschland transportiert zu werden, sagte jemand. Heike aber, die mit seiner Tochter telefoniert hatte, behauptete, er wäre während des Krankentransportes abgehauen, zurück nach Toulouse getrampt und hätte dort sein Wohnmobil und die wertvollen Bücher geholt.

Das tröstete mich, ich hatte die Wagenschlüssel extra ins Krankenhaus zurückgebracht.

Ob Langhans Analphabet war, keine Ahnung. Ich glaube nicht.

Constantin rief an, als Sabine und ich mein Zimmer neu tapezierten. Ob ich mit zum Italiener gehen würde, fragte er und fügte ein *bitte* hinzu. Seit er zurück war, hatten wir erst einmal miteinander telefoniert.

Von Langhans wusste er zu erzählen, dass dieser sich einmal bei ihm gemeldet und sich nach mir erkundigt habe. Die Nummer des Camps in Saint-Lary musste er aus meinem Tagebuch abgeschrieben haben.

»Vermisst du ihn?«, fragte Constantin beim Essen.

»Wen?«, fragte ich und dachte an meinen Vater.

Literatur

Hervé, Florence: »Wir fühlten uns frei« Deutsche und franösische Frauen im Widerstand. Essen, 1997
Plener, Ulla: Frauen aus Deutschland in der französischen Resistence. Berlin, 2005
Wallner, Michael: April in Paris. München, 2007

dtv
Reihe Hanser

ISBN 978-3-423-**62450**-3
Auch als eBook erhältlich

Wie führt man ein menschenwürdiges Leben
in einem totalitären Staat, der jede
Lebensäußerung überwacht und kontrolliert?

Nominiert für den Deutschen Jugendliteraturpreis.

www.dtv-dasjungebuch.de